KB262348

허 담 新무협 판타지 소설

고검추산

FANTASTIC ORIENTAL HEROES

고검추산 4

허담 新무협 판타지 소설

초판 1쇄 찍은 날 § 2007년 11월 12일
초판 1쇄 펴낸 날 § 2007년 11월 21일

지은이 § 허담
펴낸이 § 서경석

편집장 § 문혜영
편집책임 § 이재권
편집 § 유경화 · 심재영

펴낸곳 § 도서출판 청어람
등록번호 § 제1081-1-89호
등록일자 § 1999. 5. 31
어람번호 § 제2-1342호

주소 § 경기도 부천시 원미구 심곡1동 350-1 남성B/D 3F (우) 420-011
전화 § 032-656-4452 팩스 § 032-656-4453
http://www.chungeoram.com
E-mail § eoram99@chollian.net

ⓒ 허담, 2007

ISBN 978-89-251-1012-7 04810
ISBN 978-89-251-0913-8 (세트)

고검추산

4

백일검(百日劍)

허담 新무협 판타지 소설
FANTASTIC ORIENTAL HEROES

도서출판 책담

目次

❀고검추산 세 번째 이야기…

십 년 전 항주 환락가의 최대 기루 오향루에서 뛰어난 미모를 자랑하던 어린 기녀 수연이 한 사내에게 죽임을 당했다. 그녀를 죽인 사내는 망혼벽이라 부르는 절벽에 스스로 몸을 던져 목숨을 끊었다.

第一章

추산, 청부를 받다

"쳇!"

추산은 연무장 한가운데 서서 연신 불평을 쏟아내고 있었다. 손에 든 검을 앞으로 겨누고는 얼마간 그 자세 그대로 가만히 있다가 다시 쓴소리를 뱉어내기를 몇 차례, 추산이 무언가를 포기한 듯 검끝으로 땅을 짚고 서며 중얼거렸다.

"검끝에 기가 모여 빛 덩어리가 만들어지기는커녕 아지랑이도 생기지 않는구나. 난 역시 사부와 사형을 따라갈 수 없는 걸까?"

추산은 그의 사부인 천검 능운백과 고검이 시전한 절정의 검공, 내기를 검끝에 담아 적을 공격하는 검법을 수련해 보고자 며칠째 연무장을 찾아 그답지 않은 끈질김을 보이고 있었다. 하지만 수련은 자신의 생각대로 진행되지 않았다. 검끝에 희미한 아지랑이를 만들어내는 것조차도 어려웠던 것이다.

"너는 환검을 익혔으니 과연 그 검공이 가능할지… 아니, 그게 필요할지 모르겠구나."

고검에게 방법을 물었을 때 고검이 해준 대답이었다. 하지만 고검은 어쨌든 검끝에 검기를 모으는 방법, 단전으로부터 끌어올려진 기를 검끝에 유형의 덩어리로 만들어내는 기로(氣路)를 세심하게 알려주기는 했다.

"하지만 내가 보기에 이건 기로(氣路)의 문제가 아닌 것 같구나. 첫째는 공력이고, 둘째가 기로(氣路)라면 마지막으로 필요한 것이 검로이다. 넌 사부님과 나와는 달리 환검의 검로를 따르니 네가 이 검법을 익히기는 쉽지 않을 터이다. 설혹 검에 기정(氣精)을 만들어낸다 하더라도 그것을 가지고 환검을 펼치지는 못할 것이다. 그러니 어쩌면 쓸데없는 일을 하는 걸지도 모르겠다."

그 말을 끝으로 고검은 입을 다물었다. 그리곤 며칠 후 사부 천검 능운백과 함께 무불장을 떠났다. 추산의 머릿속에 사형 고검이 남긴 말이 새록새록 떠올랐다.

"하지만 멋있잖은가? 더군다나 위기의 순간에는 구명절초로 써먹을 수도 있을 것 같고… 좋아. 며칠만 더 해보자고. 가능성이라도 보이면 수시로 수련을 해보도록 하지 뭐.”

평소 인내심이 부족하다는 핀잔을 사부로부터 받아오던 추산으로서는 대단한 결심을 하는 그때, 갑자기 연무장 입구에서 여인의 목소리가 들려왔다.

“추산, 이리 와봐!”

순간 추산의 얼굴이 살짝 일그러졌다.

“또 왜요? 지금 무공 수련하는 것 안 보여요, 사저?”

추산이 고개도 돌리지 않고 목소리의 주인공이자 무불장의 안주인인 능천화에게 대꾸했다.

“무공 수련? 검을 지팡이 삼아 어슬렁거리는 것도 수련이니?”

그러자 추산이 얼른 검을 들어 올리며 말했다.

“아니, 지금은 수련 중에 잠시 사색에 잠긴 중이었디고요. 아시죠? 무공 수련에서 무리를 참구하는 시간이 얼마나 중요한지. 지금 그 중요한 시간을 사저가 방해한 것이리고요.”

“쓸데없는 변명 늘어놓지 말고 이리 와봐!”

“왜요? 또 뭐 시킬 일이라도 있어요?”

추산이 퉁명스럽게 물었다. 능천화가 무불장의 안주인으로 들어앉으면서부터 그녀는 툭하면 추산을 불러내 이것저것 심부름을 시켜댔다. 또한 잔소리도 무척 늘어 추산은 항상 그녀가 자신을 잠시도 그냥 두지 않는다고 불만이 대단했다. 하지만 그러면서도 그의 발걸음은 능천화를 향해 느릿하게 움직이고 있었다.

"자, 왔어요."

추산이 능천화 앞에 걸음을 멈추고는 그녀를 내려다보며 말했다.

'이 자식이 언제 이렇게 컸지?

능천화는 자신을 내려다보고 있는 추산을 올려보며 내심 의아해했다. 물론 추산의 키가 능천화보다 커진 것은 이미 오래전 일이었다. 하지만 어려서부터 추산을 보아왔기에 추산이 소년에서 한 명의 청년으로 자랐다는 것을 실감하지 못했는데 오늘은 추산이 무척이나 커 보이는 능천화였다.

'무불장에 온 이후 제법 많이 변했단 말이야.'

"아, 시킬 일이 뭐냐니까요?"

추산이 말없이 자신을 올려다보고 있는 능천화에게 빽 소리를 질렀다.

"요 녀석이 어디서 형수를 빤히 쳐다보며 소리를 질러!"

능천화가 손을 들어 추산의 머리를 향해 번개처럼 주먹을 뻗어냈다. 하지만 그녀의 주먹에 맞을 추산이 아니었다. 추산이 재빨리 허리를 뒤로 젖혀 능천화의 주먹을 피해낸 후 번개처럼 손을 뻗어 그녀의 팔목을 잡아챘다.

"아이구, 아주머니. 이젠 그 주먹에 맞을 이 추산이 아니네요. 자자, 어서 왜 날 찾았는지나 말해요."

추산이 능글맞은 표정으로 말하자 능천화가 추산의 손에서 자신의 팔을 잡아 빼며 퉁명스럽게 말했다.

"흥, 그래도 꼴에 사내라고 여자 홀리는 재주는 있어가지고……."

"그게 무슨 말이에요? 물론 내가 제법 잘생기긴 했지만……."

"너 그러다가 인화에게 제대로 당한다. 내가 인화에게 모두 이야기할 테니까."

"아니, 왜 생사람은 잡고 그래요? 도대체 무슨 일인데요? 그리고 말씀 이상하게 하시네. 제가 다른 여자를 만난다고 해서 왜 인화에게 당해야 하죠? 인화가 뭐 제 마누라라도 되나요?"

그러자 능천화가 도끼눈을 하고 정색을 하며 물었다.

"정말 인화가 네게 아무런 존재도 아니야? 확실하게 말해 봐!"

"아니, 뭐 지금 그걸 어떻게 딱 부러지게 말을 해요? 남녀 관계란 앞으로 어떻게 변할지 모르고… 에, 하여튼 우린 아직 혼인한 사이가 아니라는 거죠."

"좋아. 그럼 내가 인화에게 다른 남자를 소개시켜 줘도 아무 상관 없단 말이지?"

"뭐 굳이 그러시겠다면 막을 생각은 없어요. 하지만 과연 인화가 나 말고 다른 남자가 눈에 들어올까요?"

천연덕스럽게 말을 내뱉는 추산을 능천화가 노려보며 으르렁거리듯 말했다.

"만약 인화 눈에서 눈물만 나봐라. 내가 네 녀석을 그냥 둘 지."

그러자 추산이 두 손을 들어 올리며 대꾸했다.

"아니, 그러니까 도대체 무슨 일 때문에 이렇게 날 쥐 잡듯 하는지 말이나 한 번 들어보자구요."

"흥, 연못 정자에 가봐. 널 기다리는 여자가 있을 테니."

그러자 추산의 눈이 동그래졌다.

"여자요?"

"왜 눈이 번쩍 떠지니?"

"아니, 누가 날 기다려요?"

"누구긴 누구야. 도문의 설상지 그 아이지. 도대체 그 아이를 어떻게 홀렸길래 지난 일 년간 이 무불장을 자기 집 드나들듯하는 거니? 네가 고 가가와 함께 동정호에 가 있는 동안에도 그녀는 두 번이나 이곳을 다녀갔단 말이야."

"오! 설 여협께서 오셨군요. 뭐, 사실 설 여협과 전 그럴 만한 인연이 있지요. 제가 그녀의 생명의 은인 아닙니까?"

"흥, 그에 대한 대가를 도문으로부터 충분히 받은 것으로 알고 있는데? 우리 무불장에 돌아온 청부대금 말고 말이다. 넌 그 돈을 한 푼도 내게 내놓지 않았잖아?"

"그걸 내가 왜 사저에게 내놔요? 그건 엄연히 제 돈이라구요. 우리 무불장의 정식 청부대금이 아니라 개인적인 감사의 표시로 받은 돈 말이에요."

"그렇더라도 내가 돈 관리를 해주는 게 좋지 않겠어? 사내가 무슨 돈 관리를 해, 어디 가서 술이나 퍼먹겠지. 역시 돈 관리는 여자가 해야 해."

"호호호, 고양이에게 생선을 맡기지 사저에게 돈을 맡겨요?

아아, 그런 말일랑 하지 말아요. 그리고 난 절대 술 먹는 데 돈을 쓰는 사람이 아니에요. 이 추산의 마음속에는 천하를 주무르는 대상(大商) 꿈이 있다고요."

"대상? 흥, 꿈도 야무지지."

능천화가 콧방귀를 뀌며 말했다.

"글쎄, 어디 두고 보자고요. 제가 그렇게 되는지 못 되는지. 자, 난 얼른 설 여협을 만나러 가야겠어요. 허허, 뭘 또 이렇게 자주 오시나. 부담스럽게 말이야."

말은 그렇게 하면서도 추산이 바람처럼 장내를 떠나 연못 정자를 향해 달려갔다.

"망할 녀석, 인화 생각은 전혀 안 하나 보지? 인화가 자길 얼마나 보고 싶어하는데… 안 되겠어. 인화를 이리로 부르든지 해야지."

능천화가 정신없이 뛰어가는 추산을 보며 중얼거렸다.

무불장 중앙에 위치한 작은 연못은 무불장에서 유일하게 화려함을 자랑하는 장소다. 무불장에서의 모든 만남과 헤어짐은 대부분 이 연못의 정자에서 이루어졌다.

연못에 도착한 추산이 가볍게 몸을 날려 연못 중앙의 정자로 이어지는 돌다리를 건넜다. 순식간에 돌다리를 건넌 추산이 정자 위로 올라서다가 흠칫 걸음을 멈췄다.

'뭐야, 혼자가 아니었나?'

정자 위에는 두 명의 여인이 다소곳이 앉아 차를 마시고 있었는데 두 명 모두 강호에서 보기 드문 미인이었다.

'이것 참, 혼자 오기는 쑥스러웠던 모양이지?'

추산이 슬쩍 미소를 흘리며 점잖은 발걸음으로 정자 위로 올라섰다. 그러자 차를 마시고 있던 두 여인이 급히 몸을 일으켰다.

"설 여협께서 오셨군요. 그동안 별일없으셨지요?"

추산이 짐짓 설상지 곁에 서 있는 여인에게는 관심이 없는 척하며 설상지에게 정중하게 인사를 건넸다.

"오랜만에 뵙네요. 그간 몇 번 들렀었는데 동정호에 가 계셨다구요?"

설상지가 밝은 미소로 추산을 반겼다.

'역시 미인이야. 강호에서 이런 미인을 보기란 결코 쉽지 않지.'

추산이 새삼스럽게 설상지의 미모에 감탄하며 살짝 고개를 끄덕였다.

"그렇습니다. 사형과 함께 청부를 수행하러 동정호를 다녀왔지요. 꽤 복잡한 일이라 시간이 조금 걸렸습니다."

"호호, 강호의 소문은 저도 듣고 있었어요. 이번에도 역시 무불장의 두 사형제 분께서 기련장의 육 소저 실종 사건을 해결하셨더군요. 과연 천하제일청부사란 말이 나올 만한 일이었어요. 듣자하니 남련의 여러 고수들도 그 일에 매달렸다고 하던데……."

"하하하, 운이 좋았지요. 하지만 꽤 고생을 한 것은 맞습니다. 그나저나 이분은……?"

추산이 슬쩍 고개를 돌려 설상지와 동행한 또 한 명의 미인을 바라보며 조심스럽게 물었다.

"이런, 내 정신 좀 봐. 손님을 데려와 놓고 소개를 시키지 않다니. 추 소협께서는 혹 칠웅문이라는 문파를 들어보신 적이 있나요?"

설상지가 추산을 보며 물었다.

'칠웅문이라… 들어본 것 같기도 하고, 아닌 것 같기도 하고… 이거 짧은 견문이 드러나면 체면이 말이 아닌데…….'

추산이 고개를 갸웃거리며 말을 얼버무렸다.

"글쎄요. 듣기는 한 것 같은데……."

"아마 귀에 익지는 않으실 거예요. 칠웅문이 개파(開派)한 것은 그리 오래되지 않은 일이니까요. 하지만 요즘 등주에서 칠웅문을 모르면 그곳 사람이 아닐 정도라는 말이 있을 만큼 욱일승천하는 문파지요. 이 수저 분은 바로 그 칠웅문의 일곱 문주님 중 한 분이신 서황우 문주님의 따님이세요."

설상지의 소개가 끝나자 그녀의 곁에 서 있던 여인이 차분하게 고개를 숙여 보였다.

"무불장과 추 소협의 대명은 익히 들어 알고 있습니다. 인사드립니다. 전 칠웅문의 서항아라고 합니다."

'항아라… 달의 여신이란 말인가? 과연 그 말이 무색지 않게 아름답구나. 그러고 보니 칠웅문이라는 이름을 들어본 것 같군. 저번에 대 형님이 산동으로 청부를 다녀오면서 언뜻 등주에서 잠룡이 될 만한 문파가 성장하고 있다고 하면서 그 문파의 이름을 칠웅문이라고 했었지. 일곱 명의 절정고수가 함께 창업한 문파라고 했던가?

추산이 내심 서항아의 미모에 침을 흘리며 정중하게 포권을 해 보였다.

"서 소저였군요. 반갑습니다. 불초는 무불장의 추산이라고 합니다. 이제 겨우 두 번의 청부를 수행한 햇병아리지요. 서 소저의 과찬에 감사드립니다."

평소와는 다른 정중한 추산의 인사에 설상지가 가볍게 속웃음을 지었다.

"그런데 설 여협께서는 어쩐 일로 무불장에 들르신 건지요?"

"계속 이렇게 세워두실 건가요?"

"아, 이런 내 정신 좀 보게. 미안합니다. 자, 자리에들 앉으시죠."

추산이 자리를 권하자 두 여인이 나직한 미소를 지으며 자리에 앉았다. 그러자 추산 역시 그녀들의 맞은편에 자리를 잡고 앉았다.

"그래, 무슨 일로……?"

추산이 자리에 앉으며 다시금 설상지가 서항아를 데리고 자신을 찾아온 이유를 물었다.

"저야 강호에 나왔다가 잠시 추 소협이나 보고 갈까 하고 무불장에 온 것이고요."

"그럼 서 소저는?"

"서 동생은 등주에서 만나 동행을 하게 된 것이지요."

"특별한 일이 있는 것은 아니었군요."

"아뇨. 서 동생은 무불장에 청부를 넣으려고 온 것이에요."

"청부요?"

추산이 고개를 갸웃하며 물었다. 당금 무림에서 무불장은 천하제일의 청부업체였다. 청부의 크기만 해도 큰 것은 일천 금에 달했고, 작은 것도 금 삼사백 냥은 되었기에 무불장에 청부를 넣는 것은 결코 쉬운 일이 아니었다.

물론 등주의 떠오르는 신흥 명문 칠웅문이라면 무불장을 이용할 충분한 능력을 갖추고 있었다. 하지만 칠웅문에서 무불장에 청부를 넣으려면 적어도 문파의 수뇌부가 움직였어야 했다. 지금 추산의 눈앞에 있는 서항아는 비록 칠웅문의 일곱 문주 중 한 명인 서황우의 딸이지만 그녀가 칠웅문을 대표해서 무불장에 청부를 넣을 신분은 아니었다.

"맞아요. 전 무불장에 청부를 넣기 위해 설 언니를 따라 추소협을 만나러 왔어요."

서항아가 차분한 목소리로 추산의 물음에 답했다.

"칠웅문의 청부인가요?"

추산이 되물었다.

"본 문과 연관된 청부이기는 하나 청부자가 칠웅문은 아닙니다. 이 청부는 제 이름으로 하고자 합니다."

그러자 추산이 살짝 아미를 좁혔다.

"서 소저 본인의 청부시라고요?"

"그렇습니다."

서항아가 당돌하게 고개를 끄덕였다. 그러자 추산이 잠시 그녀를 보다 설상지에게 시선을 돌리며 말했다.

"설 여협도 아시다시피 본 장의 청부는 무척 비싼 편입니다만……."

"물론 항아 동생도 그 사실을 잘 알고 있어요. 이미 이곳에 오기 전 제가 무불장에 대한 설명을 충분히 했거든요. 그리고 사실 항아 동생이 무불장에 청부를 넣기 위해 이렇게 찾아온 것은 제가 적극 권했기 때문이랍니다."

'그러니까 이 아가씨가 일을 물어왔다는 말인데… 이것 참, 겨우 어린 여인 한 명이 하는 청부까지 받아야 하는 것일까?

추산이 여전히 떨떠름한 표정을 짓고 있자 서항아가 다시 입을 열었다.

"무불장의 대협들이 청부에 나서려면 최소한 금 삼사백 냥은 있어야 한다고 들었어요."

"뭐 사실 그렇습니다만……."

"그런데 전 금 백오십 냥밖에는 준비하지 못했어요."

'금 일백오십 냥! 이것 봐라. 이제 보니 젊은 여자가 보통이 아닌걸.'

추산의 표정이 변했다. 금 일백오십 냥이면 무불장에 청부를 넣을 충분한 금액은 아니지만 그렇다고 딱 부러지게 거절할 만한 금액도 아니었다. 더군다나 서항아와 같이 어린 여인이 준비한 금액으로는 무척 큰돈이라 할 수 있었다. 물론 어떤 일이냐에 따라 금액이 달라지지만 일단 청부 내용을 들어볼 만한 조건은 갖추고 있는 셈이었다.

"무슨 일입니까?"

추산이 정색을 하며 물었다.

"그런데 고 장주님은 안 계시다고 하더군요?"

설상지가 추산의 질문에 답하지 않고 고검의 부재를 물었다. 그러자 추산이 슬쩍 볼을 씰룩였다.

'나랑은 청부 건을 말하기 싫다는 건가?'

추산이 가볍게 가운데 놓인 나무 탁자를 손가락으로 두드리며 대답했다.

"사형은 현재 무불장에 없습니다."

"다른 청부를 해결하러 나가셨나 보쥬?"

"그렇지는 않습니다. 이번에 사부님이 오랜만에 강호에 나오셨지요. 사부께서 하산하신 차에 인연 있는 곳들을 둘러보시겠다고 하셔서 사형이 사부님을 모시고 잠시 무불장을 떠나 계시는 겁니다."

"그렇군요. 그럼 장주님은 언제 돌아오시나요?"

"글쎄요. 아마도 꽤 오래 걸릴 거예요. 사부님을 설연장에 모셔다 드리고 나서야 돌아오실 거니까요. 왜요? 기다리시게요?"

그러자 설상지가 고개를 저었다.

"아뇨. 저나 항아 동생이나 그리 시간이 많지 않아요. 그럼 청부는 누가 받나요?"

"흠, 지금 무불장에는 일하는 사람과 형수님 말고는 저밖에 청부사가 남아 있지 않지요. 모두 강호로 나갔거든요."

"그럼 추 소협께 청부를 넣어야겠군요."

그러자 추산이 퉁명스런 목소리로 대답했다.

"무불장에서 저는 가장 실력없는 청부사지요. 그런데 그런 저에게 청부를 맡기셔도 되겠어요? 다른 청부사들을 찾아보는 것이 좋지 않겠어요?"

그러자 설상지가 이내 추산의 기분을 눈치 채고는 미소를 지으며 대답했다.

"추 소협의 능력이야 이미 제가 보아서 알고 있는데 너무 겸손하시군요. 그리고 이번 일은 무공보다는 머리가 필요한 일이니 오히려 추 소협께서 이번 청부에 적합한 분이라고 할 수 있지요. 다만……."

"다만 뭐죠?"

"다만, 다른 분들이 안 계셔도 무불장의 소식통은 여전히 이용할 수 있는 건가요?"

"본 장의 소식통이요? 흠… 미 부인께서 안 계시니 빠르진 않겠지만 전서구를 이용하면 가능할 거예요."

"다행이군요."

"그럼 제게 청부를 하시겠습니까?"

추산이 서향아를 보며 묻자 서향아가 고개를 끄덕였다.

"이미 이곳에 오면서 설 언니로부터 이번 청부는 추 소협께

맡기는 것이 좋겠다는 말을 들었어요."

'흐흠, 애초부터 나에게 맡길 생각이었군. 그래 놓고도 사형을 찾다니 제법 상대의 심기를 읽을 줄 아는군.'

추산이 설상지를 흘깃 보고는 무거운 음성으로 입을 열었다.

"그럼 청부에 대해 들어보기로 하죠."

그러자 서항아가 고개를 끄덕이고는 조용히 입을 열기 시작했다.

"그러니까 그 이상한 일이 일어나기 시작한 것은 석 달 전부터였어요. 전 저희 아버님과 여섯 분의 백부님들이 등주에 자리를 잡고 칠웅문을 개파하신 이후 줄곧 매월 보름이면 등주 남동쪽에 있는 백우산 황룡사에 가서 돌아가신 어머니를 위해 불공을 드리곤 했지요. 어머니가 돌아가신 것은 칠웅문이 개파하기 이전이었고 어머님의 위패를 백우산 황룡사에 모신 것은 칠웅문이 등주에 자리를 잡은 후였으니 제가 백우산 황룡사를 다니기 시작한 것은 오 년 정도 된 일이지요."

'흠, 꽤나 효녀군. 오 년 동안 죽은 어머니를 위해 한 달에 한 번 불공을 드리러 다니다니 말이야.'

추산이 내심 서항아의 효심에 감동하여 고개를 끄덕였다.

"그런데 석 달 전 백우산 황룡사에 다녀올 때였어요. 불공을 드리고 밤길을 걸어 칠웅문으로 돌아오는데 뭔가 이상한 기운이 계속 절 주시하는 것 같았어요. 무척이나 날카롭고 소름 끼치는 기운이었는데 어찌 된 일인지 절 호위해 황룡사에 갔던 세 명의 본가 호위무사들은 전혀 그 기운을 느끼지 못하는 것이었어요."

"그들의 무위는 어느 정도였나요?"

"누굴 말하시는 건가요?"

"서 소저를 호위한 사람들 말이죠. 서 소저와 비교하면……?"

"물론 저보다 높은 무공을 지니고 계신 분들이었죠."

"알겠습니다. 계속하시죠."

추산이 고개를 끄덕이며 말하자 서항아가 자신이 겪은 일을 계속 이야기하기 시작했다.

그날 백우산 황룡사에서 돌아오는 길에 서항아가 느낀 기이한 기운을 서항아 자신도 이후 한 달 동안 잊고 살았다. 왜냐하면 칠웅문에 돌아온 이후에는 전혀 그 기운이 느껴지지 않았기 때문이었다. 그래서 서항아는 그저 자신이 어두운 밤길에 겁을 먹었거나, 혹은 몸이 조금 피곤했었나 보다 하고 말았다.

그런데 한 달이 지난 후 다시 그녀가 황룡사를 찾았을 때 그때는 좀 더 확연하게 그 기운을 느끼게 되었다. 시작도 지난번과는 다르게 그녀가 황룡사에 들어섰을 때부터 이어졌는데 그 기운이 너무 강렬해 도저히 자신의 몸 상태 때문이라고만은 설명할 수 없었다는 것이다. 해서 그녀는 호위무사들에게 은밀하게 주변을 살펴보라고 명했지만 호위무사들은 황룡사 주변에서 아무것도 발견할 수 없었다.

　그렇게 불유쾌한 하루가 지나고 다시금 평온이 찾아왔다. 그래서 연이은 두 번의 경험에도 불구하고 서향아도 결국 황룡사에서의 일을 단순한 우연으로 치부하며 평소의 생활로 돌아가려 했다.

　"그런데 일은 거기에서 끝나지 않았어요. 황룡사에서만 경험했던 그 일들이 어느 날부터인가 제가 칠웅문을 나서기만 하면 찾아들기 시작하는 것이었어요. 결국 전 확신했죠. 뭔가, 혹은 누군가가 날 주시하고 있다고 말이에요. 해서 아버님께 이 일을 말씀드렸어요. 아버님께서도 처음에는 무척 심각하게 받아들이셨지요. 왜냐하면 저희 칠웅문 역시 무림문파이기 때문에 지금의 성세를 이루기 위해 적지 않은 원한을 강호에 쌓았으니까요. 그래서 아버님께서는 본 문 최고의 고수들을 움직여 제 주변을 은밀히 감시하기 시작했어요. 하지만 그들은 아무것도 발견할 수 없었지요."

　"그동안에도 서 소저는 여전히 그 기운을 느꼈나요?"

　"예전만큼은 아니지만 아주 가끔요. 하지만 어쨌든 본 문의 고수들은 그 기운의 성체를 발견하는 데 실패했고 아버님은 외부의 적이 아닌 제 상태에 대해 걱정하시기 시작했어요. 즉, 제가 느끼는 그 기이한 기운은 누군가에 의해 일어난 일이 아니라 제가 건강하지 못하기 때문에 일어난 일이라는 것이죠. 해서 이후 고수들의 활동은 중지됐고, 오히려 의원들이 절 진맥하기 시작했어요. 하지만 의원들도 제 건강에는 아무런 문제가 없다고 말할 뿐이었지요. 그렇게 되자 결국 전 칠웅문에

서 이상한 존재가 되어버렸어요. 사람들은 마치 제가 무슨 정신병이라도 걸린 양 바라보기 시작했죠. 그런데…….”

서항아가 자신이 지금껏 겪은 일이 분한지 잠시 숨을 죽였다. 추산은 서항아가 진정될 때까지 차분히 기다렸다. 거래에 있어 상대의 이야기를 느긋하게 들어주는 것은 상대의 신뢰를 얻기 위한 가장 좋은 방책 중 하나이기 때문이었다. 그리고 잠시 후 서항아가 다시 입을 열었다.

“그런데 보름 전 이번에는 분명 누군가가 있다는 좀 더 확실한 일이 일어났어요.”

“무슨 일이 일어났죠?”

“제가 무척 소중하게 생각하는 한 가지 물건이 사라진 거예요.”

“물건이 사라졌다고요?”

“제가 여섯 살 때 아버지께서는 제게 작은 보석 목걸이를 선물해 주셨죠. 저희 아버님은 평소 무뚝뚝하신 분이시라 제게 선물 같은 것은 하지 않으셨는데 웬일인지 그때는 오랜 출타 후에 돌아오셔서 제게 목걸이를 선물로 주신 거예요. 그리고 그 목걸이는 정말 아름다웠어요. 줄은 금으로 만들어진 것이었고, 투명하고 보랏빛이 흘러나오는 보석이 매달려 있었지요. 그 보석을 들여다보고 있으면 밤하늘을 보석 안에 담아놓은 것처럼 수많은 별들이 반짝이는 듯한 느낌을 받았지요. 어쨌든 전 그 보석 목걸이를 지금까지 제 몸에서 떼어내 본 적이 없었어요. 그런데 보름 전 그 목걸이가 사라진 거예요.”

“어떻게……?”

“자고 일어나 보니까 없어졌더군요.”

“혹 다른 곳에서 잃어버리신 것은 아닌지……?”

“아니에요. 전 언제나 잠이 들기 전 그 보석을 들여다보곤 하는데 그날도 분명 잠이 들기 전 보석을 들여다보다 잠이 들었어요. 그런데 아침에 일어나 보니 그 목걸이가 제 목에서 사라지고 없는 거예요.”

“그 일을 아버님께 말씀드렸나요?”

그러자 서항아가 천천히 고개를 저었다.

“말씀드리지 못했어요. 요즘 전 칠웅문에서 거의 정신병자 취급을 받고 있어서 제가 그 목걸이를 누군가에 의해 도난당했다고 해도 아무도 제 말을 곧이듣지 않을 테니까요.”

“흐음, 그도 그렇군요. 그런데 정말 목걸이가 누군가에 의해 도난당했다고 확신하는 겁니까?”

추산이 의심스런 눈으로 묻자 서항아가 절망적인 눈빛을 흘려내며 말했다.

“그래요. 전 확신해요. 하지만 추 소협께서 칠웅문의 다른 사람들과 마찬가지로 제 상태에 의심을 품고 계신다면 저로서도 어떻게 달리 증명할 방법이 없군요. 어쨌든 그렇게 혼자 답답한 처지에 놓였던 차에 설 언니가 등주를 지나다 제가 건강이 안 좋다는 이야길 듣고 칠웅문에 들르셨어요. 그리곤 무불장에 청부를 하는 게 어떻겠냐는 의견을 내신 거고요.”

“뭐, 서 소저의 말을 의심하는 것은 아닙니다. 단지 칠웅문 고수 분들까지 동원되었던 일이라니 의구심을 떨쳐 버리기 힘들군요."

그러자 지금까지 두 사람의 대화를 듣고 있던 설상지가 서항아에게 말했다.

"항아 동생, 그 금줄을 보여 드려."

그러자 서항아가 아차 하는 표정을 지으며 품속에서 반짝이는 금줄을 꺼내 추산 앞에 내놓았다.

"추 소협께서는 이걸 봐주세요."

"이게 뭐죠?"

"제가 목에 걸고 있던 목걸이의 일부분이에요. 흉수는 목걸이에 달린 보석만 가지고 갔지요."

서항아의 말에 추산이 탁자에 놓인 금줄을 눈앞에 들어 올렸다. 그리곤 찬찬히 금줄을 살피다 눈빛을 반짝였다.

"이건……!"

"역시 발견하셨군요."

설상지가 고개를 끄덕였다.

"정말 누군가가 있군요."

추산이 중얼거렸다. 추산의 시선은 여전히 서항아가 내놓은 금줄에 머물러 있었다. 금줄 중에서도 끝 부분을 주시하고 있었는데 금줄의 끝 부분이 마치 누군가 검으로 베어낸 듯 깨끗하게 잘려 나가 있었던 것이다.

"설 언니가 발견할 때까지 저도 발견치 못했던 것이지요. 역시 무공이 뛰어나신 분들은 뭔가 다르시군요."

서항아가 추산에 대한 믿음이 생기는지 여유를 되찾은 얼굴
로 말했다. 하지만 추산의 얼굴은 오히려 처음보다 더 굳어져
있었다.

"이건… 이건 정말 무섭군요."

서항아가 의아한 표정을 지었다.

"무섭다뇨?"

그러자 추산이 서항아의 물음에는 답하지 않고 설상지를 보
며 물었다.

"설 여협께서는 이런 흔적을 남기실 수 있겠습니까?"

그러자 설상지가 고개를 저었다.

"아무런 제약도 없으면 가능하겠지만 잠들어 있는 사람을
깨우지 않고 그렇게 깨끗하게 금줄을 잘라낼 수 있을지는 확
신하지 못하겠네요."

"흐흠, 그렇지요? 이건 정말 심각하군요. 이렇게 가느다란
금줄에 이런 검흔을 남겼다는 것은 대단한 검공을 익힌 인물
의 짓이거나 혹은 천하에 보기 드문 명검을 소유한 자의 짓이
라고 봐야겠지요."

"그게 그렇게 대단한 건가요?"

서항아가 놀란 눈으로 물었다. 그러자 설상지가 차분한 목
소리로 대답했다.

"항아 동생, 내가 동생이 놀랄까 봐 미리 말하지 않았지만
저 정도의 검흔을 남길 수 있는 사람이라면 능히 천하백대고
수 안에 들 거야."

그러자 서항아가 화들짝 놀랐다.

"천하백대고수요?"

"그래. 만약 보검이 아니라 순수한 무공으로 만든 흔적이라면… 정말 무서운 인물이라고 할 수 있지."

"한 가지 사실은 설명이 되네요."

추산이 중얼거렸다.

"어떤 사실이 설명이 된다는 거죠?"

설상지가 물었다.

"칠웅문의 고수들이 왜 이자를 발견하지 못했는지 말입니다. 이런 정도의 고수라면…….."

설상지는 추산이 무슨 말을 하는지 충분히 알 수 있었다. 비록 칠웅문이 현재 산동 지방에서 불길처럼 세력을 일으키고 있지만 강호의 명문대파들과는 그 실력 차이가 엄연히 존재한다고 할 수 있었다. 그리고 서항아의 금목걸이에 흔적을 남긴 고수라면 그런 칠웅문의 고수들에게서 몸을 숨기는 것은 그리 어려운 일이 아니었을 터였다.

"순서를 잘못 잡으신 것 같습니다."

추산이 서항아를 보며 말했다.

"순서를 잘못 잡다뇨?"

"아마, 이 금줄을 서 소저의 아버님께 보여 드렸다면 서 소저의 아버님이나 칠웅문의 다른 문주 분들께서는 더 이상 서 소저의 상태를 의심치 않았을 겁니다. 절 찾아오시는 것보다 이 금줄을 아버님께 먼저 보여 드렸어야 했습니다."

“그 줄에서 검혼을 찾은 것은 이곳으로 오는 도중에 일어난 일이에요.”

설상지가 서항아 대신 입을 열었다.

“그렇게 된 일이군요. 아무튼, 청부 이야기는 다시 해야 할 것 같군요. 이 사실을 칠웅문의 일곱 문주님이 알게 된다면 그 분들이 먼저 이 일을 해결하자고 나서실 테니 굳이 제가 필요 있겠습니까?”

그러자 서항아가 고개를 저었다.

“그렇지 않아요. 물론 본 문의 일곱 문주님의 무공은 제가 생각할 때 결코 천하사패의 대문파 고수들에 못지않다고 생각해요. 하지만 이번 일은 꼭 무공으로만 해결할 수 있는 일이 아니에요. 설 언니의 말을 들으니 무불장에서는 그동안 수많은 난제들을 해결해 왔다고 하더군요. 제게 지금 필요한 사람은 무공이 강한 사람보다는 어려운 난제를 슬기롭게 해결할 분이에요. 그래서 추 소협이 필요한 것이고요.”

서항아의 말에 추산의 얼굴에 미소가 지어졌다.

‘헤헤, 이제 보니 설 여협이 제법 내 자랑을 해놓았군. 물론 나야 머리 쓰는 일이라면 누구에게 뒤진다고 생각지는 않지만 말이야. 보자… 그나저나 과연 이 청부를 내 맘대로 맡아도 되는 걸까? 사형에게 허락을 받아야 하는 일일 텐테…….’

내심 고민을 하다가 추산이 불쑥 물었다.

“만약 청부를 하신다면 청부의 목적이 어디까집니까? 흉수를 찾는 것까집니까? 흉수를 잡는 것까집니까?”

그러자 서항아가 곰곰이 생각에 잠겼다가 입을 열었다.

"물론 흉수를 잡을 수만 있다면 더없이 좋겠지만 일단 흉수를 찾기만 하면 청부는 완성되는 것으로 할게요. 흉수가 우리가 생각하는 것보다 훨씬 고수일 수도 있으니까요. 일단 흉수를 찾아내면 그를 제압하는 것은 아버님과 백부님들의 몫이 될 거예요. 또 금전 백오십 냥으로 흉수까지 잡아달라는 청부는 드리지 못하겠군요."

'흐흠, 그렇다면 굳이 사형에게 허락받을 필요는 없겠군. 뭐 그를 잡지 않아도 된다면 목숨이 위험할 일은 없을 테니까.'

추산이 천천히 고개를 끄덕였다. 그러다가 슬쩍 서항아를 보며 말했다.

"그런데 그저 그를 찾아내는 일로 금자 백오십 냥을 쓰실 수 있겠습니까?"

"휴, 다른 사람들은 어떻게 생각할지 모르지만 이 문제는 지난 석 달간 절 무척이나 피곤하게 만든 일이에요. 더군다나 제가 잃어버린 그 보석은 금자로 치면 적어도 오백 냥은 나가지요."

"알겠습니다. 그럼 일단 이 청부는 받아들이는 것으로 하죠. 오늘은 저희 무불장에서 머무시고 내일 바로 등주로 떠나기로 하지요."

"알겠어요. 청부를 받아주셔서 감사합니다."

"하하하, 청부사가 청부를 받는 것은 당연한 일인데 감사할 것까지야 있나요."

추산이 제법 호탕한 웃음을 터뜨리며 말했다.

"안 돼!"

능천화가 손을 저으며 단호한 목소리로 말했다. 그녀의 앞에는 추산이 앉아 있었고, 한쪽에는 총관 한단이 자리를 함께하고 있었다.

"왜 안 된다는 거예요?"

추산이 따지듯 물었다.

"몰라서 그래? 본 장에 들어오는 청부는 모두 고 가가의 허락이 있어야 수락할 수 있다고!"

"하지만 지금 사형은 사부님을 모시고 외출 중이잖아요. 그런데 어떻게 허락을 맡아요."

"전서구는 가지고 놀라고 있는 게 아니야!"

"잠나, 전서구를 보내 사형의 허락을 받으려면 적어도 오 일은 걸린다고요."

"어쨌든 고 가가의 허락 없이 청부를 맡는 것은 있을 수 없어. 그리고 더더욱 넌 이제 겨우 두 번의 청부를 경험했을 뿐인데 너 혼자 어떻게 청부를 맡아 해결하겠다는 것이야?"

"나도 아무 생각 없이 청부를 수락한 것은 아니에요. 이번 일은 뭐 누굴 잡아달라거나 대단히 위험한 곳에 가서 물건을 찾아오는 것이 아니고 그냥 서 소저의 곁에 맴도는 인물이 누군지만 알아내면 되는 일이라고요. 그러니 위험할 일도 없죠. 한 총관님 생각은 어떠세요?"

그러자 묵묵히 두 사람의 이야기를 듣고 있던 무불장의 총
관 한단이 고개를 저으며 입을 열었다.

"나로서는 뭐라 답하기 어렵네. 추 소협도 알다시피 나야 무
불장의 살림이나 맡아하는 사람이 아닌가? 청부에 관한 일은
애초부터 장주께서 전담하셨단 말씀이야. 그러니 장주가 없는
상황에서는 마님의 판단에 따라야 하지 않겠는가?"

한단의 말에 능천화가 의기양양한 표정으로 추산을 몰아붙
였다.

"한 총관님 말씀 들었지? 가가께서 없을 때는 내 결정을 따
라야 한단 말씀 말이야. 난 네 청부를 허락할 수 없어."

그러자 추산이 인상을 구기며 대꾸했다.

"하지만 전 이미 서 소저에게 이 청부를 맡겠다고 약속을 했
단 말이에요."

"흥, 그거야 내 알 바 아니지."

"내가 지금 와서 말을 바꾼다면 비단 이 추산의 신용이 떨어
지는 것을 넘어 무불장의 명성에도 흠이 될 거예요. 한 번 수
락한 청부를 거절했다고요."

"그건 네가 너무 성급했기 때문이니 네 책임이야."

"물론 제가 성급한 건 인정해요. 하지만 어차피 일이 이렇게
됐는데 어떡해요. 그러니 이번 청부를 맡은 것을 허락해 줘요.
네? 사저!"

추산이 제법 비굴한 표정을 지으면서까지 사정하자 능천화
의 표정이 조금 바뀌었다. 그녀는 추산의 시선을 피하며 뭔가

를 곰곰이 생각하더니 이내 어쩔 수 없다는 표정으로 입을 열었다.

"휴, 어쩔 수 없구나. 이미 네가 저질러 놓은 일이니."

"그럼 허락하시는 거예요?"

"하지만 조건이 있다."

"조건이라뇨?"

추산이 살짝 얼굴을 찌푸리며 물었다. 그러자 능천화가 득의한 표정으로 입가에 미소를 지으며 말했다.

"본래 무불장에서 청부가 끝나면 청부를 수행한 사람과 무불장이 청부대금을 오 대 오로 배분한다. 너도 알고 있겠지?"

"물론 저도 알고 있어요."

"좋아, 이번 청부가 금자 백오십 냥짜리라고 했지?"

"그래요. 뭐 별로 크지도 않은 건이죠."

"이번 청부대금 중 백 냥은 본 장원에, 나머지 오십 냥은 네가 갖는 것으로 하고 청부를 허락하마!"

"아니, 그게 무슨 말이에요? 엄연히 무불장의 규칙이 오 대 오인데요?"

"추산, 넌 대상(大商)이 되는 게 꿈이라고 했지? 그리고 아버님과 고 가가의 말에 따르면 넌 거래에 무척 재주가 있다고 하더구나. 그럼 이 거래의 의미도 잘 알고 있으리라 생각하는데? 급한 건 내가 아니라 너라고."

"사저, 아니, 형수님! 무불장의 규칙이 거래라뇨? 오 대 오의 규칙은 무불장이 처음 생겼을 때부터 지켜져 온 것이라구요."

"좋을 대로 하렴. 난 네가 내 제안을 받아들이지 않으면 절대 이번 청부를 허락하지 않을 테니까."

능천화가 야무지게 팔짱을 끼며 최후통첩을 날렸다. 그러자 추산이 능천화를 노려보다 짧게 말을 던졌다.

"좋아요. 이번에는 사저의 말대로 하죠. 하지만 어디 두고 보자고요."

"홍, 네까짓 게 두고 보면 어쩔 건데. 가서 실수하지 말고 청부나 잘 수행하라고. 지금껏 무불장의 청부 중 실패한 것이 한 건도 없다는 것은 너도 알고 있지? 괜히 무불장의 명성에 누가 되지 않게 하란 말야."

"홍, 그건 걱정 마세요. 적어도 이 추산은 내가 맡은 일은 반드시 해낼 테니까요."

"그거야말로 두고 봐야 알겠지. 그런데 언제 떠날 거니?"

"내일 아침 일찍요."

"그럼 준비해야 할 게 좀 있겠구나."

"먼저 미 부인께 칠웅문과 그들의 일곱 문주에 대해 알아봐 달라고 해야겠어요. 만약 누군가가 서 소저를 노리는 게 확실하다면 결국 칠웅문과 연관된 누군가가 아니겠어요? 미 부인께서는 항주에 계시다고 하니 소식을 들으려면 서둘러야겠지요."

"그렇게 하려무나. 등주에 도착하기 전에 그들에 대해 알아둬야 할 거야."

"알았어요. 그럼 전 이만 나가볼게요."

추산이 툭툭 자리를 털고 일어나더니 이내 발걸음을 돌려 방문을 열고 밖으로 나갔다.

"내일 얼굴은 보고 갈 거지?"

밖으로 나가는 추산을 보며 능천화가 물었다.

"사저께서 일찍 일어난다면 얼굴은 볼 수 있을 거예요."

추산의 목소리가 문 뒤에서 들려왔다.

"걱정이에요. 저 녀석은 고 가가와 달리 너무 출싹대서……."

능천화가 추산이 나간 문 쪽을 보며 걱정스런 표정으로 말했다.

"글쎄요. 제가 볼 때 추 소협은 충분히 한 건의 청부를 수행할 만한 능력이 있어 보입니다만……."

한단이 미소를 지으며 대답했다.

"그렇게 보셨나요?"

"지금까지 추 소협은 단 두 건의 청부만을 행했지요. 그중한 건은 우연히 끼어들게 된 마혼령의 일이었으니 정식으로 청부 일을 수행한 깃은 동정호 기련장의 일이 처음이랄 수 있지요. 하지만 장주님께 듣자니 암옥에서 장주님이 무사히 돌아올 수 있었던 것은 추 소협의 기지 때문이라고 하더군요."

"그 이야기는 저도 들었어요."

"암옥은 무서운 곳입니다. 더군다나 암옥의 제왕 귀왕 마천은 그 암옥보다도 무서운 인물이지요. 그의 앞에서 그의 아들을 인질로 거래를 했다는 것은 보통 기지와 배짱이 아니면 어려운 일입니다. 또한 추 소협의 무공은 이미 강호의 절정 수준에 올라 있지요. 아마 천하사패 주요 문파의 고수들이 아니라면 추 소협이 무공 때문에 어려움을 겪는 일은 없을 겁니다. 칠웅문 정도라면 추 소협이 충분히 감당할 겁니다. 특히 이번 일은 누구와 무공을 겨룰 일도 아닌 것 같고……."

"그랬으면 좋겠지만 강호의 일이란 게 어디 생각대로 풀리나요."

"그렇긴 하지요. 하지만 이제 추 소협도 무불장의 청부사 중 한 명이니 자신의 일을 해야 할 시기지요."

"총관님의 말씀이 옳아요. 하지만 전 추산을 어려서부터 보아와서 그런지 영 불안하네요."

능천화가 무겁게 가라앉은 표정으로 추산이 나간 방문을 응시했다.

第二章

어둠 속의 존재

孤劍秋山

　등주 칠웅문의 일곱 문주 중 한 명인 황연남이 강소에서 산동으로 이어지는 산길을 다섯 명의 수하들과 함께 은밀히 이동하고 있었다. 등주 칠웅문의 일곱 문주는 저마다 독특한 절기를 지니고 있었는데 그중 황연남은 검(劍)의 달인으로 알려진 인물이었다.

　처음 칠웅문이 등주에 자리를 잡을 때 등주 인근에는 십여 개의 중소문파들이 난립하여 등주의 패권을 겨루고 있었다. 칠웅문은 등주에 자리를 잡은 직후 등주를 기반으로 하는 십여 개의 무림문파 수장들을 개파대전에 초청했다. 그 자리에서 칠웅문의 일곱 문주 중 황연남과 곽룡, 그리고 서항아의 아버지인 서황우가 각각 검술과 창술, 그리고 부술(斧術)을 선보였다. 그리고 그 단 세 사람의 무공 시범으로 칠웅문은 단숨에 등주의 패자로 등극했다.

그중에서도 특히 황연남이 선보인 검술은 그때까지 등주에 자리 잡고 있던 문파의 고수들이 도저히 꿈조차 꿀 수 없는 경지였다고 한다. 그래서 이후 황연남은 등주제일검의 칭호를 얻게 되었던 것이다.

깊은 밤 깊은 숲길을 걷고 있는 황연남의 눈에서는 은은한 흥분의 기운이 느껴졌다. 아니, 그뿐만이 아니었다. 그와 함께 길을 걷고 있는 다섯 명의 칠웅문 고수들 역시 황연남보다 더한 흥분에 싸여 있는 듯 보였다.

"곧 설성입니다. 객잔에 들어 쉬었다 가시겠습니까?"

앞서 길을 열고 있던 칠웅문의 고수 하나가 황연남에게 물었다.

"피곤들 한가?"

황연남이 수하들을 보며 되묻자 칠웅문의 고수들이 한결같이 형형한 눈빛을 드러내며 대답했다.

"지금 같아서는 쉬지 않고 천하를 주유해도 힘들 것이 없을 것 같습니다."

그러자 황연남의 얼굴에 작은 미소가 떠올랐다.

"하하, 나도 그렇구나. 그냥 이곳에서 잠시 휴식을 취했다가 이대로 등주로 가자꾸나. 한시라도 빨리 다른 사람들에게 이 소식을 전하고 싶구나."

"알겠습니다, 문주님!"

칠웅문의 고수들이 몇 개의 바위가 둥그렇게 모여 하나의 공터를 만들고 있는 곳에 걸음을 멈추고 각자 바위에 엉덩이를 걸치고 앉아 휴식을 취하기 시작했다.

"처음 동궁(東宮)으로 출발할 때는 이렇게 대단한 성과를 거두고 돌아갈 것이라고는 생각지 못했습니다."

황연남을 수행하는 다섯 고수 중 한 명이 잠시 자리에 앉았다가 마음에 이는 흥분을 감추기 힘든지 입을 열었다.

"이번 동궁(東宮)행은 정말 성과가 크구나. 묘 대문주께서 북천무맹에서 어떤 제안을 가지고 돌아오실지 모르겠으나 동궁에서 제시한 조건을 능가하기는 쉽지 않을 것이다."

"그럼 이제 우리 칠웅문은 동궁에 합류하는 건지요?"

다른 고수 한 명이 조심스럽게 물었다. 그러자 황연남이 고개를 저었다.

"글쎄다. 그건 돌아가서 다른 문주들의 의견을 들어봐야겠지. 북천무맹의 조건도 들어봐야 하는 것이고… 하지만 역시 동궁의 제안을 거부하기는 쉽지 않을 것 같구나. 오 년의 기한을 두고 칠웅문을 동궁 육상천의 지위로 올려주겠다는 이 조건은 강호의 어떤 문파라도 거절하기 쉬운 것이 아니다. 다만……."

"문제가 될 것이 있는지요?"

"본 칠웅문의 위치가 문제가 되겠지. 현재의 천하사패는 각 문파의 이해관계보다는 문파가 위치한 지역에 따라 갈려진 세력들이라고 할 수 있다. 우리 칠웅문이 비록 북천무맹과 동궁 사이에 위치해 있다고는 해도 사실 북천무맹 쪽에 더 가깝지. 만약 우리가 동궁의 제안을 받아들여 동궁에 속하게 된다면 우린 북천무맹에게 눈엣가시 같은 존재가 될 것이고, 혹여라도 북천무맹과 동궁 사이에 분란이라도 일어나게 된다면 가장 먼저 북천무맹의 공세를 받아내야 하는 처지가 될 것이다. 아마 동궁도 그러한 사실을 알고 있기 때문에 우리에게 이런 파격적인 조건을 제시한 것일 게다. 그러니 동궁의 제안이 매력적이긴 해도 쉽게 삼킬 수 없는 단감인 셈이다."

황연남의 설명을 듣고 있던 다섯 고수의 안색이 조금 어두워졌다.

"생각보다 어려운 문제군요."

"그렇다. 본래 우리가 북천무맹과 동궁의 경계인 등주에 자리를 잡을 때의 생각은 천하사패 어디에도 속하지 않는 문파가 되고자 했던 것이었다. 그런데 문파가 성장하고 보니 결국 사패의 관심을 받을 수밖에 없는 처지가 되었구나."

"천하사패의 시대에 어쩔 수 없는 일이 아니겠습니까?"

수하의 말에 황연남이 천천히 고개를 끄덕였다.

"어쩔 수 없는 일이겠지. 그리고 어쩔 수 없다면 본 문에 가장 유리한 제안을 선택해야겠고. 자, 이제 그만 다시 움직여 보도록 하자."

황연남이 자리를 털고 일어나자 다섯 명의 수하들도 재빨리 자리에서 일어나 북쪽을 향해 길을 잡아나가기 시작했다.

그런데 막 걸음을 옮기려던 황연남이 살짝 고개를 갸웃거렸다. 그리곤 재빨리 신형을 돌려 자신의 뒤쪽을 살폈다. 그러나 그의 시선에 들어온 것은 한밤의 정적을 품은 숲이 전부였다.

'분명 무엇인가 기척을 느낀 것 같은데…….'

황연남이 의혹 어린 눈으로 자신들이 지나온 어두운 숲길을 다시 한 번 살피고는 고개를 저으며 중얼거렸다.

"날짐승이 지나가는 소리였나?"

"문주님, 무슨 일이라도?"

황연남의 행동에 앞서 가던 칠웅문의 고수 한 명이 걸음을 멈추고 황연남에게 물었다.

"아니다. 내가 너무 예민해져 있었나 보구나. 자, 어서들 가 자꾸나."

황연남이 고개를 젓고는 길을 재촉했다. 칠웅문의 문도들은 황연남의 태도에 의아한 표정을 지으면서도 다시금 걸음을 옮 기기 시작했다.

숲은 갈수록 험해졌다. 아름드리나무들이 그득 찬 숲은 사 람의 발길이 닿는 것을 허락지 않으려는 듯 곳곳에 장애물을 만들어놓고 있었다. 하지만 칠웅문의 고수들은 그런 것에 아 랑곳없이 장애물들을 날아 넘으며 빠르게 이동하고 있었다.

'도대체 뭔가, 이 서늘한 기운은?'

다시 길을 떠난 이후 황연남은 여전히 목덜미를 잡아채는 서늘한 기운을 떨쳐 내고 있지 못했다. 처음에는 그저 밤에 나 다니는 들짐승의 움직임이려니 했던 기운은 그러나 움직이는 동안 줄곧 황연남을 따라붙고 있었다.

계속되는 불쾌한 기운에 황연남의 신경이 극도로 예민해져 갔다. 그의 머릿속에 알 수 없는 불안감이 맴돌기 시작했다. 그리고 어느 순간부터 그 불쾌하고 서늘한 기운의 강도가 점점 강해져 급기야는 등주제일검으로 손꼽히는 황연남조차도 더 이상 참지 못하고 자신의 불안감을 입 밖으로 내뱉고 말았다.

"조심들 하거라!"

갑작스럽게 황연남의 입에서 나온 경고에 앞서 길을 열고 있던 다섯 명의 칠웅문 고수들이 어리둥절한 표정을 지었다. 뜬금없는 황연남의 경고가 무얼 의미하는지 알아듣기 어려웠던 것이다.

어두운 밤길과 깊은 숲을 조심하라는 것인지 아니면 누군가의 공격이 있을 것이란 말인지. 그래서 자연스럽게 다섯 명의 수하가 달리는 속도를 줄이며 황연남을 돌아보려는 그때, 갑자기 가장 선두에 서서 길을 열던 칠웅문 문도의 전면에 하얀 빛이 떠올랐다.

하지만 칠웅문의 다섯 고수는 황연남을 돌아보느라 미처 그 빛을 발견하지 못했다. 빛을 발견한 인물은 오직 황연남뿐, 칠웅문 다섯 고수의 눈에 비친 황연남의 두 눈에서 순간 파란 안광이 폭사했다.

"이삼, 조심하라! 앞에 적이다!"

황연남의 경고음이 터져 나오는 동시에 선두에 섰던 칠웅문의 고수 이삼의 신형이 재빨리 전면을 향해 돌아섰다. 그의 손은 이미 자신의 허리춤에 매달려 있는 검을 뽑아내고 있었다. 하지만 강호 일류고수의 경지에 오른 이삼의 발검은 하얀 빛덩어리의 움직임을 쫓아가지 못했다.

팟!

빛은 순식간에 이삼의 몸을 통과했다. 그러자 이삼이 미처 자신에게 무슨 일이 일어났는지도 깨닫지 못한 상태로 땅 위에 쓰러졌다.

"누구냐?"

차차창!

바로 눈앞에서 자신들의 동료가 속절없이 죽어 넘어가는 것을 목격한 칠웅문의 문도들이 저마다 도검을 뽑아 들고 여전히 요기롭게 움직이고 있는 하얀 빛을 향해 달려들려는 순간 황언남이 노성을 터뜨리며 네 명의 수하를 뛰어넘어 그들의 앞을 가로막았다.

"멈춰라!"

황연남에 의해 길이 마힌 칠웅문의 문도들이 황언남의 의도를 알아채지 못하고 의아한 눈으로 그를 바라봤다. 하지만 황연남은 자신의 수하들을 돌아볼 생각조차 하지 않고 어둠 속에 떠 있는 하얀 빛을 노려보고 있었다.

"누구냐?"

똑같은 질문을 황연남이 차갑게 내뱉었다. 그의 손에는 어느새 청색 검이 들려 있었는데 검은 정확하게 어둠 속의 흰 빛과 일직선을 이루며 눕혀져 있었다.

하지만 황연남의 질문에도 빛의 주인은 여전히 대꾸를 하지 않았다. 그러자 황연남의 볼이 한 번 씰룩이더니 이내 그의 신형이 거의 수평으로 눕혀지며 전광석화처럼 흰 빛을 찔러갔다.

팟!

하지만 극도의 쾌검을 구사한 황연남의 일초는 허무하게 허공을 갈랐다. 그의 검이 막 흰 빛의 뒤쪽을 찔러내려는 순간 흰 빛이 허공에서 자취를 감춰 버렸던 것이다.

“놈!”

황연남의 입에서 한마디 노성이 흘러나왔다. 그리곤 재차 어두운 숲 속을 향해 검을 뻗어냈다.

쿠쿠쿵!

황연남의 검에서 뻗어 나온 검기에 주변의 나무들이 잘려 나가며 거대한 소음을 만들어냈다.

“타인의 피로 쌓아 올린 탑이 오래갈 줄 알았더냐? 하하하!”

황연남의 검이 애꿎은 나무들을 베어 넘기고 있을 때 숲의 저 멀리서 조롱 섞인 음성이 들려왔다. 순간 황연남의 안색이 급변했다.

“정체가 뭐냐? 뭐 하는 놈인데 어쭙잖은 말을 지껄이고 있는 것이냐?”

황연남의 입에서 낮으면서도 서릿발 같은 기운을 담은 음성이 흘러나왔다.

"몰라서 묻는 것이냐? 네가 지금 등주제일검에 오른 그 검공이 어디서 연유했는지를 정녕 잊어버렸단 말이냐?"

상대의 음성에서 은은한 노기가 묻어났다. 그 음성은 너무도 짙은 한을 담고 있어 황연남의 뒤에서 검을 빼 든 채 어두운 숲 속을 응시하고 있던 칠웅문 네 문도의 등에 한줄기 서늘한 기운이 느껴질 정도였다.

"넌… 누구냐?"

황연남이 파랗게 질린 얼굴로 재차 상대의 정체를 물었다. 질문을 던지는 그의 음성이 미미하게 떨리고 있었다.

"흐흐흐, 뭐라고 답해줄까? 믿었던 자들에게 배신당한 어리석은 인간? 아니, 자신의 손으로 자신의 누이를 죽인 패륜아? 아니지, 아니야. 그런 말보다 더욱 어울리는 말을 난 지금 막 생각해 냈어. 이건 어떤가? 일곱 마리의 늑대를 물어 죽일 또 한 마리의 늑대라면 말이야."

"네가… 네가 살아 있었구나!"

황연남의 음성이 무섭게 흔들렸다.

"이제야 생각이 나나 보군."

"넌 분명……."

"미안하군. 그 지경이 되어서도 죽지 못해서……."

냉소적인 대답이 숲 속에서 들려왔다. 그러자 황연남의 안색이 순식간에 여러 번 변화했다. 그리고 어느 순간 황연남의 얼굴이 평온을 되찾았다. 그리고 그의 입이 무겁게 열렸다.

"네가 어떻게 살아났는지 모르겠으나, 천우신조로 살아남왔다면 조용히 몸을 숨기고 살 일이지. 어찌하여 내 앞에 다시 모습을 나타냈는가?"

"몰라서 묻는 것이냐?"

"복수를 원하는가?"

"당연히!"

그러자 황연남이 천천히 고개를 저었다.

"우린 이미 십오 년 전 우리가 아니다. 네가 복수 운운할 경지를 지나 있단 말이다. 넌 역시 나타나지 말았어야 했어."

그러자 숲 속에서 한마디 조롱 섞인 소리가 들려왔다.

"홍, 여전히 오만하군. 하지만 변하는 것은 너희들만이 아니다. 산도, 들도, 그리고, 세상도 모두 변해가지. 그래서 나 역시 변했다. 아마 기대해도 좋을 거야. 앞으로의 백 일을, 물론 넌 그 백 일의 끝을 볼 수 없을 테지만!"

파악!

어둠 속에서 들려오던 말이 끝나는 동시에 갑자기 황연남의 뒤쪽에 서 있던 칠웅문의 네 문도 중 한 명의 옆에서 사라졌던 흰 빛이 번개처럼 떨어져 내렸다.

"악!"

다시금 한 명의 칠웅문 문도가 속절없이 쓰러지며 비명을 질러댔다.

"놈!"

노성을 터뜨린 황연남의 신형이 이미 수하들의 머리를 넘어 흰 빛을 움직이는 검은 물체를 찔러가고 있었다.

차창!

어둠을 뚫고 투명한 격돌음이 허공으로 퍼져 나갔다. 암중의 인물과의 첫 격돌, 황연남의 얼굴에 득의한 미소가 지어졌다. 일합의 격돌로 읽어낸 상대의 공력은 자신이 생각하는 것만큼 강하지 않았다.

“이 정도 실력으로 감히 복수를 하겠다고 나온 것이냐?”

황연남이 어스름히 형체를 드러낸 적을 향해 비웃음을 내보이며 검을 찔러갔다.

파르르릉!

황연남의 검에서 경쾌한 떨림이 일어났다. 마치 황연남이 느끼고 있는 자신감을 대변하는 듯한 울림이었다. 황연남의 공격을 받은 정체불명의 사내가 흰 빛으로 번들거리는 자신의 검을 들어 황연남의 검을 막으며 몸을 틀었다.

그긍!

검과 검의 마찰에 의해 불꽃이 튀어 올랐다. 그리고 그 순간 사내의 몸이 한차례 흔들리더니 다시 어둠 속으로 모습을 감추는 것이었다.

“어디서 도망가는 법만 배웠구나!”

황연남이 어둠 속으로 사라지는 사내를 따라 몸을 날리며 소리쳤다. 그렇게 두 사람의 신형이 장내에서 사라졌다.

“도대체 이게 무슨 일이란 말인가? 저자가 누구기에 칠웅문을 공격했을까?”

뒤에 남아 있던 세 명의 칠웅문 문도 중 한 명이 침중한 어조로 중얼거렸다.

"문주님과 나누는 대화로 보건대 과거 문주님들과 원한을 맺은 인물 같구려."

"그렇긴 하구려. 한데 저자의 무공은 정말 대단하구려. 우리들 다섯은 칠웅문에서 문주님들을 제외하고는 가장 강한 사람들인데 순식간에 두 명이 당하다니."

"하지만 저자 또한 곧 저승으로 가게 될 거요. 황 문주께서는 칠웅문 일곱 문주님 중에서도 묘 대문주님 다음으로 고강한 분이 아니오? 그는 결코 황 문주님의 검을 피해내지 못할 거요. 자, 우린 어서 여기 두 사람의 시신이나 수습하기로 합시다."

"그럽시다. 이것 참, 호사다마라더니 동궁으로부터 파격적인 제안을 받은 지금 이런 불상사가 생기다니."

삼 인의 칠웅문 문도가 탄식을 하며 땅 위에 뒹굴고 있는 두 동료의 시신을 수습하려 허리를 숙일 때였다.

쐐애애액!

갑자기 어디선가 날카로운 파공음이 들려왔다.

"뭐지?"

막 동료의 시신을 집어 들려던 칠웅문의 문도 하나가 갑작스런 파공음에 놀라 소리가 들린 쪽으로 고개를 들었다. 그런데 바로 그 순간 갑자기 어두운 숲 저쪽으로부터 흰 빛이 나타나더니 순식간에 허공을 격하고 날아와 막 고개를 들던 칠웅문 문도의 이마를 관통하고 지나가는 것이었다.

팟!

흰 빛에 이마를 관통당한 칠웅문 문도의 이마에서 피분수가 솟아오르며 자신이 들고 있던 동료의 시신과 함께 무너져 내렸다.

"이놈!"

그리고 연이어 황연남의 외침이 터져 나왔다.

"너희들이 했던 것 그대로 네 수족들과 네 가족들 하나하나를 모두 없애주마!"

팍!

"윽!"

흰 빛의 주인에게서 흘러나온 경고가 채 끝나기도 전에 또 한 명의 칠웅문 문도의 목줄기에서 피가 솟구쳤다. 그렇게 다시 두 명의 칠웅문 문도가 죽고 난 뒤에야 흰 빛은 움직임을 멈췄다.

한 명 남은 칠웅문 문도는 사색이 된 채 검을 들고 초점 없는 눈으로 흰 빛의 주인을 응시하고 있었고, 장내에 날아내린 황연남은 분노로 이글거리는 눈으로 상대를 노려보고 있었다.

"어떠냐? 네 수족들을 잃은 기분이?"

"놈! 반드시 죽여주마!"

황연남이 차가운 일갈을 터뜨리며 어둠에 싸인 듯 자신의 형체를 정확하게 드러내지 않고 있는 괴인을 향해 돌진했다.

파아앗!

황연남의 검이 경쾌하게 다섯 줄기의 검기를 만들어냈다.

"큭, 오룡투검(五龍鬪劍)인가?"

괴인의 입에서 나직한 비웃음이 흘러나왔다. 동시에 사내가 들고 있던 검도 다시 흰 빛을 만들어내며 황연남의 공격에 맞서 앞으로 뻗어 나왔다.

구우우웅!

괴인의 검이 그 하얀 빛깔에 어울리지 않게 짙은 살기가 감도는 소리를 만들어냈다. 그리곤 어느새 황연남이 만든 다섯 개의 검기를 한번에 휘감아가는 것이었다.

따다당!

한 번의 격돌이 다섯 번의 부딪침을 만들어내며 요란한 소음을 일으켰다. 그리고 두 사람의 신형이 각기 대여섯 걸음 뒤로 물러났다.

"대단하구나. 내 검을 받아내다니."

상대에 대한 분노도 잊은 듯 황연남이 감탄사를 흘려냈다.

"크크, 도적질한 무공을 그 정도까지 수련한 너도 대단하다. 하지만 앞으로 난 점점 더 강해질 것이다. 네놈들의 목을 모두 베어버릴 수 있을 만큼…… 이 검에서 흘러나오는 빛은 너희들을 피를 머금으면서 검게 변할 것이고, 완전한 어둠이 이 검에 찾아들면 너희들은 모두 저승에 있게 될 것이다."

괴인의 입에서 의미를 알 수 없는 기이한 말이 흘러나왔다. 하지만 황연남은 더 이상 상대가 내뱉는 말에 동요하지 않았다. 그의 안광은 어느 때보다도 차분하게 가라앉아 있었다.

"애초에 너희 초가장이 지니고 있을 물건이 아니었다. 너희들은 보물을 가지고 있으면서도 그 보물을 방치했어. 보물은 그 가치를 알아주는 사람이 주인, 우릴 탓할 일이 아니다.”

“후후, 치사스런 변명이군. 어떤 말을 가져다 대도 너희들이 저지른 과거의 악업을 정당화할 수 없다. 왜냐하면 그 과거에는 서른 명 초가장의 원혼이 서려 있으니 말이다. 그 원혼들 앞에서 무슨 말로 너희들이 변명을 늘어놓을 수 있겠느냐? 너희들이 할 수 있는 것은 오직 하나뿐이다. 너희들 자신과 너희들의 가족을 데리고 저승에 가서 눈을 감지 못하고 있는 초가장의 원혼들에게 사죄하는 것, 그것만이 오직 너희들이 할 수 있는 유일한 일이다.”

괴인의 눈에서 붉은 염기가 흘러나오기 시작했다.

“마공을 익혔구나.”

“후후, 복수를 하는 데 마공이면 어떻고, 정공이면 어떤가? 어차피 복수가 끝나면 나 또한 누이의 뒤를 따라갈 것을!”

괴인의 말이 끝나는 순간 그가 들고 있던 백색의 검이 움직였다. 검은 허공으로 죽 뻗어 올라가는가 싶더니 순식간에 방향을 바꿔 황연남의 머리를 향해 닥쳐들었다.

“아직 넌 너희 집안이 가지고 있던 보물의 진정한 가치를 모르는구나. 네가 어떤 무공을 익혔든 넌 결코 날 죽일 수 없다!”

황연남의 눈에서도 파란 안광이 폭사했다. 동시에 그의 검이 자신을 향해 날아오는 백색 검을 향해 마주 뻗어나갔다.

그르르룽!

황연남의 검에서 마치 용이 울어대는 듯한 꿍음이 일어났다. 동시에 황연남의 검이 괴인이 뻗어낸 백색 검을 그대로 휘감았다. 황연남의 입가에 진득한 미소가 피어났다.

"기억해 둬라. 이게 바로 칠보무결 중 용검(龍劍)의 정수 등룡천검(騰龍天劍)이란 초식이다!"

황연남의 검에 휘감긴 괴인의 백색 검이 순식간에 그 요기로운 흰 빛을 잃어갔다. 그리고 그 순간 황연남의 검이 재빨리 백색 검을 풀어내며 무서운 속도로 괴인의 몸통을 찔러갔다. 황연남의 이 변초는 너무도 빨라 괴인이 황연남의 검에서 풀려난 백색 검을 미처 회수하기도 전에 황연남의 검이 괴인의 옆구리를 베어내고 있었다.

"큭!"

괴인의 입에서 한마디 신음성이 흘러나왔다. 순간 황연남의 얼굴에 득의한 빛이 생겨났다.

"안됐구나. 십오 년 넘게 복수를 꿈꾸었을 텐데."

황연남이 비릿한 비웃음을 흘려냈다. 순간 괴인을 감싸고 있던 검은 기운이 잠시 옅어지는가 싶더니 혈안으로 변한 괴인의 눈이 황연남의 동공에 박혀들었다.

"클클! 물론 난 십오 년 넘게 복수를 꿈꿔왔다. 그것뿐인 줄 아는가? 난 복수를 위해 내 의지와 생명까지 포기했단 말이다!"

사내의 광포한 외침이 어두운 숲 속으로 퍼져 나갔다. 그리고 다음 순간 어디에서 그런 힘이 솟아났는지 황연남의 검에 옆구리를 관통당한 괴인이 한 손으로 검을 든 황연남의 팔을 끌어당기며 다른 손으로 자신의 백색 검을 들어 올려 그대로 황연남의 심장에 자신의 검을 찔러 넣는 것이었다.

"컥!"

황연남의 입에서 한마디 비명 소리가 흘러나오더니 이내 그의 입을 타고 선혈이 흘러내리기 시작했다.

"이, 이건!"

"크크, 어떻게 네 검에 당하고도 이런 힘을 낼 수 있냐고? 말했지 않느냐? 난 복수를 위해 내 생명까지 포기한 사람이라고. 잘 가거라. 비열한 친구여!"

"아… 안 돼!"

황연남의 입에서 나직한 신음성이 흘러나왔다. 하지만 그의 눈에서는 빠르게 생기가 사라지고 있었다. 그리고 잠시 후 괴인은 축 늘어진 황연남의 시신을 땅바닥에 내려놨다. 그의 옆구리에서는 검은 피가 끊임없이 흘러나오고 있었다. 하지만 그는 자신의 부상에도 아랑곳하지 않고 천천히 장내를 벗어나기 시작했다. 유일하게 살아남은 칠웅문의 문도는 장내를 벗어나는 괴인을 그저 물끄러미 바라볼 뿐 아무런 움직임도 보이지 못했다.

"가끔은 죽음의 한가운데에서도 운이 좋아 목숨을 부지하는 사람도 있지. 과거의 나처럼, 그리고 오늘의 자네처럼… 돌아가면 자네의 여섯 주인에게 전해주게. 원한의 수레바퀴가 돌기 시작했다고… 핫하하!"

추산이 설상지와 서항아의 방문을 받고 있던 시간 산동의

남쪽 경계에서 한밤중에 벌어진 사건이었다.

*　　　*　　　*

　추산이 기운을 느낀 것은 등주 칠웅문에 하룻길이 남아 있을 때부터였다. 그러나 서항아가 기운을 느낀 것은 추산보다 하루 정도 빨랐다. 그녀는 칠웅문에 이틀 길이 남아 있던 지점부터 무언가 불안한 모습을 보이기 시작하더니 어느 순간부터는 좀체 안정을 찾지 못하고 주위를 두리번거리기 시작했다.
　'사실은 정말 미친 게 아닐까?
　추산은 등주 인근에 들어서면서부터 급격하게 안정을 잃어가는 서항아를 보며 내심 이런 생각을 했다. 왜냐하면 그녀와 함께 동행하는 추산 본인과 설상지는 아무런 기운도 느끼지 못했기 때문이었다. 서항아가 아무리 자신이 느끼는 기운을 설명하려 해도 설상지와 추산이 기운의 실체를 느끼지 못하는 이상은 아무런 소용이 없는 일이었다.
　그래서 추산이 서항아가 어떤 누군가로부터 위협을 받는 것이 아니라 사실은 칠웅문의 수뇌들이 생각하는 것처럼 정신이 이상해진 것이 아닐까 의심하던 차에 칠웅문을 하룻길 남겨놓은 상태에서 그 기이한 기운을 감지했던 것이다.
　"뭔가 있나요?"
　추산의 눈빛과 태도가 확연히 달라진 것을 눈치 챈 설상지가 나직한 목소리로 물었다. 세 사람이 제법 넓은 강을 건너기 위해 작은 나룻배를 타고 막 강의 이쪽 편에 도달하려는 시점이었다.

"이 기운이 느껴지지 않나요?"

추산은 오히려 묻는 설상지가 이상하다는 듯 되물었다.

"전혀요. 전 아무런 기운도 느낄 수 없는데요."

설상지가 고개를 갸웃거리며 말했다. 하지만 곁에 있던 서항아는 기쁜 얼굴로 추산에게 소리쳤다.

"추 소협도 이 기운을 느끼는 거죠? 나만 느끼는 게 아니었죠?"

서항아로서는 단 한 명이라도 자신이 느끼는 기운을 느끼고 있다는 것에 구원이라도 받은 듯 기쁜 표정을 지었다.

"그래요. 나도 느끼고 있습니다. 강변의 저쪽 숲으로부터 느껴지는 이 기이한 기운을 말입니다. 무척 음울한 기운이군요. 하지만 기운이 너무 미약해서 정확히 이 기운이 무엇인지는 모르겠군요."

그러자 서항아가 고개를 갸웃거렸다.

"그런기요? 이싱하군요. 전 아주 또렷하게 느껴지는데……."

그러자 이번에는 추산의 눈에 의혹의 빛이 떠올랐다. 기운은 분명히 느껴지고 있었다. 하지만 추산이 느끼는 기운이란 무척 미약한 것이었다. 서항아가 기운의 존재를 말하지 않았다면 그저 스치고 지나쳤을 정도의 강도. 그런데 서항아는 아주 또렷하게 이 기운을 느끼고 있다고 했다.

‘그렇다고 그녀가 나나 설 여협보다 무공이 고강한 것도 아니고…….’

무공으로 보자면 서항아는 일행 세 사람 중 가장 약하다고 할 수 있었다. 아니, 무공으로는 애초에 추산과 설상지에 비교가 되지 않는 서항아였다. 그녀가 비록 당금 등주의 떠오르는 강자 칠웅문의 여식이라 할지라도 북천십이룡 도문의 제자인 설상지와 천검 능운백의 제자인 추산과 무공을 비교할 수는 없었다.

‘그렇다면 더욱 이상한 일이 아닌가? 본시 상대의 기운이란 무공이 고강할수록 잘 느낄 수 있는 법인데 말이야. 아니면… 상대가 오직 서 소저에게만 기운을 쏘아 보내고 있다는 말인데… 그렇다면 난 어떻게 이 기운을 느끼게 된 거지? 설 여협은 여전히 이 기운을 알아채지 못하고 있는데… 내가 설 여협보다 무공이 강해졌다는 말인가?

추산이 무심결에 설상지를 돌아봤다. 그런데 설상지 역시 추산을 보고 있었던 듯 두 사람의 시선이 허공에서 마주쳤다. 그러자 설상지가 겸연쩍은 미소를 지으며 입을 열었다.

“두 분이 모두 느끼는 기운을 나만 알아채지 못하는군요. 제 무공에 나름대로 자신이 있었는데 그게 아니었나 봐요.”

아마도 그녀 또한 추산과 서항아가 느끼는 기운을 느끼지 못하는 것을 자신의 무공 탓으로 돌리고 있는 듯했다.

“무공의 문제가 아닐 겁니다.”

“무공의 문제가 아니라뇨?”

"아마도 이 기운을 쏘아내고 있는 암중인은 오직 서 소저에게만 기운을 보내고 있는 것 같습니다. 설 여협뿐 아니라 칠웅문의 고수들 역시 이 기운을 알아채지 못했었으니까요."

"하지만 추 소협은 이 기운을 느끼셨잖아요? 아, 그럼 역시 추 소협의 무공은 제가 생각했던 것보다 훨씬 높은 경지에 이르신 건가요? 그래서 항아 동생에게만 쏘아 보낸 기운을 느끼실 수 있는 거고요?"

그러자 추산이 미소를 지으며 고개를 저었다.

"저도 처음에는 그런가 생각을 했습니다만… 그건 아닌 것 같습니다."

"하면……?"

"그건 아마도 제가 익히고 있는 무공 중 천통지라는 심공에 의해 일어난 현상 같습니다."

"천통지란 어떤 심공이죠?"

"그건 나의 첫 번째 사부로부터 전해 받은 심공인데 뭐 무공이랄 것도 없지요. 공력을 높여주는 심공이 아니니까요. 하지만 천통지는 제법 여러 가지로 효용이 있어 아마도 그 덕에 서 소저에게만 쏘아 보낸 암중인의 기운을 제가 미미하게나마 느끼는 것 같아요."

"그런 기이한 심공도 있군요."

"저도 미처 천통지에 이런 효용이 있을 줄은 몰랐군요."

"하지만 어쨌든 그것 또한 추 소협의 능력이지요. 사실 제가 뵙지 못하는 사이 추 소협은 제법 많이 변하셨어요. 처음 추 소협을 만났을 때와 지금은 전혀 다른 경지에 있는 분 같아요. 아마도 두 번의 청부를 겪으면서 많은 깨달음이 있으셨던 것 같아요.”

“하하, 설 여협은 언제나 이 추산을 너무 좋게 평가해 주시는군요. 제가 지난 두 번의 청부를 겪으며 약간의 깨달음을 얻게 된 것은 사실이지요. 그러나 그게 설 여협이 느끼지 못하는 기운을 제가 느끼는 원인은 아닐 겁니다. 역시 천통지의 묘한 효용 때문이라고밖에는……”

추산이 말꼬리를 흐렸다. 어느새 세 사람을 태운 나룻배가 강의 이쪽에 도달하고 있었다. 그러자 추산은 좀 더 명확하게 강변 저쪽 숲으로부터 전해지는 기운을 느낄 수 있었다.

‘살기 같지는 않은데……’

추산이 고개를 갸웃거렸다. 살기라면 살을 베는 듯한 날카로움이 느껴져야 했다. 하지만 그가 느끼는 기운은 비록 음울하기는 하지만 날카롭지는 않았다.

“위험하지 않을까요?”

설상지가 서항아의 앞쪽으로 나서며 물었다. 만약의 경우 서항아에 앞서 적의 공격을 막아내기 위한 움직임이었다.

“위험할 것 같지는 않아요.”

추산이 거의 단정적으로 대답했다.

“왜 그렇게 생각하시죠?”

설상지의 질문에 서항아도 추산의 대답이 궁금한 듯 고개를 돌렸다.

"서 소저가 저 기운을 느낀 것은 어제오늘의 일이 아닙니다. 더군다나 기운의 주인은 서 소저의 침소에까지 들어와 서 소저의 목걸이를 훔쳐 냈지요. 그러면서도 서 소저에게는 손가락 하나 대지 않았습니다. 만약 그가 서 소저를 해칠 의도가 있었다면 이미 오래전에 손을 썼을 것입니다. 하지만 그는 그러지 않았지요. 그는 그저 이 기이한 기운을 서 소저에게 보내고 있을 뿐입니다."

추산의 설명에 설상지와 서항아가 고개를 끄덕였다.

"듣고 보니 정말 그렇군요. 그럼 어쩌면 그는 칠웅문이나 항아 동생에게 원한이 있는 사람이 아닐지도 모르겠군요."

"아마도 그렇지 않을까 하네요. 서 소저께 한 가지 여쭤보고 싶은 말이 있습니다만……."

추산이 조심스럽게 말하자 서항아가 망설이지 않고 고개를 끄덕였다.

"어떤 것이라도 물어보세요."

추산을 보는 서항아의 시선에서 깊은 신뢰감이 느껴졌다. 아마도 기운이 실재한다는 것을 증명해 준 추산이 무척 믿음직한 모양이었다. 그녀의 표정 또한 처음 자신 혼자 기운을 느낄 때보다 많이 밝아져 있었다.

"혹, 서 소저께 마음을 두고 있는 인물이 있었습니까?"

"그 말씀은……?"

"서 소저께서는 강호의 젊은이라면 누구라도 흠모할 만한 미모를 지니고 계시지 않습니까? 그러니 누군가 서 소저를 마음에 두고 있다고 해서 이상할 것은 없지요."

추산의 말에 서항아가 얼굴을 붉히며 고개를 저었다.

"제가 아는 한 그런 인물은 없어요."

그러자 곁에 있던 설상지가 추산에게 물었다.

"추 소협께서는 이 문제가 누군가 항아 동생을 사모해서 일어난 일이라고 보시는 건가요?"

"뭐 꼭 그렇다는 것은 아니지만 그럴 가능성도 있다는 말이지요."

대답을 하면서 추산이 악양 기련장의 육초초를 납치했던 암제 마극을 떠올렸다.

"하지만 그렇다면 정식으로 청혼을 하던지 아니면 항아 동생에게 자신의 마음을 고백하면 되지 이렇게 숨어서 이상한 기운만 보내고 있을 필요는 없잖아요?"

"뭐, 가끔 보면 성격이 이상한 작자들이 있게 마련이지요. 혹은 자신의 신분을 내세울 입장이 못 되거나 말입니다."

추산의 말에 설상지가 고개를 끄덕였다.

"그럴 수도 있겠군요. 무슨 사정이 있어 자신의 신분을 드러내지는 못하고 그저 항아 동생 주변을 맴도는 인물일 수도 있겠군요."

"아직은 하나의 가능성일 뿐이지요. 그런데 또 하나 이상한 게 있습니다."

"어떤 점이 이상하다는 거죠?"

"서 소저께서는 무불장으로 절 만나러 오는 동안에는 이 기운을 느끼지 못하셨다고 하셨지요?”

“그래요. 설 언니와 함께 여행을 하는 동안에는 이 기운을 느끼지 못했어요. 어제 처음 다시 이 기운을 느낀 거예요.”

“그 이야기는 어떤 이유에선지 그가 이 등주 인근을 벗어나지 못하는 인물이란 이야긴데…….”

“아! 그렇군요. 그렇다면 결국 등주 인근에서 이런 정도의 기운을 보낼 수 있는 고수를 찾아봐야겠군요.”

설상지가 눈빛을 반짝이며 말했다.

“그가 서 소저에게 연정을 품고 벌인 일이라는 전제하에서는 그렇지요.”

추산이 고개를 끄덕였다.

“역시 추 소협이에요. 몇 가지 정황을 가지고 많은 것을 추리해 내시는군요.”

그러자 추산이 내심 기분이 좋아졌는지 실없는 웃음을 흘려내며 대답했다.

“하하, 아, 뭐 이 정도 가지고… 그리고 이건 어디까지나 예상일 뿐이지요. 예상은 언제나 빗나가기 마련이고요. 자, 그가 당장은 공격을 해올 것 같지는 않으니 일단 칠웅문으로 가지요.”

“알겠어요. 그렇게 해요.”

설상지와 서향아가 고개를 끄덕이고는 작은 나룻터에서 등주로 이어지는 관도를 따라 걸음을 옮기기 시작했다.

'젠장, 말이 씨가 된 건가?'

추산이 내심 투덜거렸다. 세 사람은 나루터에서 가까운 마을에 들러 때 늦은 요기를 하고 있던 중이었다. 그리고 객잔에 들러 요기를 하려는 순간 추산은 자신이 설상지에게 한 말, 예상은 언제나 빗나가기 마련이라는 그 말이 현실로 다가왔음을 깨달았다.

'이건 살기(殺氣)야!'

강변 나루터에서부터 느껴지는 기운의 느낌이 객잔에 들어서는 순간 급변했다. 음울하던 기운은 어느새 날카롭기 그지없는 살기로 변해 있었다. 덕분에 추산은 좀 더 확실하게 기운의 존재감을 느끼고 있었다.

추산이 자신의 맞은편에 앉은 서항아를 바라봤다. 추산 역시 암중의 기운을 느끼고 있다는 말에 나루터에서부터 평온을 찾은 그녀의 얼굴은 여전히 밝아 보였다.

'제길, 그렇다면 이 살기의 대상은 나란 말인가?'

서항아와 마찬가지로 설상지의 표정 역시 평온했기에 살기로 변한 기운의 상대가 누구인지는 고민할 필요도 없었다.

'어째 청부를 잘못 받은 것 같기도 하고……'

추산의 입 안에 쓴 기운이 돌았다. 자칫하다가는 간단해 보이던 청부가 자신을 위험에 빠뜨릴 수도 있다는 생각이 들었던 것이다.

'조심해야겠어. 서 소저에게는 살기를 보이지 않던 자가 나에게는 살기를 보이고 있다. 역시 연정인가? 후후, 억눌린 연정은 어떤 짓이라도 할 수 있게 만들지. 암제 마극이란 녀석이 그런 녀석 아니었던가. 아니, 가만! 정말 그렇다면 녀석을 불러낼 방법이 있을 것도 같은데…….'

추산의 시선이 서항아에게로 향했다. 그러자 추산의 눈길을 느꼈는지 동그스름한 얼굴의 서항아가 예의 그 맑은 눈을 깜박이며 추산에게 물었다.

"제게 무슨 하실 말씀이라도?"

"제가 잠시 생각을 해보았는데 말입니다. 어쩌면 암중에 숨어 있는 인물을 밖으로 끌어낼 방법이 있을지도 모르겠습니다."

그러자 설상지와 서항아 둘 모두 깜짝 놀란 표정을 지었다.

"도대체 무슨 방법으로 그를 끌어낸다는 거죠?"

"에, 그러니까. 암중의 인물이 서 소저에게 연정을 품고 있는 인물이라면, 누군가가 서 소저와 가깝게 지내는 것을 보면 반드시 그 반응을 보이지 않겠습니까?"

"그러니까 지금 추 소협의 말은 그자로 하여금 질투심을 느끼게 하여 모습을 드러내게 하자는 말이군요."

설상지가 추산을 보며 말했다.

"그렇습니다. 물론 그자의 심기가 깊다면 이 방법이 먹히지 않을 테지만, 그렇지 않다면 반드시 어떤 반응을 보일 겁니다. 그리고 지금까지 그가 보인 기이한 행동으로 봤을 때 전 후자일 것 같군요."

그러자 설상지가 날카롭게 눈빛을 빛내며 물었다.

"그런데 그러자면 항아와 정분이 날 상대가 있어야 하는
데… 누가 그 역할을 맡죠? 혹시 추 소협 본인이 그 역할을 맡
으시겠다는 건가요?"

"아, 뭐 딱히 마땅한 사람이 있다면 모를까……."

추산이 겸연쩍은 표정으로 말꼬리를 흐렸다. 그러자 설상지
가 이번에는 서항아를 보며 물었다.

"동생 생각은 어때?"

"그것도 한 가지 방법일 것 같아요, 언니."

"항아 동생과 짝이 되어줄 인물이 칠웅문에 있을까?"

그러자 서항아가 곰곰이 생각에 잠겼다가 이내 고개를 저었
다.

"지금으로선 그럴 사람이 없을 것 같아요. 전 이미 칠웅문에
서 정신이 반쯤 나간 여자로 찍혀 있는걸요."

"호호, 그렇다면 결국 추 소협밖에는 연극을 할 사람이 없군
요."

설상지가 의미심장한 눈으로 추산을 보며 말했다.

"허험, 사람이 없다면 어쩔 수 없지만, 서 소저, 저와 함께
고기를 낚기 위한 한판 연극을 해보시겠습니까?"

추산이 장난스럽게 묻자 서항아가 입가에 작은 미소를 지으
며 고개를 끄덕였다.

"그렇게 할게요."

"좋습니다. 그럼 지금부터 우린 제법 가까운 연인이 되기로
하지요."

그러자 설상지가 정색을 하며 입을 열었다.

"이러다가 정말 두 사람이 정분이 나는 것 아닌가요?"

"설 언니도 참, 그런 말이 어딨어요?"

서항아가 급히 손을 저으며 대답했다.

"호호! 항아 동생, 그건 아무도 모르는 거야. 항아 동생은 이렇게 아름답고 추 소협 또한 강호에서 보기 드문 기남이니 어찌 두 사람의 미래를 알 수 있겠어."

비록 웃으며 말했지만 설상지의 목소리에는 약간의 서운함이 포함되어 있음을 추산이 재빨리 알아챘다.

'흐흠, 역시 설 여협은 날 좋아하고 있는 것인가?

추산이 흐뭇한 미소를 떠올리다가 이내 정색을 하며 입을 열었다.

"설 여협께서는 그런 낭만적인 상상을 하실지 모르겠지만 저로서는 목숨을 내건 도박이 될지도 모르겠군요."

그러자 설상지와 서항아 둘 모두 깜짝 놀란 표정으로 추산을 바라봤다.

"목숨을 건 도박이라뇨?"

"본시 남녀 간의 질투란 가끔 누군가의 목숨을 해치기도 하지요."

추산이 여전히 목덜미에 와 닿는 끈끈한 살기를 느끼며 무거운 음성으로 대답했다.

第三章

칠웅문(七雄門)

등주에 칠웅문이 자리를 잡은 것은 거의 오 년 전이었다. 그 이전의 칠웅문 일곱 문주의 행적은 강호에 거의 알려지지 않았다.

하지만 일단 그들이 등주에 자리를 잡은 이후 칠웅문은 일곱 문주의 특출한 무공에 의해 순식간에 등주를 대표하는 무림문파로 성장했다. 그리고 오 년이 지난 작금에 이르러서는 천하사패에서조차 예사롭지 않은 눈으로 칠웅문을 주시하고 있었다. 더군다나 북천무맹과 동궁에서 칠웅문을 자신들의 세력으로 끌어들이기 위해 많은 관심을 기울이기 시작했다는 소문이 돌고 있었다.

특히나 등주는 북천무맹과 동궁의 경계 지역일 뿐 아니라

황하와 회하를 잇는 대운하의 접경 지역에 있는 요지였으므로 북천무맹과 동궁 이패의 칠웅문에 대한 관심은 지대한 것이라고 할 수 있었다.

욱일승천하는 칠웅문의 위세를 말해주듯 등주 외곽에 위치한 칠웅문의 장원은 웅대한 모습으로 추산을 맞이했다.

'등주 칠웅문(七雄門)의 일곱 문주는 각기 다른 독특한 병기로 절정의 경지에 이른 인물들로 유명하다고 했지? 그리고 그들이 등주에 오기 전에는 항주에 잠시 모습을 보였다고 했던가?'

추산이 마차에 탄 채 점점 가까워오는 칠웅문의 장원을 보며 며칠 전 미 부인이 보내온 칠웅문에 대한 정보를 떠올렸다.

"뭔가 이상하지 않아, 항아 동생?"

칠웅문의 거대한 정문이 보일 때쯤, 갑자기 설상지가 서항아를 돌아보며 말했다.

'뭐가 이상하다는 거지?'

추산이 궁금한 시선으로 두 사람을 바라봤다. 그런데 설상지의 질문을 받은 서항아 역시 낯빛이 흐려져 있었다.

"문파에 무슨 일이 있는 모양이에요."

"그렇지? 우리가 칠웅문을 떠날 때보다 두 배는 더 많은 경비무사들이 나와 있는 것 같아. 그리고 문파의 분위기가 왠지 어두워 보이는 것 같은데?"

"잘 보셨어요, 언니. 더군다나 저기 정문 앞에 나와 있는 분들 중 네 분은 소사웅(小四雄)이라 불리시는 분들로 본 문의 최고수 분들이에요. 저분들까지 본 문 경계에 나섰다면 심상치 않은 일이 벌어진 것이 확실해요."

서항아와 설상지가 걱정스런 대화를 나누는 사이 마차는 어느새 칠웅문의 정문에 닿아 있었다. 그러자 칠웅문의 정문을 지키고 있던 무사들 중 둘이 마차를 향해 다가오다가 마차에서 모습을 드러낸 서항아를 보고는 반색을 하며 급히 허리를 굽혔다.

"아가씨, 돌아오셨군요. 그렇지 않아도 문주님들이 무척 걱정하고 있었습니다."

"제 걱정을요?"

"그렇습니다, 아가씨!"

경비무사들이 기쁜 얼굴로 무슨 말인가를 덧붙이려 할 때 조금 떨어져 있던 곳에서 네 명의 칠웅문 고수가 바람처럼 움직여 경비무사와 서항아 사이로 끼어들었다.

'제법이군.'

추산이 네 고수의 움직임을 보며 가볍게 고개를 끄덕였다. 그들이 보인 신법으로 보선대 강호에서 일류고수 소리를 들을 만한 무공을 지니고 있는 자들이 분명했다.

"아가씨!"

네 사람은 서항아 앞에 다가오자 가볍게 고개를 숙여 보였다. 그러자 서항아가 마주 고개를 숙여 보이고 나서 재빨리 입을 열었다.

"문 내에 무슨 일이 있나요? 소사웅(小四雄)께서 직접 정문에 나와 계시다니?"

그러자 네 명의 고수 중 각진 얼굴에 단단해 보이는 체구를 지닌 사내가 무거운 음성으로 입을 열었다.

"어서 오십시오, 아가씨. 무사히 돌아오셔서 다행입니다."

"도대체 무슨 일이죠?"

"아가씨께서 문파를 떠나 계신 사이 본 문에는 커다란 불상사가 생겼습니다."

"불상사라뇨?"

서항아가 놀라며 물었다. 그러자 사내가 설상지와 추산을 흘깃 보고는 경계하는 목소리로 말했다.

"일단 안으로 드시지요. 손님들이 계신 것 같은데… 아마도 문주님들을 만나뵈시면 자세한 말씀을 들으실 수 있을 겁니다."

"알겠어요."

서항아가 고개를 끄덕이고는 설상지와 추산을 돌아보며 조급한 표정으로 말했다.

"설 언니, 추 소협 들어가시죠."

"그래, 항아 동생. 얼른 문주님들을 만나봐야 할 것 같구나. 어서 가자."

설상지의 대답이 끝나자마자 서항아가 앞서서 칠웅문의 정문을 향해 걸음을 옮기기 시작했다.

'이거 어째 초상집에 온 기분이 드는데……'

추산이 내심 생각하며 고개를 돌려 칠웅문의 정경을 스윽

한 번 살피고는 이내 앞선 두 여인의 뒤를 따르기 시작했다.

"손님들은 나중에 뵙겠다고 하십니다. 일단 아가씨만 뫼시
랍니다."

추산 등 삼 인의 앞에 나타난 이십대 중반의 젊은 무사가 정
중한 어투로 말했다.

'제길, 나야 황금충이라 그런다지만 여기 설 여협은 북천십
이룡 출신인데도 이런 구박을 한단 말인가? 흐흠, 정말 큰일이
나긴 난 모양이군.'

추산이 씁쓸한 표정을 지으며 설상지를 바라보자 설상지가
얼굴에 미소를 잃지 않고 서항아에게 말했다.

"그래. 항아 동생, 아마도 외인들에게 말하기 어려운 문제가
발생한 것 같으니 나와 추 소협은 나중에 인사드리도록 하지."

그러자 서항아가 미안한 기색이 역력한 표정으로 말했다.

"죄송해요, 두 분!"

"뭐, 미안하실 것 없어요. 어차피 서 소저의 손님이지 칠웅
문의 손님은 아니니까요."

추산도 밝은 표정으로 대답하자 서항아의 표정도 편안하게
바뀌었다.

"그렇게 생각해 주신다면 고맙고요."

그러면서 서항아가 자신의 앞에 서 있는 젊은 무사를 보며
말했다.

"문주님들께는 저 혼자 들어가도 되니 이분들을 제 숙소까

지 안내해 주시겠어요?"

"알겠습니다, 아가씨."

"그럼 두 분께서는 제 처소에 가 계세요. 곧 갈게요."

"그렇게 해, 항아 동생."

설상지와 추산이 동시에 고개를 끄덕이자 서항아가 칠웅문 일곱 문주의 집무실이 있는 거대한 건물 안으로 사라졌다.

"두 분은 절 따라오시지요."

서항아가 사라지자 대전을 지키고 있던 무사가 추산과 설상지를 보며 말했다.

"그럼 부탁드릴게요."

설상지가 가볍게 고개를 숙여 보이자 젊은 무사도 살짝 고개를 숙여 보인 후 앞장서서 두 사람을 서항아의 숙소로 안내하기 시작했다.

칠웅문의 규모는 천하의 어느 명문대파에 못지않게 웅장하고 컸다. 특히나 칠웅문 뒤쪽으로 늘어선 일곱 개의 또 다른 독립된 장원들은 칠웅문 전체의 절반을 차지할 정도로 거대했다.

이 일곱 개의 장원이 바로 칠웅문 일곱 문주와 그 가족들이 거처하는 곳으로 칠웅문에서는 가장 경비가 삼엄하고 출입이 제한되는 곳이었다.

"이곳이 서 문주님의 장원입니다. 이 장원 안에 서 아가씨의 거처가 있지요."

추산과 설상지를 안내하던 무사가 반원을 그리며 늘어선 일곱 개의 장원 중 가장 오른쪽에 위치한 장원 앞에 도착하자 입을 열었다. 그러면서 장원의 출입문을 지키고 있던 두 사람의 무사에게 아는 척을 했다.

"안녕들 하시오? 여기 서 아가씨의 손님 두 분을 모시고 왔소이다."

그러자 천부객(天斧客)이라 불리는 부법(斧法) 달인이자 서항아의 아버지인 서황우의 장원을 지키던 무사들이 추산 등을 안내한 젊은 무사를 향해 정중하게 허리를 숙여 보였다.

"호위각 육 대협께서 직접 오셨군요."

"귀한 손님들이라 내가 직접 모시고 왔소이다."

"설 여협께서는 처음 오시는 손님이 아니지요. 또 뵙습니다. 여행 잘하셨는지요."

서황우의 장원을 지키고 있던 두 명의 무사가 설상지에게 아는 척을 했다. 설상지는 서항아와의 친분으로 칠웅문에 서너 번 들렀었고, 그때마다 서황우의 장원에서 지냈으므로 장원을 지키는 무사들과는 이미 안면이 있는 상태였다.

"네. 덕분에 잘 다녀왔습니다. 두 분은 여전하시군요."

"저희들이야 이곳을 벗어날 일이 없으니까요."

설상지의 물음에 답하는 두 무사의 표정이 어두웠다.

"그럼 손님들의 안내는 두 분께 맡기겠소. 난 대전을 오래 비워둘 수 없으니 돌아가 봐야겠소이다. 그럼 편히 쉬십시오."

추산과 설상지를 서황우의 장원까지 안내한 무사가 두 사람에게 가볍게 머리를 숙여 보이고는 이내 자리를 떠났다.

"따라오시지요."

멀어지는 대전 경비무사를 보고 있던 추산과 설상지에게 서황우의 장원을 지키는 무사가 말을 건넸다.

"이곳부터는 저 혼자서도 갈 수 있어요."

설상지가 무사를 보며 말하자 무사가 고개를 저었다.

"물론 한두 번 오신 것이 아니시니 당연히 아가씨의 숙소를 찾아가실 수 있으실 겁니다. 하지만 아무리 그래도 손님을 안내 없이 보내는 것은 법도에 어긋나는 일이지요. 그리고 작금의 본 문 사정이 그리 간단치가 않으니 역시 저와 함께 가시는 것이 좋을 듯합니다."

"그런가요? 알겠어요. 그럼 부탁드릴게요."

설상지가 순순히 동의하자 말을 하던 경비무사가 두 사람에 앞서 걸음을 옮기기 시작했다.

서항아의 처소는 서황우의 장원 오른쪽에 위치해 있었는데 본채와 조금 떨어져 있는 별채로 지어져 있었다.

'여인이 사는 곳이라 확실히 다르군.'

서항아의 처소에 들어서며 추산이 생각했다. 서항아의 처소는 그리 크지는 않았지만 아담한 모습에 기화이초로 장식된 작은 정원, 그리고 아름다운 문양으로 장식된 건물로 이루어져 있어, 처음 보는 사람이라도 단번에 여인이 머무는 곳임을 눈치 챌 수 있었다. 더군다나 입구에 들어서면서부터 맡을 수 있는 은은한 향기는 거친 무가에 어울리지 않는 것이기도 했다.

'흐음, 이제 보니 서 소저도 제법 사치를 하는군. 이 향기는 바로 설연장에서 사모님과 그 따님들이 사용하는 향수와 비슷하지 않은가? 척 보아도 무척 비싼 향수라는 것을 알겠어. 그것이 집 안 전체에서 풍겨 나오다니… 칠웅문도 제법 재력이 단단한가 보군. 하긴 그러니 서 소저 혼자 금자 일백오십 냥을 만들어 나에게 청부를 해왔겠지.'

추산이 이런저런 생각을 하고 있을 때 서항아의 처소 안쪽에서 한 명의 중년 여인이 빠르게 달려나왔다.

"아가씨, 돌아오셨군요."

"그래요. 유모께서도 잘 지내셨지요?"

중년 여인과 설상지는 제법 친분이 있는지 서로 가볍게 손을 잡으며 인사를 했다.

"저야 잘 있었지요. 그런데 우리 아가씨께서는?"

"항아 동생은 문주님들을 뵈러 갔어요."

"그렇군요. 저희 아가씨께 별일은 없는지요?"

"그럼요. 건강하게 돌아왔으니 걱정 마셔요."

"휴, 다행이에요. 전 두 분 아가씨가 강호로 나간 이후 줄곧 걱정이 돼서 제대로 잠을 잔 적이 없답니다."

"호호호, 유모께서는 너무 항아 동생을 어린애 취급하시는 것 같아요. 항아 동생도 이미 스무 살이 넘었고, 또 일신에 지닌 무공도 자신의 몸을 지킬 정도는 되지요."

“물론 그렇긴 하지만 어려서부터 아가씨를 보아온 저로서는 항상 아가씨가 어리게 보이는걸요. 아, 내 정신 좀 보게. 손님이 계신데 제 인사가 너무 길었군요. 이리로 오세요. 머무실 방으로 안내해 드릴게요.”

중년 여인이 재빨리 추산과 설상지 두 사람을 서항아의 처소로 이끌었다. 추산은 이 조금은 수다스런 중년 여인을 따라 서항아의 처소로 들어갔다. 서항아의 처소는 가운데 제법 너른 거실을 끼고 좌우로 네 개의 방이 마주하고 있었는데 추산과 설상지는 일단 거실 중앙에 놓인 탁자에 자리를 잡고 앉았다.

“그런데 도대체 칠웅문에 무슨 일이 일어난 거죠?”

자리에 앉자마자 설상지가 중년 여인에게 물었다. 그러자 중년 여인이 잠시 망설이는 기색을 보이다가 이내 낮은 목소리로 입을 열었다.

“이건 제가 드릴 말씀이 아니지만 어차피 아시게 될 이야기니 말씀드릴게요. 이번에 본 문에는 정말 큰일이 벌어지고 말았지요.”

“짐작은 하고 있었어요. 들어오면서 보니 칠웅문을 경계하는 고수의 숫자가 배는 늘어난 것처럼 보이더군요. 어디 다른 문파와 분쟁이 생긴 건가요?”

“휴, 그렇다면 오히려 좋겠지요. 하지만 이번에 일어난 일은 그보다도 훨씬 심각한 일이랍니다.”

“도대체 무슨 일이 벌어졌기에……?”

"놀라지 마세요. 글쎄, 본 문의 일곱 문주님 중 한 분이신 등주제일검 황연남 문주님이 변을 당하셨지 뭐예요."

순간 추산과 설상지 두 사람의 눈이 깜짝 놀라 화등잔처럼 커졌다.

"아니, 그 말이 정말인가요?"

설상지가 도저히 믿을 수 없다는 듯 되물었다.

"믿기지 않으시죠? 저 또한 처음 이 소식을 들었을 때 도저히 믿을 수가 없었어요. 하지만 결국 이번 일은 사실로 밝혀졌지요. 지금 황 문주님과 황 문주님을 수행했던 본 문 고수들의 시신이 장원으로 돌아오고 있다고 해요."

"도대체 누가?"

그러자 중년 여인이 천천히 고개를 저었다.

"자세한 내용은 저도 잘 모르겠어요. 아마도 아가씨께서 문주님들을 뵙고 오시면 좀 더 자세한 내용을 알 수 있을 거예요. 어쨌든 그래서 지금 본 문은 그야말로 개파 이후 가장 큰 사건에 휘말리게 된 거지요. 그러니 아가씨와 손님 분도……."

중년 여인이 말꼬리를 흐리자 설상지가 재빨리 고개를 끄덕였다.

"알겠어요. 행동을 조심하도록 하지요."

"그럼 전 가서 차라도 내오겠습니다."

중년 여인이 가볍게 고개를 숙여 보이고는 자리에서 멀어졌다. 중년 여인이 사라지자 설상지가 추산을 보며 말했다.

"이건 정말 생각지도 못한 일이네요."

그러자 추산이 묵묵히 고개를 끄덕였다.

"그렇군요. 정말 생각지도 못한 변수입니다."

그러면서 추산이 살짝 인상을 흐렸다.

'이거 어째 청부를 잘못 맡았다는 생각이 드는걸!'

불길한 예감이 추산을 스치고 지나갔다. 물론 그가 맡은 청부와 칠웅문에 일어난 불상사가 아무런 연관이 없는 일일 수도 있지만, 추산의 예감은 두 가지 일이 어떤 식으로든 연관이 있을 것 같다는 쪽으로 그의 생각을 몰아가고 있었다.

'만약 그렇다면 나 혼자 이 일을 해결하는 것은 불가능한 일이 될지도 모른다. 서 소저가 돌아와서 하는 이야기를 들어본 후 무불장에 전서를 보내야 할지도 모르겠어. 제길, 천화 사저에게 혼자 해결하겠다고 큰소리치며 맡은 청부인데……'

추산이 쓴침을 삼켰다.

"항아 동생에게 일어난 일과 연관이 있을까요?"

설상지가 조심스럽게 물었다.

"지금으로서는 뭐라 할 말이 없군요. 일단 서 소저가 돌아와 하는 말을 들어봐야 할 것 같습니다."

"그렇군요. 역시 황 문주님께 어떤 일이 일어난 것인지 정확히 아는 것이 급선무겠지요."

설상지도 천천히 고개를 끄덕였다. 그때 사라졌던 중년 여인이 차를 들고 나왔으므로 두 사람의 대화가 끊겼다. 두 사람은 중년 여인이 내려놓은 차를 마시며 서항아가 돌아오기를 기다리기 시작했다.

서항아가 돌아온 것은 두 사람과 헤어진 지 한 시진 정도가
지났을 때였다. 돌아온 서항아의 얼굴은 무척 상기되어 있었
는데 그녀에게도 등주제일검 황연남의 죽음이 무척 큰 충격인
모양이었다.

"항아 동생, 어서 와. 이리 앉아요."

설상지가 파리한 안색의 서항아를 부축하듯 의자에 앉혔다.

"오래 기다리셨지요? 문주님들과 이야기가 길어졌어요."

"칠웅문에 일어난 일은 대략 이야기 들었어. 도대체 어떻게
된 일이야?"

설상지가 심각한 어조로 물었다.

"이야기를 들으셨다니 이미 황 문주님께서 돌아가신 것은
아시겠군요?"

"그래, 그런데 도대체 누가 황 문주님께 살수를 쓴 것이지?
내가 알기로 황 문주님은 칠웅문 일곱 문주님 중에서도 무공
으로는 첫째, 둘째로 꼽는 분으로 알고 있었는데……,"

"맞아요, 언니. 황 문주님의 무공은 일곱 문주님들 중에서도
첫째, 둘째를 다투셨어요. 그런데 그런 분이 호위무사들이 있
었음에도 불구하고 죽임을 당하셨으니……."

"흉수가 누구야?"

설상지가 재차 물었다. 그러자 서항아가 고개를 저었다.

"모르겠어요."

"흉수도 모른단 말이야?"

설상지가 놀란 눈으로 되물었다.

"그래요. 황 문주님을 수행한 다섯 호위무사들 중 한 분이 살아 돌아오긴 했지만 그분 또한 흉수의 정체를 모르겠다고 했다는군요. 정체는커녕 그 얼굴조차 정확히 보지 못했대요."

"황 문주님 같은 고수를 상대하면서도 자신의 얼굴을 드러내지 않았다니, 흉수는 대단한 고수이거나 혹은 살수의 수업을 받은 자겠군."

"문주님들도 그렇게 생각하시는 것 같아요."

서항아가 설상지의 말에 고개를 끄덕였다. 그런데 그때 두 사람의 대화를 묵묵히 듣고 있던 추산이 불쑥 질문을 던졌다.

"변을 당하신 황 문주님은 어딜 다녀오시던 길이었나요?"

순간 서항아의 얼굴에 당황의 빛이 떠올랐다.

"그, 그건… 저도 정확히 알지 못하는 일이에요."

서항아가 재빨리 설상지의 눈치를 살폈다. 하지만 추산은 서항아가 죽은 황연남의 행적을 알고 있다는 것을 눈치 챘다.

'그녀가 황연남의 행적을 알고 있으면서도 설 여협의 눈치를 보며 대답하지 못하는 것은 황 문주는 아마도 동궁에 다녀오던 길이었나 보군. 미 부인의 전서에 의하면 작금의 칠웅문은 동궁과 북천무맹 사이에서 줄타기를 하고 있다고 했으니까. 그나저나 이거 잘못하면 큰 오해를 받을 수도 있겠는데? 동궁을 다녀오던 황연남이 죽임을 당했다면 일차적으로 의심받을 곳은 바로 북천무맹이 될 테니 말이야.'

추산이 걱정스런 눈빛으로 설상지를 바라봤다. 설상지 역시 대략적인 상황을 눈치 채고 있는지 어두운 얼굴로 무엇인가를 곰곰이 생각하고 있었다. 그러다 문득 추산의 시선을 느끼고는 고개를 들어 추산을 바라봤다. 그리곤 천천히 고개를 저었다. 그녀 또한 자신의 입장이 곤란해질 수도 있다는 것을 알고 있는 것이다.

"떠날 생각이세요?"

추산이 물었다.

"그럼 더 이상하지 않을까요?"

"하지만 이곳은… 위험할지도 모릅니다."

두 사람의 대화가 그즈음 진행되었을 때에야 서항아는 두 사람이 무슨 말을 하는지 알아차렸다. 그리곤 급히 설상지를 향해 입을 열었다.

"죄송해요, 언니. 제가 잠시 언니를 속였어요. 사실은 황 문주님께서 어딜 다녀오시던 길인지 알고 있어요. 황 문주님은 동궁에 다녀오시던 길이었어요. 동궁에서 본 문이 동궁에 가입할 때의 조건을 협상하고 돌아오던 길이었지요."

"항아 동생, 미안해하지 않아도 돼. 그 문제는 칠웅문의 극비에 해당하는 일일 테니 어찌 함부로 입에 올릴 수 있겠어. 하지만 짐작할 수는 있는 일이었지. 왜냐하면 내가 알기로 칠웅문의 대문주님이신 묘엄 노사께서는 본 북천무맹을 방문하신 것으로 알고 있었으니까. 당연히 동궁에도 누군가가 갔을 거라 예상하는 것이야 어려운 일이 아니지. 그리고 일단 동궁에서 돌아오시던 분이 변을 당하셨다면 우리 북천무맹이 가장

유력한 용의자가 될 거라는 것도……."

"아니에요, 설 언니. 설마 북천무맹에서 이번 일을 일으켰을 리가 없어요."

그러자 설상지가 쓸쓸한 미소를 지으며 말했다.

"나도 그렇지 않기를 바라. 하지만 난 솔직히 북천무맹에서 이번 일을 일으키지 않았다고도 말할 수가 없어. 왜냐하면 사패의 싸움은 언제나 이런 식으로 이어져 왔으니까. 하지만 내가 확실하게 말해줄 수 있는 것은 있지."

설상지의 말에 추산과 서항아가 설상지의 눈을 바라봤다.

"그건 이번 일이 북천무맹에 의해 일어난 일이라 하더라도 이 설상지는 이번 일에 전혀 관여하지 않았다는 것이야. 그래서… 난 이곳을 떠나지 않을 생각이야. 물론 북천무맹에서 이 일을 벌인 것으로 확인되면 내 목숨이 위험해질 수도 있지만 어쩐지 그렇지 않을 것 같다는 예감이 들어. 그리고……."

설상지가 추산을 한번 스쳐 보고는 입을 닫았다.

"설 언니, 걱정 마세요. 어떤 경우라도 제가 꼭 설 언니를 지킬 거예요."

서항아가 굳은 의지가 드러나는 표정으로 말했다.

"그래, 항아 동생만 믿을게."

설상지와 서항아가 서로를 보며 두 손을 마주 잡았다.

추산은 서항아의 처소에 있는 네 개의 방 중 하나의 방에 여장을 풀었다. 남녀유별이라지만 서항아의 청부를 받아 칠웅문을 방문한 것이고, 그 청부 또한 서향아의 신변에서 일어나는 일이었으므로 그녀의 곁에 머무는 것은 당연한 일이었다. 또한 황연남의 죽음으로 어수선한 칠웅문에서 자신이 알고 있는 유일한 인물인 서향아와 떨어져 지낸다는 것 역시 불편한 일일 터였다.

추산이 밖으로 난 창을 밀어젖혔다. 창을 열자 밖에서 들어오는 달빛이 방 안에 그림자를 만들었다. 보름의 달빛이 웅장한 칠웅문의 정경을 비추고 있었다. 하지만 밝은 달빛에도 불구하고 어딘지 모르게 짙은 우수가 느껴지는 칠웅문이었다. 또한 어둠 속에서는 날카로운 인간의 기운도 느껴졌다.

'황연남의 죽음 때문인가?

추산은 사람의 인기척이 느껴지는 장원 이곳저곳을 살펴보며 생각했다. 황연남의 죽음으로 강화된 칠웅문의 경계는 밤이 되자 더욱더 강화되어 서향아의 처소 근처에도 칠웅문의 고수들이 은밀히 몸을 감추고 있었디.

'이제야 그녀의 말을 신뢰하기 시작한 모양이군.'

추산이 고소를 지었다. 이미 몇 달 전부터 시작된 서향아에 대한 암중의 위협을 칠웅문의 문주들은 황연남이 죽은 이후에야 진실로 받아들이기 시작한 듯 보였다. 지금 서향아의 처소를 은밀히 지키고 있는 칠웅문 고수들의 기척이 그것을 말해 주고 있었다.

'그나저나 이렇게 되면 청부를 수행하기는 더 어렵게 되었군. 칠웅문의 고수들이 서 소저의 거처를 철통같이 지키고 있으니 암중의 인물이 모습을 드러낼 리가 없지 않겠는가?

추산이 창에서 멀어져 침상에 털썩 주저앉으며 생각했다. 아무리 생각해도 이번 청부는 점점 힘들게 꼬여가고 있었다.

'제길, 그나저나 칠웅문의 다른 문주들은 몰라도 적어도 서 소저의 아버지인 서 문주는 날 만나줘야 하는 것 아닌가? 자기 딸을 위해 온 사람인데 말이야. 더군다나 난 무불장의 사람이란 말이지. 비록 칠웅문이 이곳 등주에선 제법 위세가 등등하다지만 강호에서는 우리 무불장의 명성을 따라오지 못할걸! 하긴 아무리 유명해도 그저 황금충의 무리쯤으로 생각하면 할 말은 없지만……'

추산이 침상에 벌렁 드러누웠다. 무불장을 떠난 뒤 서둘러 칠웅문으로 오느라 쌓인 피로가 침상에 눕자 한번에 몰려들었다.

"에라 모르겠다. 일단 오늘은 푹 자고 내일 아침 해가 뜨면 그때 천천히 생각해 보도록 하자."

본시 추산은 머리가 어딘가에 닿기만 하면 잠이 드는 사람이라 침상에 눕자 이내 코를 골기 시작했다. 그렇게 칠웅문에서의 첫날밤이 깊어가고 있었다.

'음!'

추산이 입 안에서 신음성을 삼켰다. 마른침이 목줄기를 타고 힘겹게 넘어갔다. 그의 신형이 조심스럽게 자리에서 일어났다. 그리곤 재빨리 손을 뻗어 침상 위에 놓아두었던 검을 잡아갔다.

스르릉!

검이 미끄러지듯 검집을 벗어났다. 동시에 추산의 신형이 달빛이 비추지 않는 그늘 속으로 숨어들었다.

살기는 거실로 이어지는 방문 밖에서 흘러나오고 있었다. 잠결에도 온몸의 털이 곤두설 만큼 강렬한 살기, 추산은 빼어든 검을 방문을 향해 치켜들었다.

'놈, 어서 들어와라. 덕분에 청부 좀 빨리 끝내보자구!'

추산이 잘게 이를 악물었다. 상대는 대단한 무공의 소유자가 분명했다. 지금 서항아의 처소 밖에는 칠웅문의 고수들이 단단히 진을 치고 있었다. 만에 하나 황연남을 살해한 자가 그동안 서항아를 감시하던 자일지도 모르기 때문에 칠웅문 문주들도 수하 중 가장 무공이 뛰어난 자들을 서항아의 처소 근처에 배치해 놓았던 것이다.

그런데 이 암중의 인물은 그런 칠웅문 문주들을 비웃기라도 하듯 서항아의 처소에 침입해 추산의 방문 밖에 서 있는 것이었다. 당연히 추산으로서도 긴장하지 않을 수 없는 상대였다.

'왜 이렇게 뜸을 들이는 거냐?'

추산이 깊은 밤, 잠에서 깨어난 지 이미 일각여가 흐르고 있었다. 하지만 문밖의 불청객은 전혀 움직일 생각을 하지 않았다. 그는 그저 싸늘한 살기만을 방 안으로 흘려보낼 뿐이었다.

'네가 오지 않으면 내가 가면 되겠지.'

추산이 발걸음을 옮기려다가 문득 움직임을 멈췄다. 그가 움직이려는 순간 살기의 주인이 움직이기 시작했던 것이다. 그런데……

'그냥 간다는 건가?'

추산이 고개를 갸우뚱거렸다. 살기의 방향이 틀어지고 있었다. 그의 문 앞쪽으로 거무스름한 그림자가 스쳐 지나가는 것이 느껴졌다. 물론 거실 쪽은 달빛을 받지 못해 어두웠지만 무형의 진기를 내뿜는 존재가 움직이자 추산은 마치 그의 실체를 눈으로 보는 듯 그의 움직임이 느껴지는 것이었다.

'이것도 천통지의 효능인가?'

추산이 적의 움직임을 놓치지 않는 자신의 감각을 신통해하며 은밀하게 문 쪽으로 이동했다. 그리고 검끝을 문틈에 밀어 넣고 그 사이에 작은 공간을 만들었다. 그러자 그가 만든 좁은 공간을 통해 어스름한 거실의 전경이 눈에 들어오기 시작했다.

그는 검은 구름처럼 움직이고 있었다. 언뜻 보면 구름이 달빛을 가려 만들어낸 그림자처럼 움직이고 있는 검은 물체, 도저히 사람이라고는 말할 수 없는, 한 뭉텅이의 검은 안개덩이와 같은 모습이었다. 하지만 추산은 그가 사람이라는 것을 알고 있었고, 또한 그가 지난 몇 달간 서향아의 주변을 맴돌던 자라는 것을 직감적으로 깨달았다.

'놈, 걸렸어.'

추산이 가볍게 숨을 토해냈다. 긴장을 풀고자 함이었다. 몇 달간 서항아의 주변을 맴돌면서도 칠웅문 고수들의 눈에 발견되지 않았던 암중의 인물이 운 좋게도 칠웅문을 방문한 첫날 추산의 눈에 발견된 것이었다.

운이 좋은 것인지, 아니면 추산의 무공이 칠웅문 고수들보다 뛰어난 것인지는 알 바 아니었다. 어쩌면 청부된 일을 손쉽게 해결할 수 있다는 사실이 추산을 흥분시켰다.

마혼령과 동정호에서의 청부를 수행했지만 그 두 건의 청부에서 추산은 어디까지나 보조적인 위치에 머물러 있었다. 물론 암옥에서 암제 마극을 제압함으로써 청부를 해결하는 데 큰 공을 세우기는 했지만 어쨌든 지금까지의 청부에서 추산은 언제나 사형 고검의 곁을 지키며 청부 일을 배우는 입장이었다.

하지만 이번 건은 달랐다. 지금 그의 곁에는 청부라면 강호에서 누구에게도 양보하지 않는다는 무불장의 고수가 아무도 없었다. 이번 청부는 오로지 추산 자신이 책임져야 하는 청부였다.

그래서 비록 능천화에게는 호기롭게 큰소리를 치고 나왔지만 기실은 무척 걱정하며 칠웅문으로 온 추산이었다. 더군다나 칠웅문의 일곱 문주 중 하나인 황연남의 죽음을 접하고서는 더더욱 이번 청부에 자신을 하지 못하던 차에 이렇게 손쉽게 암중의 인물을 만났으니 추산으로서는 춤이라도 추고 싶은 심정이었다.

'놈, 뭘 하려는 것이냐?'

추산이 차가운 눈빛으로 거실을 서성이는 검은 그림자를 노

려봤다. 검은 그림자는 설상지가 들어 있는 방 앞에서 잠시 서
성이더니 이내 몸을 돌려 서항아가 잠든 방문 앞에 도달해 있
었다.

'역시 그간 서 소저를 괴롭힌 그자가 분명하다. 자, 이제 어
떻게 저놈을 제압할 것인가?'

추산의 욕심이 커졌다. 애초의 청부는 서항아의 근처를 맴
도는 암중인의 정체를 밝히는 것. 하지만 손쉽게 그를 만난 추
산의 머릿속에는 상대의 정체를 밝히는 것을 넘어, 상대를 제
압할 욕심이 가득 차기 시작했다.

그리고 욕심은 화를 부른다.

번쩍!

추산은 한순간 자신의 눈이 시력을 잃었다는 것을 깨닫고는
본능적으로 신형을 뒤집었다.

팟!

살짝 열린 문틈을 비집고 들어온 하얀 빛이 눕혀진 추산의
가슴 위로 스쳐 지나며 그의 옷깃을 베어냈다.

"제길!"

추산의 입에서 한가닥 욕설이 흘러나왔다. 동시에 그의 왼
손이 방문을 활짝 열며 무서운 속도로 거실을 향해 뛰쳐나갔
다.

시력은 잃었지만 천통지의 효용을 빌어 극도로 끌어올려진
감각은 여전히 살아 있었다. 그래서 적의 위치를 찾는 것은 그
리 어려운 일이 아니었다. 추산은 불문곡직하고 감각이 가리

키는 곳을 향해 검을 우겨 넣었다.

그의 검에서 투명한 검기가 뻗어 나와 상대가 일으킨 검은 그림자에 닿으려는 순간이 되어서야 그의 시력이 회복됐다. 그리고 그 순간 추산은 검은 그림자가 토해놓는 또 다른 흰 빛을 볼 수 있었다.

추산의 검기와 검은 그림자가 만들어낸 흰 빛이 허공에서 격돌하며 날카로운 충돌음을 일으켰다.

차창!

'검이었군.'

추산은 자신의 검기를 막아내는 흰 빛이 암중인의 검임을 한 번의 격돌 후에 깨달았다.

'빠르다. 하지만 견디지 못할 만큼 공력이 강한 것은 아니야.'

추산이 내심 여유를 찾으며 암중인을 마주하고 섰다. 그러자 허공에서 두 사람의 눈빛이 맹렬하게 부딪쳤다.

"물론 정체를 물어도 답을 하지 않겠지?"

추산의 입에시 당연한 질문이 흘러나왔다. 역시나 상대의 입은 열리지 않았다. 그는 그저 흐릿한 그림자 속에서 추산을 노려보고 있을 뿐이었다.

그때 서항아와 설상지가 잠들어 있던 방에서 작은 소음이 들려왔다. 거실에서 일어난 소란에 그녀들이 잠에서 깨어난 것이었다. 또한 서항아의 처소 밖을 지키고 있던 칠웅문 고수들의 움직임도 느껴졌다.

"아가씨의 처소다! 서둘러라!"

누군가 명을 내리는 소리가 날카롭게 들려왔다.

"오늘 이곳을 빠져나가기는 어려울 것 같은데?"

추산이 상대를 격동시키기 위해 약간 비웃음이 담긴 목소리로 말했다. 하지만 상대의 눈빛은 전혀 흔들림이 없었다. 마치 서항아의 처소 주변에서 일어나는 소란들이 자신과는 아무런 상관이 없다는 듯, 그리고 서항아와 설상지의 방문이 막 열리는 순간, 검은 그림자의 입에서 나직한 목소리가 흘러나왔다.

"여인들을 데리고 칠웅문에서 벗어나라. 이곳은 곧 피에 묻힐 것, 일곱 마리의 늑대와 관계되지 않은 자를 베고 싶지는 않다. 경고는 이번 한 번뿐이다. 내일 즉시 칠웅문을 벗어나라!"

"정체를 밝혀라!"

추산이 다시금 외쳤다. 그리고 그 순간 설상지와 서항아가 거실로 뛰쳐나왔고 칠웅문의 고수들 역시 거실로 뛰어들고 있었다. 순간 추산을 향해 다시 한 번 날카로운 안광을 토해낸 검은 그림자가 움직였다.

"놈! 이곳을 벗어날 수 없다!"

검은 그림자가 장내를 벗어나려는 방향을 칠웅문의 고수 셋이 막아섰다.

"그대들은 주인을 잘못 만났어!"

순간 검은 그림자의 입에서 차가운 일갈이 터져 나오며 예의 그 흰 빛이 어둠을 뚫고 자신의 앞을 막아서는 삼 인을 향해 뻗어나갔다.

"위험해!"

추산이 번개처럼 격돌하는 흉수와 칠웅문 고수들 쪽으로 날아가며 소리쳤다. 하지만 미처 그가 도달하기도 전에 양편은 부딪치고 있었다.

파파팟!

순식간에 그어지는 세 번의 흰 빛줄기, 그 빛줄기가 관통하고 지난 공간으로 암중인을 막아섰던 세 명의 칠웅문 고수가 나뒹굴었다. 그리곤 눈 깜짝할 사이에 암중인이 장내에서 사라졌다.

"멈춰!"

추산이 달려들던 속도 그대로 암중인의 뒤를 쫓기 시작했다. 그리고 그 뒤를 다시 설상지가 따랐고, 두 사람에 비해 무공이 달리는 서항아가 멀찍이 떨어져서 앞선 삼 인을 쫓기 시작했다.

삐이이익!

거대한 칠웅문의 장원 여기저기서 요란한 신호음이 흘러나오기 시작했다. 동시에 사방에 숨어 있던 칠웅문의 고수들이 뛰쳐나왔다. 그렇게 한밤중에 움직이기 시작한 칠웅문의 고수들은 검은 그림자를 쫓는 추산의 뒤쪽으로 긴 꼬리를 만들며 모여들기 시작했다.

하지만 그렇게 길게 만들어지던 추격의 행렬은 이내 추산에게서 멀어졌다. 대부분의 칠웅문 무사들의 공력이 도주하는 암중인이나 추격하는 추산에 비해 턱없이 부족했기 때문이었다. 그래서 한밤중의 추격이 시작된 지 이각이 채 지나지 않아 추산의 뒤를 따르는 자들은 겨우 십여 명에 지나지 않았다.

그리고 그즈음 칠웅문 전각들의 지붕을 날아 넘던 암중인은 어느새 칠웅문의 경계를 벗어나 칠웅문 주위를 둘러싸고 있던 숲에 도달해 있었다.

"놈!"

그런데 막 숲으로 사라지려는 암중인 앞에 불쑥 한 명의 신형이 솟아오르며 암중인을 향해 매서운 일격을 가해왔다.

얼굴을 텁수룩이 덮은 수염, 암중인을 향해 부릅떠진 광포한 눈, 한눈에 보아도 철혈무인의 기질이 느껴지는 인물이 자신의 키보다 한 자는 더 긴 창을 들어 암중인을 공격했다.

"곽가로구나!"

순간 암중인의 입에서도 역시 은은한 분노가 느껴지는 음성이 흘러나왔다. 동시에 예의 그 흰 빛 검이 번개처럼 상대가 찔러내는 창신(槍身)을 거슬러 오르며 뻗어나갔다.

창!

암중인을 찔러오던 자가 뻗어내던 창을 급히 휘저었다. 그러자 강렬한 충돌음이 일어나며 암중인의 검과 길을 막아선 대한의 장창이 격돌했다.

"음……!"

한 번의 충돌에 두 사람의 간격이 순식간에 벌어졌다. 창의 주인에게서 낮은 신음성이 흘러나왔다.

추산은 멀리서 두 사람의 격돌을 보며 한 명의 이름을 떠올렸다.

'칠웅문 일곱 문주 중 신창(神槍) 곽룡(郭龍)이군.'

신창 곽룡은 칠웅문 칠문주 중 창의 달인으로 유명했다. 칠웅문의 일곱 문주는 저마다 다른 성씨를 사용하는 타인들이었지만 그중에서 신창 곽룡과 건곤권 곽호는 유일한 형제지간으로 알려져 있었다.

일합의 격돌은 암중인과 곽룡 누구도 우세를 점하지 못한 채 끝났다. 하지만 추산은 일합의 격돌에서 충격이 더 큰 쪽은 곽룡이라는 사실을 금세 눈치 챘다. 곽룡의 입에서 흘러나온 나지막한 신음성이 그 증거였다. 더군다나 곽룡은 기습을 하고도 승기를 잡지 못한 상태였으니, 기실 암중인의 무공은 곽룡을 능가한다고 볼 수 있었다.

순식간에 꽤 많은 생각이 추산의 머릿속을 스치고 지나갔지만 실제로는 아주 짧은 시간 안에 이루어진 생각들이었다. 그리고 추산이 미처 두 사람 곁에 다가서기도 전에 이미 그들은 다시금 번개처럼 공수를 교환하고 있었다.

파르르릉!

신창 곽룡의 창끝이 그가 일으키는 강력한 공력을 이기지 못하고 몸을 떨었다. 그의 창날은 허공에 수많은 그림자를 일으키며 암중인을 쓸어갔지만 암중인은 기이하면서도 현묘한 움직임으로 곽룡의 무수한 공세를 비집고 곽룡에게 접근해 들어갔다. 그리곤 장병인 창의 이점을 잃어버린 곽룡을 향해 예의 그 백색 검을 매서운 기세로 뻗어내는 것이었다.

쉽게 우열을 가리지 못했던 승부는 초식의 교환이 진행될수록 서서히 암중인 쪽으로 승기가 기울어지고 있었다. 하지만 곽룡의 무공 또한 만만치가 않아 비록 승기를 잡고 있었지만 암중인 역시 일거에 곽룡을 제압할 수는 없었다.

곽룡이라는 절정고수를 상대하며 공력을 소비해서인지 암중인을 둘러싸고 있던 검은 운무도 차츰 그 농도가 옅어져, 추산이 두 사람의 격전지에 날아내리는 순간에는 암중인의 눈, 코, 입을 정확하게 볼 수 있을 정도였다.

하지만 추산이 암중의 인물을 자세히 살피기에는 시간이 부족했다. 암중인은 추산이 장내에 내려서는 순간 더 이상 시간을 끌 수 없다는 것을 깨달은 듯 신창 곽룡을 향해 혼신의 공격을 퍼부어댔기 때문이었다.

암중인의 신형이 다시금 흑무에 휩싸였다. 아마도 단전의 밑바닥까지 긁어 공력을 끌어올렸으리라. 그리곤 희미한 그림자로 화한 암중인이 무서운 속도로 신창 곽룡을 향해 날아갔다.

"피 값은 피로 갚아라!"

검은 흑무가 곽룡을 쓸어갔다. 노련한 곽룡조차도 은은한 두려움이 묻어나는 눈으로 자신을 덮쳐 오는 흑무를 바라보고 있었다. 그리고 어느 순간 흑무 속에서 예의 그 흰 빛의 검기가 번개처럼 뻗어 나왔다. 검은 마치 허공에 흰 선을 긋 듯 일직선으로 곽룡의 목줄기를 향해 날아갔다.

추산의 눈에 곽룡의 이마에 핏줄이 서는 것이 보였다. 곽룡

또한 능력 이상의 공력을 끌어내고 있는 것이 분명했다.

'위험하다. 둘 중 하나는 죽는다!'

추산이 생사를 가르는 일합의 격돌을 우려 섞인 눈으로 바라보며 검을 쥔 손을 꽉 움켜잡았다. 하지만 추산의 실력으로는 이미 목숨을 걸고 일초를 교환하는 두 사람의 싸움에 끼어들 수 없었다. 이 두 사람의 격돌을 말리려면 적어도 천하팔대고수 중 한 명이 필요할 터였다.

그그긍!

드디어 암중인의 검과 신창 곽룡의 창이 허공에서 교차하며 벽력같은 충돌음을 일으켰다. 그리고 그 순간 두 사람의 신형이 번개처럼 교차했다.

'승부는?'

추산이 급히 안력을 높이며 일합의 격돌을 끝낸 두 고수를 살폈다. 두 고수는 서로 위치를 바꾼 채 잠시 굳은 듯 서 있더니 거의 동시에 서서히 몸을 돌려 상대를 마주 봤다.

"네가 살아 있었다니……."

곽룡의 입에서 죽음의 냄새가 느껴지는 목소리가 흘러나왔다.

"너희들이 살아 있는데 내가 어떻게 죽을 수 있겠는가?"

암중인 역시 기력이 쇠한 목소리로 대답했다. 어느새 그의 신형을 감싸고 있던 흑무는 사라졌고, 훤칠한 키에 메마른 몸매를 가진 초로의 인물이 흑의를 입고 그 자리에 서 있었다.

"그때… 시신을 확인했어야 했는데……."

"이런 걸 두고 천명이라고 하지. 자, 이제 널 저승으로 보내 주겠다. 그리고 기다리거라. 남은 다섯 마리의 늑대도 조만간 네 곁으로 보내줄 테니……."

암중인이 천천히 검을 들어 올렸다. 진기를 모두 소진해서 인지 그의 검은 더 이상 눈부시게 빛나지 않았다. 하지만 이미 온몸의 생기를 잃어버린 신창 곽룡의 목을 베는 데는 충분한 기운이 남아 있어 보였다.

암중인의 검이 허공을 갈랐다. 그의 검끝에 신창 곽룡의 목이 있었다. 그런데 막 암중인의 검이 곽룡의 목을 베려는 순간, 한 자루 청색 검이 날아와 암중인의 검을 막아냈다.

第四章
혈귀

창!

날카로운 마찰음이 어둠 속으로 울려 퍼졌다. 순간 암중인의 얼굴에 분노의 빛이 떠올랐다.

"감히 내 일을 방해하다니… 떠나라는 충고를 듣지 않겠단 말이냐?"

암중인이 어느새 자신과 신창 곽룡 사이에 끼어든 추산을 노려보며 말했다.

"난 당신의 정체를 밝혀달라는 청부를 받은 몸이오. 더군다나 어떤 원한이 있는지 모르겠으나 눈앞에서 사람이 죽어가는 것을 두고 볼 만큼 내 심성이 독하지 않소."

"놈은 죽어 마땅한 자다."

"아직 난 그가 왜 죽어 마땅한지 그 이유를 모르오."

순간 암중인의 눈에 차가운 살기가 번졌다. 추산이 승천공을 끌어올리며 검을 바로잡았다. 상대의 공력을 보건대 상대하지 못할 인물은 아니라는 생각이 든 추산이었다. 그 움직임의 괴이함에 비해 일합의 격돌을 통해 느껴지는 상대의 공력은 추산이 감당할 만했다.

더군다나 상대는 신창 곽룡을 상대하느라 무리하게 진기를 운용한 탓에 무척 지쳐 있었다. 추산은 이 싸움이 충분히 자신에게 승산이 있다고 판단했다. 추산의 자신감이 느껴졌는지 암중인은 쉽게 움직이지 않았다.

"어린 놈이 보통이 아니군. 하지만 경고하건대 다시 한 번 나와 칠웅문 사이에 끼어든다면 결코 죽음을 피하지 못할 것이다. 다음에 보자!"

그렇게 경고를 한 암중인이 다시금 희뿌연 흑무에 휩싸이며 장내를 벗어나기 시작했다. 추산이 급히 암중인의 뒤를 따르려는 순간 그와 쓰러져 있는 신창 곽룡 주위에 일단의 인물이 내려섰다. 그들은 마치 추산을 포위하듯 에워쌌으므로 추산은 암중인을 추격할 기회를 잃어버리고 말았다.

'제길, 지금이 좋은 기회였는데……'

추산이 쓴침을 삼키며 자신의 주위를 에워싼 자들을 살폈다. 장내에 모습을 드러낸 사람은 모두 다섯, 모두들 신창 곽룡과 비슷한 연배로 보이는 초로의 인물들이었는데 한 명 한 명에게서 흘러나오는 기세로 보아 신창 곽룡에 버금가는 고수들이 분명했다.

'그들이군.'

칠웅문에서 신창 곽룡에 버금가는 고수라면 오직 한 부류의 사람들밖에 없었다. 바로 칠웅문의 일곱 문주였다. 황연남이 죽고 신창 곽룡마저 쓰러졌으니 다섯밖에 남지 않은 칠웅문의 문주들이 차가운 안광을 토해내며 추산과 쓰러진 곽룡을 응시하고 있었다.

"아우!"

그리고 그중 한 명의 노인이 급히 뛰어나오며 쓰러진 신창 곽룡을 안아 들었다.

"형… 님!"

심각한 부상을 입고 있음에도 불구하고 신창 곽룡은 어느새 정신을 치리고 있었다. 하지만 그의 정신은 돌아왔지만 그의 몸이 제 상태로 회복되기는 어려워 보였다.

"이게, 이게 무슨 일인가?"

칠웅문의 일곱 문주 중 신창 곽룡에게서 형님 소리를 들을 인물은 한 명밖에 없었다. 건곤권 곽호, 신창 곽룡의 친형이며 칠웅문 일곱 문주 중 한 명인 권의 달인 곽호가 바로 그였다.

"그가… 그가 나타났습니다."

곽룡이 힘겨운 목소리로 입을 열었다.

"그라니?"

"그… 바로 그자……!"

곽룡의 눈빛은 복잡한 감정으로 얽혀 있었다. 그것은 누군가를 두려워하는 것 같기도 하고, 혹은 짙은 살의를 품은 것 같기도 하며, 한편으로는 짙은 회한이 묻어 나오는 것 같기도 했다. 신창 곽룡의 눈은 번갈아가며 이러한 감정들을 드러내고 있었다.

“도대체 누굴 말하는 것인가, 아우!”

그러자 갑자기 신창 곽룡이 건곤권 곽호의 손을 꽉 움켜잡았다. 그리곤 눈을 부라리며 신음처럼 소리쳤다.

“그러길래 내가 뭐랬습니까? 사람으로서 할 일이 아니라고 하지 않았습니까? 아아, 그렇다고 이제 와서 후회한들 무슨 소용이 있겠습니까? 어차피 이리된 것 먼저 죽는 것도 복이겠지요. 형님, 그는 강했습니다. 아마도 우리 일곱 사람 중 누구도 혼자서는 그를 감당하기 힘들 겁니다. 그러니 그를 잡으려면 반드시 둘 이상이 함께해야 할 겁니다.”

“도대체 누굴 말하는 거냐?”

곽호가 곽룡의 멱살을 잡고 흔들었다. 누가 보아도 곽룡은 이미 사선을 넘어서고 있어 보였다.

“십오 년 전… 일곱 번의 칼질을 당하고 용포로 떨어져 내린 그… 그가 돌아왔소…….”

그 말을 마지막으로 곽룡의 눈에서 생기가 흩어졌다. 하지만 그의 죽음은 칠웅문의 다섯 문주에게 어떤 충격도 주지 못한 듯 보였다. 왜냐하면 그들은 그가 죽으며 마지막에 남긴 말에 더 큰 충격을 받았기 때문이었다.

그 밤이 지나자 칠웅문이 움직였다. 황연남의 죽음으로 삼엄해졌던 경비는 한층 강화되어 칠웅문의 이백여 문도 중 절반 이상이 장원을 경비하는 데 투입됐다.

등주의 강자로 부상한 칠웅문과 연분을 트기 위해 칠웅문을 찾은 손님들도 칠웅문의 정문 앞에서 정중히 되돌려보내졌다. 그리하여 칠웅문은 봉문을 한 문파라 보아도 이상할 것이 없는 상태가 되어 있었다.

그렇게 오는 손님조차 받지 않는 칠웅문에 여전히 머물고 있는 두 명의 외인이 있었다. 추산과 설상지였다.

추산은 급변한 칠웅문의 정세 때문에 함부로 바깥출입을 하지 못하고 서항아의 처소에 처박혀 있었다. 그의 청부는 묘하게 꼬여가고 있었다. 그의 상태는 청부를 완성한 것도 혹은 완성하지 않은 것도 아닌 상태였다.

애초의 청부가 서항아 주변을 맴도는 암중인의 정체를 밝혀내는 것이었으니 어쩌면 이 청부는 완성된 것일지도 몰랐다. 왜냐하면 적어도 칠웅문의 살아남은 다섯 문주는 흉수의 정체를 알고 있을 것이기 때문이었다.

하지만 그들 이외의 누구도 흉수의 정체를 알지 못했다. 칠웅문의 문주들은 자신들이 알고 있는 흉수의 정체를 철저하게 함구하고 있었다. 하지만 어쨌든 만약 추산이 칠웅문으로부터 청부를 받은 것이라면 칠웅문의 문주들이 흉수의 정체를 알았으니 청부는 완료된 것으로 볼 수 있었다. 하지만 이번 청부의 주인은 칠웅문이 아니라 서항아였다. 칠웅문 문주들이 흉수의 정체에 대해 함구하는 이상 서항아의 청부는 끝난 것이 아니었다. 지금 추산이 서항아에게 흉수에 대해 해줄 수 있는 말은 흉수가 십오 년 전 칠웅문의 일곱 문주와 모종의 원한 관계로 묶여 있는 사람이라는 것밖에 없었다. 그리고 추산은 적어도 자신의 청부가 이 정도의 정보로 완성되었다고는 생각지 않았다.

그래서 추산은 여전히 칠웅문에 머물러 있었다. 서항아의 처소 밖으로 한 발자국만 나가도 칠웅문 문도들의 감시가 따라붙었기에 행동이 자유스러운 것은 아니었지만 어쨌든 그는 아직은 자신이 칠웅문에 머물러 있을 이유가 있다고 생각하고 있었다.

그리고 무슨 이유에선지 오는 손님들을 되돌려보내고 있는 칠웅문의 문주들도 추산을 칠웅문에서 내보내려는 의도는 보이지 않았다. 이미 한 가지 사실을 공유한 사람이기 때문인지, 아니면 다른 목적이 있는 것인지 추산조차도 짐작하기 어려웠다.

"아버님이 뵙자세요."

그날 밤, 암중인에 의해 신창 곽룡이 죽은 지 오 일이 지날 무렵에야 서항아는 미안한 모습으로 추산에게 입을 열었다.

"그러지요."

추산은 오히려 기다렸다는 듯이 서항아의 말에 대답했다.

"죄송해요."

서항아가 쭈뼛거리며 말했다.

"뭐가 말입니까?"

"그래도 그나마 아버님과 문주님들이 흉수의 정체를 짐작하게 된 것은 모두 추 소협 덕분인데 이렇게 며칠째 가두어두 듯 처소에 머물게 해서요."

그날 밤 추산의 천통지가 아니었다면 어쩌면 흉수는 아직도 오리무중일지 몰랐다. 그런 면에서 보자면 추산은 어쨌든 칠웅문에 큰 도움을 준 사람이라고 할 수 있었다.

"신경 쓰지 마세요. 지금 칠웅문의 사정이 한낱 황금충에 신경 쓸 상황은 아니니까요. 그나저나 어디서……?"

"따라오세요. 대전에서 보자세요."

"그러지요. 그런데 설 여협은?"

그러자 서항아가 살짝 고개를 저었다.

"추 소협만 뵙자시네요."

"알겠습니다. 그럼 가지요."

추산이 훌쩍 침상에서 몸을 일으켜 서항아를 따라나섰다.

시항아의 처소에서 칠웅문 일곱 문주의 집무실인 대전에 이르는 길은 철통같은 경비가 세워져 있었다. 곳곳에서 도검을 든 무인들이 차가운 안광을 토해내고 있었고, 장원 내의 나무와 담, 심지어는 지붕 위에서까지 사람의 기척이 느껴지고 있었다.

'도대체 이해할 수가 없군. 물론 흉수가 두 명의 칠웅문 문주를 죽였다고는 하지만 내가 볼 때 그의 무공은 사부님이나

다른 강호의 절대강자들에게는 미치지 못한다. 아니, 사형에
게조차 한 수 접어줘야 할 것이다. 물론 그 움직임이 괴이롭고,
암행에 능하다고는 하지만……. 하지만 어쨌든 칠웅문의 문주
둘이 모이면 흉수를 상대하지 못할 정도는 아니다. 오히려 충
분히 제압할 수 있겠지. 그런데 지금 이 모습은 정말 절대강자
를 적으로 두어 방어에 급급한 모습이 아닌가? 나라면 오히려
적극적으로 흉수를 찾아 나설 것 같은데…….'

칠웅문의 문주들은 흉수가 신창 곽룡을 살해한 이후 당연히
해야 할 장원 주변의 숲을 수색하는 일조차 하지 않고 그 즉시
봉문에 가까운 행태를 보이고 있었다. 추산으로서는 이런 칠
웅문 문주들의 행태가 무척이나 의아스러운 것이었다.

그그긍!

이런저런 생각을 하는 사이 어느새 두 사람은 칠웅문의 대
전 앞에 도착해 있었다. 그리고 두 사람이 걸음을 멈추기도 전
에 대전 문이 무겁게 열렸다. 서항아는 말없이 추산을 대전 안
으로 이끌었다.

대전의 구조는 묘한 면이 있었다. 일곱 명의 문주를 두고 있
어서인지 대전의 중앙에 둥글게 사람들이 모일 수 있는 공간
이 마련되어 있었고 그 가운데에는 일곱 개의 의자와 화려한
대리석 탁자가 놓여 있었다. 그리고 그 공간을 둘러싸고 일곱
개의 방이 마련되어 있었는데 아마도 일곱 문주 한 명 한 명이
머무는 공간인 듯싶었다.

일곱 문주가 머무는 방들 사이는 대략 일 장 정도의 간격으

로 떨어져 있었고 그 빈 공간에는 밖과 연결된 창이 자리를 차지하고 있었다. 덕분에 일곱 개의 방에 둘러싸여 있으면서도 대전은 밖에서 들어오는 빛에 의해 무척 밝은 편이었다.

그 대전의 중앙, 일곱 개의 의자에 다섯 명의 초로의 인물들이 무거운 표정으로 앉아 있었다. 그리고 그들 사이 두 개의 빈 의자가 왠지 모를 한기를 느끼게 한다. 죽은 황연남과 곽룡의 자리였으리라.

"오시게."

대전의 중앙에 앉아 있던 오 인의 칠웅문 문주 중 한 사람이 일어나 추산을 맞았다. 다른 사 인은 그저 묵묵히 자리에 앉아 추산을 흘낏 바라볼 뿐 다른 반응을 보이지 않았다. 어찌 보면 무척 무례한 손님 접대였으나 추산은 담담한 표정으로 일어선 인물이 권하는 자리에 앉았다

"넌 나가 있거라."

추산을 맞아들인 인물이 서항아를 보며 말했다.

"아버지!"

서항아가 거부의 의사가 담긴 목소리를 뱉어냈다. 그러자 추산을 맞이했던 서항아의 부친 서황우가 엄한 눈빛을 발하며 다시 입을 열었다.

"어서, 나와 네 분 문주께서 추 소협과 긴밀히 할 이야기가 있다. 넌 나가 있거라."

"하지만 추 소협은 제 손님이라고요."

"알고 있다. 하지만 지금은 그를 우리에게 양보해야 할 때이

다. 네 체면을 상하게 하는 일은 없을 테니 나가 있거라.”

준엄한 서황우의 말에 서항아가 어쩔 수 없다는 듯 가볍게 고개를 숙여 보이고는 대전을 벗어났다.

“무불장에서 오셨다고?”

서항아가 대전을 벗어나기를 기다렸다가 불쑥 서황우가 물었다.

“그렇습니다.”

“무불장의 명성은 오래전부터 들어왔지. 특히나 당금 무불장주의 무공이 절정의 경지에 올랐다던가?”

“사형에 비하면 저야 보잘것없지요.”

추산이 제법 겸손한 모습으로 대답했다.

“지난번 흉수를 쫓을 때 보니 그런 것 같지도 않더군. 추 소협의 무공 역시 놀라운 경지였네. 역시 좋은 스승이란 무공을 익히는 데 필수적인 것인가? 천검 능운백의 명성에 어울리는 무공이었네.”

“과찬이십니다.”

“그나저나 추 소협은 우리 딸아이에게서 어떤 청부를 받은 것인가?”

물론 서황우를 포함한 다섯 문주가 왜 서항아가 추산에게 청부를 넣은 것인지 모르지는 않을 터였다.

“아시다시피 서 소저는 얼마 전부터 모종의 인물로부터 계속 위협을 받아왔지요. 그런데도 칠웅문에서는 서 소저의 말을 신뢰하지 않았다고 하더군요. 해서 서 소저는 답답한 마음에 절 찾아와 그 암중의 인물이 실제로 존재한다는 사실과 그 인물의 정체를 밝혀달라는 청부를 했던 것입니다."

추산이 상세하게 자신이 서항아에게 받은 청부를 설명했다.

"음, 그렇군. 뭐, 사실 우리도 항아가 자네를 불러들인 이유를 모르는 것은 아니었네. 그런데 자네는 어떻게 생각하는가? 오 일 전 보았던 그 흉수가 항아 주변을 맴돌던 그자라고 생각하는가?"

그러자 추산이 잠시 생각에 잠겼다가 이내 대답했다.

"그렇습니다."

"자네의 말처럼 그가 항아 곁을 맴돌던 자라면 그는 왜 항아에겐 살수를 쓰지 않았을까? 이미 본 문의 두 문주를 살해한 자가 말이야?"

그러자 추산이 망설이지 않고 대답했다.

"그 이유야 제가 알 수가 없는 문제지요. 하지만 그자의 기운은 서 소저와 제가 강을 건널 때부터 시작되어 이곳까지 이어졌고, 그날 밤 그 기운을 가진 사내가 곽 문주님을 살해했으니 동일인이 분명하지 않겠습니까?"

그러자 서황우와 다른 네 명의 문주들 표정이 살짝 변했다.

"그자의 기운이 강에서부터 이어졌다고?"

"그렇습니다."

"자네도 그 기운을 느꼈단 말인가?"

"서 소저만큼은 아니지만 저 역시 그자의 기운을 느낄 수 있었습니다. 그래서 그날 밤 서 소저의 처소에 침입한 그자를 발견한 것이기도 하고요."

추산의 대답이 끝나자 칠웅문의 다섯 문주가 의심 어린 눈으로 추산을 바라봤다. 추산의 말 중 무엇인가가 그들에게 어떤 의심을 불러일으킨 것이 분명해 보였다.

'뭐지, 이 눈빛들은?'

추산이 상대의 눈빛에 긴장하며 의구심 어린 표정으로 칠웅문 다섯 문주를 응시했다. 그렇게 여섯 사람의 시선이 한동안 허공에서 엉켜들고 있을 때 갑자기 지금껏 말이 없던 네 문주 중 한 명이 입을 열었다. 그는 가장 좌측에 앉아 있던 인물이었는데 칠웅문 문주들 중 가장 키가 작고 늙어 보였으나 그 몸에서 흘러나오는 기세는 다섯 중 최고였다.

"자네는 자네의 무공을 어떻게 생각하는가?"

갑작스런 질문에 추산이 상대의 의도를 몰라 눈을 돌려 질문한 인물을 바라봤다.

"난 묘엄이라 하네. 부족하지만 칠웅문의 문주들 중 대형 소리를 듣는 사람이지."

왜소한 노인이 자신을 소개했다. 사람들은 그를 벽력도(霹靂刀)라 불렀다. 그는 체구에 걸맞지 않게 중도(重刀)를 사용했는데 일격필살의 그의 도법이 전개되면 천둥이 치는 듯한 굉음과 번개 빛이 번쩍인다고 해서 붙여진 별호였다. 그는 또한 칠웅문의 문주들 중 그 무공이 가장 강한 인물이라고 여겨지는 자였다.

"문주께서 묻고자 하시는 바를 짐작키 어렵군요."

추산이 대답했다. 그러자 벽력도 묘엄이 고개를 끄덕이고는 다시 입을 열었다.

"사실대로 말하자면 이렇다네. 난 사실 우리 일곱 문주의 무공이 그리 약하다고는 생각지 않는 사람이라네. 적어도 강호에서 우릴 얕볼 자들은 없지. 물론 자네의 무공도 뛰어나 보이지만 그렇다고 자네가 우리보다 더 강한 무공을 가지고 있다고는 생각지 않네."

'흥! 노인네, 그건 붙어봐야 아는 일이야. 나도 노인네들 한 명쯤은 상대할 자신이 있다고⋯⋯.'

추산은 내심 반발심이 끓어올랐지만 얼굴에는 미소를 띠며 대답했다.

"당연한 일이지요. 제가 어찌 칠웅문 일곱 문주님의 무공을 따라갈 수 있겠습니까?"

추산의 대답에 묘엄이 미묘한 미소를 지었다.

"후후, 늙은이는 눈치가 빠른 법이네. 자넨 아마도 우리 늙은이들 정도는 상대할 자신이 있는 모양이군. 좋네. 어쨌든 그렇다고 하더라도 자네가 우리보다 월등한 무공을 지니고 있지는 않다고 생각하네. 그래서 한 가지 의문이 생겨난 것일세."

"어떤 의문입니까?"

추산이 고개를 갸웃거렸다.

"사실대로 말하자면 우리가 항아의 이야기를 처음부터 믿지 않은 것은 아니었네. 자네도 알다시피 한 문파가 어떤 곳에 뿌리를 내리기 위해선 적지 않은 피를 흘려야 한다네. 우리 칠웅문도 예외는 아니지. 그간 우리 손에 묻힌 피도 적지는 않네. 그러니 당연히 우리에게 원한을 가진 자도 있을 터, 처음 항아가 자신의 주변을 맴도는 기운이 있는 것 같다고 했을 때 우린 결코 그 이야기를 흘려듣지 않았네. 항아는 모르지만 그 아이의 주변을 감시한 것은 본 문의 문도들뿐만이 아닐세. 한동안은 우리가 직접 항아의 곁을 지켰다네. 하지만 우린 그 아이의 곁에서 아무도 발견하지 못했지. 그래서 그 아이는 도문 설상지를 따라 자네의 무불장에 청부를 넣기 위해 떠난 것이고. 그런데 자네는 이곳에 도착하기 이전부터 그자의 기운을 느꼈을 뿐 아니라, 도착한 첫날밤에 그자를 발견하고 추적했네. 그래서 하는 질문이네. 자네는 자네의 무공이 우리 칠웅문의 일곱 문주가 발견하지 못한 흉수를 단번에 발견할 수 있을 만큼 고강하다고 생각하는가?'

그제야 추산은 벽력도 묘엄이 한 말의 진의를 깨달을 수 있었다.

'하긴 이들로서는 이해할 수 없는 일일 테지. 천통지의 효용을 모르는 한은 말이야.'

추산이 천천히 고개를 끄덕였다.

"충분히 의구심을 가지실 만한 일이었군요."

"그에 대한 답을 해줄 수 있겠는가?"

"결론적으로 말하자면 제 무공은 칠웅문의 문주님들이 발견하지 못한 흉수의 기척을 발견할 만큼 뛰어나지 않습니다."

"그럼 자네는 어떻게 흉수의 기운을 느끼고 또 그를 발견할 수 있었는가?"

칠웅문 다섯 문주의 눈에 의심의 기색이 어렸다. 자칫하면 추산이 암중의 흉수와 어떤 관련이 있는 인물로 몰릴 분위기였다. 다섯 문주의 추궁 아닌 추궁을 당하게 된 추산의 씁쓸한 미소를 지으며 입을 열었다.

"제 무공은 비록 문주들께서 알아채지 못하는 기운을 알아챌 만큼 강하지는 못하지만 제겐 특별히 기감(氣感)을 높여주는 별공이 하나 있지요. 제가 그를 발견하게 된 것은 바로 그 별공 때문입니다."

"별공이라… 그게 어떤 무공인가?"

이쯤 되면 묘엄의 질문은 도를 지나치고 있었다. 타인의 무공 내력을 알려는 것은 강호제일금기였다. 추산이 입을 다물며 차가운 표정을 지어 보였다. 그제야 묘엄이 자신의 실태를 깨닫고 급히 손을 저으며 사과했다.

"이런, 늙어서 주책을 떨었군. 타인의 무공 내력을 묻다니. 미안하이. 어쨌든 자네는 자네만이 익히고 있는 별공 덕에 그 흉수를 발견할 수 있었단 말이지?"

"그렇습니다."

추산이 조금 굳은 음성으로 대답했다. 그는 비록 청부를 받고 온 황금충이지만 그의 사부는 천검 능운백이었다. 아무리 칠웅문이 떠오르는 신흥명문이라 하더라도 천검 능운백의 제자를 함부로 대할 수는 없었다.

'사부님이 등장하면 단번에 꼬리를 내릴 인간들이……'

추산이 냉랭한 표정을 짓자, 묘엄이 자신의 실책을 깨달았는지 이내 표정을 부드럽게 하며 말을 이었다.

"어찌 말을 하다 보니 지나친 면이 없지 않았네. 다시 한 번 사과하지."

"그럴 수도 있지요."

추산이 여전히 냉랭한 표정으로 대답했다.

'오늘 떠나야겠어. 어차피 이들이 홍수의 정체를 알고 있으니 서 소저에게는 이들에게 이번 청부의 답을 들으라고 하면 되겠지. 정 뭐하면 청부금 백오십 냥 중 오십 냥은 돌려주면 되지. 이렇게 안하무인인 자들과 함께 있는 것은 좀 혐오스럽군. 더군다나 그 홍수의 말을 들어보면 이자들이 그에게 무척 큰 잘못을 한 것 같단 말이야. 겉보기에는 제법 호기롭게 생긴 인물들이 말이야. 사형이 그랬지. 청부 일을 하면서 남의 은원에 개입하는 것은 좋지 않다고.'

추산이 내심 칠웅문을 떠날 생각을 굳히고 있을 때 묘엄이 재차 입을 열었다.

"사실은 자네에게 한 가지 부탁이 있어 보자고 했네."

'부탁? 내게?'

추산이 의외의 말을 던진 묘엄을 의아한 눈으로 바라보다 살짝 고개를 저었다.

'분위기가 좋지 않아. 칠웅문을 벗어나느니만 못하다.'

추산이 정색을 하며 입을 열었다.

"부탁이라니 우습군요. 황금충은 오직 청부만을 받을 뿐이지요. 그리고 제가 서 소저에게 받은 청부는 이제 끝이 난 것 같고 말입니다."

"청부가 끝이 났다고 보는가?"

"제가 서 소저께 받은 청부는 암중의 인물을 밝혀내는 것까지였지요. 그런데 다섯 분 문주께선 이미 그자의 정체를 알고 계시는 것 같으니 청부는 끝이 난 것이 아니겠습니까? 해서 전 오늘내일 중으로 개봉으로 돌아갈 생각입니다만……."

추산의 응답이 의외였던 모양인지 묘엄과 다른 네 문주의 표정이 어두워졌다. 아마도 그들은 적어도 추산이 자신들이 하는 부탁이 무엇인지는 들어볼 것이라 생각했던 모양이었다.

"그럼 이건 어떤가? 항아의 청부는 끝난 것으로 하고 새로 칠웅문의 청부를 들어보는 것은?"

"글쎄요. 본시 본 장에 들어오는 청부의 수락 여부는 제 사형께서 결정하시는 터라……."

말꼬리를 흐렸지만 거절의 의사가 포함된 말이었다. 눈치 빠른 칠웅문의 문주들이 추산의 의도를 알아채지 못할 리 없었다. 하지만 묘엄은 추산의 말에 포함된 거절의 의미를 애써 모른 척하며 재차 입을 열었다.

"무불장의 관례가 그렇다면 강요할 수는 없는 문제이나 현재 본 문의 사정이 다급하니 다시 한 번 생각해 주시게. 청부 대금 삼백 냥을 내놓겠네."

'삼백 냥이라고? 이건 제법 큰 장사구나!'

삼백 냥이라는 말에 추산의 눈이 크게 떠졌다.

"도대체 무슨 일인데 삼백 냥이나 되는 거금을 내놓으려 하시는 건지요? 암중의 흉수를 잡아달라는 청부라면 받을 수 없습니다. 제가 보건대 암중의 인물은 무공에 있어서 결코 제 아래가 아니기 때문이지요."

"물론 그자를 잡는 것은 우리들이 할 걸세. 하지만 자네도 알다시피 그자가 어떤 괴공을 익히고 있는지 우린 그자의 기척을 알아챌 수 없다네. 지금껏 그자의 기척을 알아챈 사람은 그자가 일부러 자신의 기운을 쏘아 보낸 항아 말고는 자네가 처음일세."

"하면 청부라는 것은?"

"이번처럼 그자를 발견해 주기만 하시게. 그러면 그 이후는 우리가 처리하도록 하겠네."

"단지 그것만이라면 삼백 냥은 지나치게 비싼 값이군요."

"사람마다 나름대로의 사정이 있는 법일세. 우리에게 그자를 잡는 것은 그 정도 가치는 있는 일일세."

'삼백 냥이라… 적은 돈이 아니지. 이 추산이 놓치기엔 말이야. 하지만 역시 이자들을 위해 일을 하는 건 왠지 찜찜하단 말이야.'

추산이 쉽게 마음을 정하지 못하고 고민에 빠졌다. 칠웅문의 다섯 문주는 그런 추산의 대답을 끈기있게 기다리고 있었다.

"쉽게 답을 할 수 있는 문제가 아니군요. 일단 오늘 밤 하루 시간을 주십시오. 대답은 내일 아침에 하도록 하겠습니다."

추산이 오랜 고민 끝에 입을 열었다. 그러자 묘엄이 순순히
고개를 끄덕였다.

"그리하시게. 그리고 부디 좋은 쪽으로 결정을 내려주시기
바라네."

"그럼 전 이만 물러가지요."

추산이 서둘러 자리에서 일어났다. 그로서는 이 다섯 명의
문주와 얼굴을 맞대고 있는 시간이 무척 불편했던 것이다.

"그가 일을 맡을까요?"

추산이 완전히 대전을 벗어나자 서황우가 묘엄을 보며 물었
다.

"알 수 없는 일이오. 다만 저 추산이란 청년이 다른 황금충
들처럼 물욕이 강한 인물이길 바랄 뿐이오. 금자 삼백 냥이면
우리로서도 큰돈을 내놓는 것이니……."

"걱정되는 것은 그가 놈을 만나 우연히라도 이 일의 전말을
알게 될까 하는 겁니다. 우린 아직 강호에 완전히 뿌리를 내리
지 못했으니 이 일이 강호에 알려지면 천하사패와의 거래는
불가능해질 겁니다. 적어도 겉으로는 강호정의를 내세우는 자
들이니까 말입니다."

지금껏 말이 없던 세 문주 중 하나가 걱정스럽게 입을 열었
다. 그러자 묘엄이 냉기를 흘려내며 말했다.

"지금 그에게 금자 삼백 냥씩이나 주어가며 청부를 부탁한
것은 그 일을 과거의 일로 묻어두기 위해설세. 그런데 오히려
그를 통해 우리의 과거가 강호에 알려진다면 말이 되는가? 그

런 일은 막아야겠지."

"하면……?"

"혹여라도 그가 과거의 일을 알게 된다면 그는 운이 없는 것이겠지. 젊은 나이에 세상을 떠나게 될 테니까."

묘엄에게서 짙은 살기가 흘러나왔다.

애초에 추산은 칠웅문의 문주들에게 말해 하루의 시간을 벌기는 했지만 청부를 거절할 요량이었다. 처음 그에게 청부를 했던 서항아의 밝은 분위기와는 달리 칠웅문은 의외로 뭔지 모를 어둠이 스며 있는 문파로 느껴졌기 때문이었다. 더군다나 암중의 인물과 일면식을 한 이후에는 더더욱 칠웅문의 과거가 의심스러울 수밖에 없는 추산이었다.

호기심이 많은 추산으로서는 칠웅문에 계속 머물며 도대체 암중의 인물과 칠웅문의 일곱 문주 사이에 어떤 혈원이 있었는지 알아보고 싶은 생각이 노상 없는 것은 아니었으나, 청부사는 강호의 은원에 깊이 개입해서는 안 된다는 사형 고검의 충고를 떠올리고는 칠웅문과 암중의 인물들에 대한 호기심을 접을 생각이었던 것이다.

그런데…

날이 밝으면 이별을 고하고 칠웅문을 떠날 생각이던 추산의 생각은 그날 밤 벌어진 사건에 의해 바뀌고 말았다.

칠웅문의 구조를 보자면 거대한 전각들이 군락을 이루는 문파의 중앙에 일곱 문주의 집무실인 대전이 있고, 그 절반을 갈

라 앞쪽으로는 일반 문도들이 기거하거나 혹은 무공을 수련하
는 연무장이, 장원의 절반 뒤쪽은 일곱 문주와 그 식솔들, 그리
고 직계제자들이 거주하는 일곱 채의 장원이 반원을 그리며
늘어서 있었다. 사건이 벌어진 것은 바로 그 일곱 문주의 장원
중 용호곤 장익의 장원에서였다.

창밖에서 들려오는 소란에 눈을 뜬 추산이 문을 열고 거실
로 나왔을 때 거실에는 서항아와 설상지가 이미 심각한 표정
으로 이야기를 나누고 있었다.

"무슨 일이죠?"

추산이 물었을 때 그를 바라보는 서항아의 눈은 붉게 충혈
되어 있었다.

"도대체 무슨 일이 생긴 겁니까?"

추산이 재차 묻자 곁에 있던 설상지가 서항아를 대신해 입
을 열었다.

"간밤에 또 혈겁이 있었어요."

순간 추산은 이내 장원의 상황을 파악했다. 오 일 동안 활동
을 멈췄던 암중인이 나시 움식이기 시작한 것이다. 하지만 그
건 이미 예상했던 일, 장원의 분위기가 이렇게까지 소란스럽
고, 귀엽기까지 한 서항아의 얼굴이 저렇게까지 무섭게 변한
이유는 뭐란 말인가?

"그가 움직일 때가 되긴 했죠."

추산이 담담하게 말했다.

"이번은… 좀 다르더군요."

설상지가 무거운 음성으로 추산에게 말했다. 추산은 선뜻 설상지의 말이 이해되지 않았다. 암중의 흉수가 칠응문 칠문주에게 원한이 있는 것은 이미 알고 있는 사실, 또한 그가 과거의 일을 복수하기 위해 칠응문을 찾았다는 것도 공공연한 비밀이었다. 그런데 지금 그가 또 한 번 복수의 칼날을 휘둘렀다고 해서 이상할 것이 뭐가 있단 말인가?

"다르다뇨?"

추산이 고개를 갸웃하며 물었다. 그러자 설상지가 추산의 질문에 답을 하려다 이내 고개를 저으며 입을 열었다.

"직접 보시는 게 좋을 것 같군요."

그러면서 서항아를 바라보자 서항아가 고개를 끄덕이며 말했다.

"추 소협께서는 문주님들께 새로운 청부를 받으셨다죠?"

"하지만 아직 청부를 수락하지는 않았습니다. 오늘 답을 드리기로 했죠."

"청부를 받아들이실 건가요?"

"그렇지 않습니다. 전 사실 오늘 아침에 칠응문을 떠날 생각이었습니다."

그러자 서항아가 고개를 끄덕였다.

"그러시리라 생각했어요. 사실 제가 드린 청부는 이미 완성된 것이나 마찬가지니까요."

"서 문주께서 흉수에 대해 말씀해 주셨습니까?"

추산이 눈빛을 빛내며 묻자 서항아가 고개를 저었다.

"아뇨. 말씀해 주시지 않았어요. 하지만 짐작은 가요. 아마도 과거 문주님들이 누군가에게 원한을 산 일이 있었겠지요. 그리고 그것이 그리 떳떳하지 못한 일이란 것 또한 짐작하고 있어요. 그렇지 않다면 문주님들이 흉수의 정체를 밝히지 않을 이유가 없으니까요."

서항아의 목소리가 조금 힘이 없어 보였다.

"항아 동생, 강호의 대문파치고 과거에 치부를 가지지 않은 문파는 없어. 너무 그렇게 의기소침해하지 마."

설상지가 위로하듯 말했다.

"물론 저도 강호의 생리를 모르는 것은 아니지요. 아, 하지만 왠지 아버님과 문주님들이 다른 사람들처럼 느껴지는 것은 어쩔 수 없네요. 그리고… 아마도 추 소협께서 문주님들의 청부를 수락지 않고 칠웅문을 떠나시려는 이유도 제가 느끼는 이 감정과 같은 이유겠지요?"

서항아가 이번에는 형형한 눈빛을 빛내며 물었다.

"물론 그런 이유가 없는 것은 아니지만 꼭 그런 이유 때문만은 아닙니다. 본시 본 장의 청부는 장주인 사형이 수락 여부를 결정하게 되어 있기 때문에 제가 함부로 청부를 받을 수 없는 입장이지요."

"하지만 역시 떳떳지 못한 칠웅문의 과거가 더 큰 이유겠지요. 그래서 저도 추 소협이 떠나겠다면 말릴 생각은 없었어요. 하지만… 지금 가서 흉수가 어젯밤 저지른 일을 보면 아마도 추 소협의 생각도 변하실 거예요."

서항아의 말에 추산의 눈빛이 살짝 변했다. 도대체 어떤 일이 발생했기에 서항아의 분노가 이렇게 크며 추산 자신의 생각이 변할 거라 자신하는 것일까.

"일단 보도록 하죠."

추산이 조금 냉정하게 말했다. 추산으로서는 그때까지도 칠웅문에 머물 생각은 없었던 것이다. 서항아가 그런 추산의 표정을 바라보다가 말없이 자리에서 일어나 추산을 문제의 혈겁이 발생한 곳으로 안내했다.

칠웅문 칠문주의 장원 중 서항아의 아버지 서황우의 장원은 가장 오른쪽에 위치해 있었다. 서항아가 장원을 나서 추산을 인도한 곳은 서황우의 장원 바로 옆에 위치한 장원이었다. 장원의 주인은 용호곤 장익, 두 자루 곤을 이용한 곤법이 마치 용과 호랑이가 싸움을 벌이는 모습과 같다고 하여 붙여진 별호였다.

특히나 그 별호만큼 성정도 괄괄하고 심성도 급한 편이라 그의 곤에 걸리면 여지없이 몸의 어느 한군데라도 부러지거나 부수어져야 곤을 거둬들이는 인물로 알려진 자였다.

"이곳은 용호곤 장 문주님의 장원이에요. 장 문주님께서는 두 분의 부인과 이남삼녀의 자녀 분이 계시지요. 그중 둘째 딸인 란이는 저와 나이가 비슷해 어려서부터 무척 친한 사이였어요. 마침 장원도 곁에 붙어 있고 해서……."

걸음을 옮기며 여전히 분노가 느껴지는 목소리로 서항아가 장원의 주인과 그 가족들에 대해 설명했다.

장원은 서황우의 장원과는 사뭇 다른 분위기를 풍기고 있었다. 서황우의 장원이 소담스럽고 여성스런 분위기의 아름다움을 간직한 곳이라면 용호곤 장익의 장원은 남성미가 물씬 묻어나는 모습을 하고 있었다. 모든 건물의 선은 굵었고, 정원조차도 그 흔한 화초가 아닌 굴강한 줄기를 가진 나무들로 채워져 있었다.

'꽤나 무게를 잡는 위인인가 보군.'

추산이 장원을 둘러보며 그런 생각을 하는 와중에 일행은 목적지에 도착해 있었다.

'제길!'

추산이 인상을 구겼다. 코끝으로 파고드는 이 비릿하면서도 역겨운 냄새, 혈향이었다. 혈향은 한 채의 제법 커다란 건물로부터 흘러나오고 있었다.

'도대체 얼마나 많은 피가 흘렀기에 십여 장 떨어진 곳끼지 이렇게 짙은 혈향이 묻어난단 말인가?'

추산이 인상을 구긴 이유는 거기에 있었다. 무가에서 혈향이 흘러나오는 것이야 일상다반사의 일이지만 이렇게 한 건물이 통째로 피에 절어 있는 듯 혈향을 풍기는 경우는 극히 드문 일이라 할 수 있었다. 아무리 피에 익숙한 무인이라 할지라도 이런 식의 혈향에 인상을 찌푸리지 않을 인물은 없을 터였다.

건물 주변은 칠웅문의 고수들에 의해 철저히 봉쇄되어 있었다. 언뜻 건물 안쪽에 몇 명의 인영이 보이긴 했지만 혈향을 뒤집어쓴 건물은 금지의 영역이 되어 있었다.

"아가씨!"

건물을 지키던 무사 중 하나가 서항아를 보고 아는 척을 했
다.

"안의 일은 정리가 되었나요?"

"시신들은 모두 옮겼습니다."

"들어가도 되나요?"

서항아의 질문에 경비무사가 흘깃 추산을 바라봤다.

"누구의 출입도 금하라는 문주님들의 명이 있었습니다만!"

"안에 누가 계시죠?"

"묘엄 대문주께서 나와 계십니다."

"그럼 기별을 넣어주세요. 제가 추 소협을 모시고 와 있다고
요."

"알겠습니다, 아가씨."

경비무사가 가볍게 고개를 숙여 보인 후 빠른 발걸음으로
혈향이 풍겨 나오는 건물로 사라졌다. 그리고 잠시 후 다시 추
산과 서항아 앞에 모습을 보인 경비무사가 건물에 둘러쳐진
금줄의 한쪽을 열었다.

"대문주께서 들어오셔도 좋답니다."

"고마워요. 추 소협, 들어가시죠."

서항아의 말에 추산이 아무 말 없이 고개를 끄덕이고는 금
줄 안으로 들어섰다.

‘이런 망할 자식!’

추산이 속으로 욕지거리를 내뱉었다. 그는 건물에 들어서자마자 고개를 돌릴 수밖에 없었다. 비록 시신이 치워졌다고는 하나 남아 있는 정경만으로도 충분히 어젯밤의 상황을 짐작할 수 있었기 때문이다.

벽과 바닥은 온통 피로 물들어 있었다. 간혹 피는 천장까지 튀어 있어서 마치 피의 동굴에 들어온 듯한 착각을 불러일으킬 정도였다.

“왔는가?”

추산이 건물의 내부 전체를 물들여 놓은 피의 향연에 건물 밖으로 고개를 돌리고 있을 때 안쪽으로부터 냉정하게 가라앉은 목소리가 들려왔다. 칠웅문의 대문주 묘엄이었다.

“대문주님!”

서항아가 급히 고개를 숙였다. 추산과 설상지도 가볍게 고개를 숙여 보였다. 묘엄은 가볍게 손을 들어 세 사람의 인사에 답을 하고는 이내 시선을 추산에게 주었다.

“어떤가?”

순간 추산의 가슴이 꿈틀거렸다.

‘뭐가 어떠냐는 말이냐? 늙은이, 이렇게 처절한 일을 저지른 놈이니 힘을 합쳐 잡아보자는 말이냐? 하지만 난 자신의 문파에서 일어난 참사를 앞에 두고도 눈 하나 까딱하지 않는 늙은이가 더 징그럽구나.’

추산이 담담한 표정의 묘엄을 보며 내심 욕설을 퍼부어댔다.

"무슨 일이 벌어진 겁니까?"

추산이 마음속의 생각을 내색하지 않고 물었다. 역시나 무심한 어조였다.

"보는 바와 같네. 이곳은 용호곤 장 문주의 두 부인과 세 딸이 생활하던 곳이었네. 그런데 어젯밤 흉수가 들어 그 다섯 사람을 모두 살해했다네. 물론 일하던 사람까지 말일세. 모두 열두 명이 목숨을 잃은 것이네. 정말 치가 떨리게 잔인한 놈이야."

"장 문주께서는?"

"그는 지금 제정신이 아닐세. 본래가 성정이 급한 사람인데다 이런 일을 겪고 나니 제정신일 리 없지. 다른 문주들이 대전에서 그를 진정시키고 있는 중이네."

"조금 더 돌아볼까요?"

"그러시게."

묘엄은 기다렸다는 듯 고개를 끄덕였다. 추산은 묘엄의 곁을 지나쳐 천천히 지난밤 피의 향연이 벌어진 건물의 내부를 살피기 시작했다. 방은 모두 열 개, 적지 않은 건물이었다. 그 안을 온통 피로 도배를 했으니 흉수는 과연 악마의 심장을 가진 자라 할 수 있을 터였다.

'이건 정말 너무하지 않은가?'

아무리 과거의 원한이 깊다 하더라도 상대는 모두 아녀자들이었다. 물론 무가의 여자들이니 적지 않은 무공을 익혔으리라. 하지만 그렇다 해도 상대는 여인들이었다.

'죽은 자들은 흉수의 검에 단 일합도 견디지 못했으리라.'

추산은 이미 흉수의 무공을 경험한 바 있었다. 그 스스로도 최선을 다해야 상대할 수 있는 무공을 지닌 자, 칠웅문의 최고수들인 일곱 문주조차 일 대 일로는 상대키가 어려운 무공을 가진 자였다. 그러니 비록 무공을 익히고는 있었다고 해도 용호곤 장익의 두 부인과 세 딸이 그를 상대하기는 어려웠을 터였다.

추산이 가볍게 눈을 감았다. 그가 지나쳐 온 피의 자국을 따라 머릿속에 흉수가 간밤에 일으켰을 피의 향연이 선명하게 그려졌다. 그리고 추산의 눈이 떠졌을 때 그의 눈에서는 기이한 열기 같은 것이 흘러나오고 있었다.

"이런 일이 벌어지고 있었는데도 아무도 눈치 채지 못했단 말입니까?"

추산이 추궁하듯 뒤따르고 있던 묘엄에게 물었다. 그러자 묘엄의 얼굴에 득의한 표정이 떠올랐다. 그리고 천천히 그의 입이 열렸다.

"그래서 자네가 필요한 걸세. 놈의 기척을 읽어낼 인물은 지금 본 문에 자네밖에 없으니⋯⋯."

순간 추산의 눈꼬리가 움찔거렸다.

'망할 늙은이. 좋아, 일단 당신 뜻대로 움직여 주지.'

추산은 칠웅문에 좀 더 머물기로 결심했다.

第五章
그물

추산은 칠웅문에 남아 흉수를 잡아보기로 결정했다. 물론 삼백 냥이라는 거금이 걸려 있기 때문이기도 했지만, 그것보다는 아무리 깊은 원한을 가진 인간이라도 용호곤 장익의 두 부인과 세 딸, 그리고 그녀들의 시중을 들던 아랫사람들까지 처참하게 도륙 낸 흉수에 대한 분노심 또한 추산이 칠웅문에 남기로 한 이유 중 하나였다.

그렇다고 평소 추산에게 무슨 대단한 협객의 기질이 있는 것은 아니었다. 하지만 눈앞에서 벌어진 참상은 인간이라면 누구나 분노를 불러일으키지 않을 수 없는 상황이었던 것이다.

'사형께서도 내 결정을 이해해 주실 거야.'

추산이 울창하게 펼쳐진 숲을 걸으며 생각했다. 그의 뒤에는 설상지와 서항아, 그리고 칠웅문의 살아남은 다섯 문주가 붙여준 칠웅문 최고의 고수 다섯 명이 따르고 있었다.

"먼저 칠웅문의 구조를 세세하게 알고 싶습니다."

추산이 칠웅문에 남기로 결심한 후 묘엄에게 한 첫 번째 요구였다.

"그리하게."

묘엄은 선선히 추산의 요구를 수락했다. 더불어 추산이 칠웅문을 살펴보는 데 도움을 줄 수 있는 고수 다섯을 붙여주기까지 했다. 고수 다섯을 붙여준 묘엄의 의도에는 추산을 흉수로부터 보호하려는 의미가 내포되어 있기도 했다. 묘엄으로서는 비록 이 젊은 청부사가 제법 뛰어난 무공을 지니고 있고, 또한 흉수의 기이한 기운을 알아챌 묘한 능력이 있기는 하지만 그 무공이 결코 홀로 흉수를 상대할 정도는 아니라고 보았던 것이다.

왜냐하면 그로서는 사실 여부에 상관없이 나이 어린 추산이 죽은 황연남이나 신창 곽룡보다 강한 무공을 지니고 있다고 인정하고 싶지 않았기 때문이었다.

"이쪽이 동쪽의 경계입니다."

추산을 수행하던 칠웅문의 다섯 고수 중 한 명이 일행의 앞을 가로막은 낭떠러지를 보며 말했다.

"높군요."

추산이 고개를 끌어내 낭떠러지를 내려다보았으나 그 끝이 보이지 않았다.

"사람들은 무저곡이라고 부르지요."

"이 절벽 아래에는 무엇이 있습니까?"

"회하로 이어지는 깊은 계곡이 있지요. 하지만 절벽이 험하고 계곡 또한 급류라 그 중심까지 가본 사람은 없을 겁니다."

"정말 말 그대로 무저곡이군요."

추산이 무저곡을 보며 중얼거렸다. 그리곤 잠시 후 신형을 돌려 멀리 바라보이는 칠웅문의 거대한 전각들과 무저곡 사이의 거리와 지형을 살폈다.

'일을 벌이기에는 좋은 지형이야.'

추산이 내심 생각하며 고개를 끄덕였다.

"돌아가지요. 묘 문주님을 만나뵈야겠습니다."

"흉수를 잡을 무슨 묘계라도 있나 보군요?"

설상지가 기대에 찬 음성으로 물었다.

"글쎄요. 생각한 것은 있는데 어찌 될지……."

추산이 말꼬리를 흐리며 낭떠러지에서 벗어나 칠웅문의 장원으로 향하기 시작했다.

무저곡을 보고 칠웅문으로 돌아온 추산은 그 즉시 묘엄을 만났다. 그리곤 묘엄과 한 시진 정도 대화를 나눈 이후에 대전에서 벗어났다. 그리고 그 다음날 묘엄은 다시 십여 명의 칠웅문 문도들을 추산에게 보냈다. 추산은 그 십여 명의 칠웅문 문도들을 이끌고 아침부터 어제 보았던 무저곡 쪽으로 이동했다.

추산이 새벽같이 무저곡으로 향할 때 설상지와 서항아는 당연하다는 듯이 추산을 따라나서려 했지만 추산은 미안한 표정으로 두 사람의 동행을 거절했다.

"이번 일은 철저히 비밀을 요하는 일이라……."

설상지와 서항아의 서운한 표정을 보면서 추산의 입에서 흘러나온 빈곤한 변명이었다. 하지만 어쨌든 그는 두 여인의 동행을 끝까지 허락지 않았다.

그렇게 무저곡 쪽으로 향한 추산은 반나절이 지나자 이번에는 묘엄이 보내준 열 명의 고수들까지 칠웅문으로 돌려보내고는 홀로 무저곡 위에 남았다.

"그는 뭘 하고 있죠?"

무저곡에서 돌아온 열 명의 무사를 붙들고 서항아가 물었지만 열 명의 무사들은 저마다 고개를 저었다.

"저희도 그가 무슨 일을 하고 있는지 도통 짐작할 수가 없더군요, 아가씨."

"그럼 여러분은 무슨 일을 하셨는데요?"

"우리는 단지 그가 요구하는 대로 무저곡에 이르는 길을 조금 평탄하게 다듬었을 뿐입니다. 물론 완전히 길을 뚫은 것은 아니고, 중간중간 이동을 가로막는 나무들과 넝쿨들을 들어냈을 뿐이지요. 그 일이 끝나자 그는 우릴 돌려보냈습니다."

그렇게 추산은 칠웅문 문도들을 깊은 의혹에 휩싸이게 만들며 그날 해가 저물 때까지 무저곡에 머물렀다. 그리고 그날 저녁 장원으로 돌아왔을 때 그는 제법 피곤한 기색이 역력했다.

"일단 오늘은 좀 쉬어야겠습니다."

추산은 자신에게 질문을 던지려는 설상지와 서항아의 말문을 미리 막으며 자신의 방으로 들어가 버렸다.

"설 언니, 도대체 추 소협은 무슨 일을 하고 온 거죠?"

"나라고 짐작이나 하겠어? 다만 그와 적지 않은 시간을 보내며 느낀 거지만 그는 평상시에는 조금 가벼워 보이는 사람이지만 사실은 지혜로 가득 찬 사람이니 아마도 범상치 않은 일을 꾸미고 왔을 거야."

"그가 과연 흉수를 잡아낼 수 있을까요?"

"글쎄, 그걸 확신할 수 있는 사람은 아무도 없겠지. 하지만 추 소협에 대해선 왠지 모를 믿음이 가."

말을 하는 설상지의 눈이 별처럼 반짝인다고 서항아는 생각했다. 그리고 이런 눈빛이 무얼 말하는 건지 서항아는 알고 있었다.

'하지만 추 소협은 누가 뭐래도 강호의 황금충일 뿐이고 설 언니는 북천십이룡 도문의 제자지요. 어려운 상대를 골랐어요, 언니는…….'

하지만 지금 이 순간 서항아는 굳이 설상지의 아름다운 눈빛을 흐리고 싶은 생각이 없었다. 그래서 그녀의 생각은 오로지 그녀의 입속에서만 맴돌았다.

다음날 날이 밝자 추산이 이번에는 열 명의 칠웅문 고수들을 이끌고 칠웅문 장원의 경계, 정확히 말해서는 일곱 문주의 처소 뒤쪽을 따라 움직이기 시작했다.

무저곡은 칠웅문과 멀리 떨어진 곳이라 어제 추산이 무슨 일을 했는지 칠웅문 고수들이 알아볼 수 없었으나 오늘 추산의 행동은 칠웅문 일곱 문주의 장원을 따라 움직이고 있었으므로 설상지와 서항아, 그리고 추산의 움직임에 관심이 있는 칠웅문의 고수들은 누구라도 추산의 행동을 지켜볼 수 있었다. 그리고 추산의 행동에 관심을 보이는 것은 칠웅문의 문주들 역시 마찬가지였다.

칠웅문의 살아 있는 다섯 문주 중 묘엄을 중앙에 두고 서황우와 철웅조(鐵鷹爪) 오생인, 세 명의 문주가 높다란 전각에서 추산의 움직임을 내려다보고 있었다. 칠웅문 전체를 조망할 수 있는 전각에서 추산이 움직이는 곳까지는 수십 장의 거리였으나 절정의 경지에 오른 칠웅문의 문주들에게 거리는 큰 문제가 아닌 듯 보였다.

"뭘 하는 걸까요?"

철웅조 오생인이 추산에게서 시선을 떼지 않은 채 입을 열었다. 철웅조 오생인은 조공의 달인으로 알려진 인물이었다. 깡마른 체구에 다른 사람들보다 배는 길어 보이는 손가락이 특징인 그의 조공은 세 치 두께의 철판을 뚫을 수 있다고 알려져 있었다.

"그는 놈을 자신이 원하는 장소로 유인하고자 한다고 했네."

묘엄이 입을 열었다.

"놈을 유인한다고요? 그를 발견하는 것조차도 쉽지 않은 상황인데……."

오생인이 불가능한 일이라는 듯 고개를 저었다.

"글쎄. 난 저 젊은 친구가 빈말을 한다고는 생각지 않아. 그에게도 어떤 계획이 있겠지. 그리고 지금 그가 하고 있는 일은 아마도 놈을 유인하기 위한 준비의 일부겠지."

"놈을 유인하지 않더라도 발견만 해준다면 이번엔 반드시 우리 손으로 놈을 제거해야 할 겝니다."

사람 좋기로 소문난 서황우의 입에서 살벌하기조차 한 말이 흘러나왔다.

"여부가 있는가? 놈을 살려두고는 우리 칠웅문은 단 한 발자국도 앞으로 전진할 수가 없네. 더군다나 이미 두 명의 형제를 잃었어. 놈도 우리에게 복수를 하겠다고 날뛰고 있지만 이제 우리도 놈에게 빚이 있는 셈이지. 반드시 두 문주의 목숨 값을 받아낼 걸세."

묘엄의 몸에서 짙은 살기가 흘러나왔다.

"그 모든 것이 저 친구의 능력에 달려 있는 거군요."

오생인이 다시금 추산을 보며 말했다.

"그런 셈이지. 그나저나 오늘 저녁부터는 이곳을 저 친구에게 내줘야 할 걸세."

"그가 이곳에 있겠답니까?"

"칠웅문 전체를 볼 수 있는 곳을 원했지."

"혼자 칠웅문 전체를 감시하겠다는 의돈가요?"

"아마도……."

"하지만 무슨 수로 혼자 이 넓은 지역을 경계한다는 걸까요?"

"그야 그의 문제겠지. 우린 그저 그가 놈을 발견하길 기다릴 수밖에……."

묘엄의 말에 오생인과 서황우 두 문주가 고개를 끄덕이며 다시 열 명의 칠웅문 고수를 데리고 분주히 움직이고 있는 추산에게로 고개를 돌렸다.

밤하늘이 투명할 정도로 맑았다. 거대한 칠웅문의 지붕들이 한눈에 들어왔다. 추산은 두꺼운 담요로 등을 감싼 후 칠웅문의 가장 높은 곳에서 잠든 칠웅문을 내려다보고 있었다.

'벌써 오 일째군.'

추산의 표정에 조금 지루한 기색이 떠올랐다. 그는 오 일째 낮과 밤이 바뀐 생활을 하고 있었다. 낮에는 서항아의 처소에 있는 자신의 방에서 잠을 청했고, 밤이 되면 칠웅문의 가장 높은 곳에 올라와 밤을 지새웠다. 덕분에 아무리 무공을 익힌 추산이라지만 온몸에 피곤이 쌓이는 것은 어쩔 수 없는 일이었다.

아니, 몸에 쌓인 피로야 한 번의 운공으로 날려 버릴 수 있다지만 흉수를 기다리는 와중에 쌓인 정신적인 피로감은 날이 갈수록 심해지고 있었다.

'이래서 살수들이 큰돈을 버는가 보군.'

강호의 황금충이라 불리는 청부업자들은 청부로 들어오는 어떤 일도 마다하지 않는다. 돈이 되는 것은 무엇이라도 받아들이기에 그들의 이름 석 자 앞에 황금충이라는 불편한 호칭이 붙는 것이다.

하지만 그 청부업자들도 단 하나의 청부에 있어서만큼은 두 개의 부류로 분류되기 마련이었다. 그 하나의 청부란 바로 살인 청부, 물론 여기서 살인 청부란 강호의 마인이나 악인을 제거하는 일과 구별되는 그야말로 이유를 불문하고 받아들이는 살인 청부를 의미하는 것이다.

무불장은 그런 면에서 살인 청부를 수행하지 않는 황금충의 대명사였다. 청부를 수행하며 천검 능운백이나 고검의 검에 적지 않은 피가 묻었지만, 그 대부분은 강호 악인의 피였다. 두 사람은 아무리 많은 금전을 준다 해도 불의(不義)한 살인 자체를 청부로 하는 일은 받아들이지 않았다.

아마도 그것이 지금 무불장이 강호제일의 청부업체로서 나름대로 강호의 존경을 받는 이유일지도 몰랐다.

하지만 무불장과 같이 이렇게 살인 청부를 받지 않는 청부사는 강호의 청부사들 중 채 이 할이 되지 않았다. 대부분의 청부사들은 그 별칭 황금충에 걸맞게 살인 청부를 마다하지 않았다. 그 이유는 당연히 돈이었다. 살인 청부만큼 큰돈이 되는 일은 흔치 않았으므로 일단 청부업에 몸담은 사람은 처음에는 아니더라도 차차 살인 청부의 유혹에 빠지게 마련인 것이다.

　하지만 살인 청부는 양날의 칼이나 마찬가지였다. 살인 청부는 큰돈이 되기도 하지만 청부업자에게는 무척 위험하고 어려운 일이기 때문이었다. 또한 자신의 목숨을 걸어야 하는 일이기도 했다.

　'그리고 끈기가 필요한 일이지.'

　추산도 살수들이 어떤 형태로 일을 하는지 대략은 알고 있었다. 살수는 자신의 얼굴을 드러내는 순간 살수로서의 생명이 단축된다. 해서 그들은 언제나 어둠을 이용해 상대에게 접근하고, 또한 상대가 허점을 보일 때를 기다려 공격한다. 상대가 허점을 보이기까지 살수에게 요구되는 것은 인내심, 추산은 지금 그 인내심을 시험받고 있었다.

　'난 죽었다 깨어나도 살수 짓은 못하겠군. 벌써 좀이 쑤시니… 강호의 일류살수는 한 달까지도 한곳에서 몸을 숨기고 있을 수 있다지?'

　흉수를 기다리는 추산의 생각이 엉뚱한 곳으로 흘러가고 있었다. 그만큼 그의 인내심에 서서히 한계가 오고 있다는 의미이기도 했다. 만약 전각에서 내려다보이는 칠웅문의 밤 풍경이 제법 아름답지 않았다면, 별빛이 이렇게 아름답지 않았다면 추산은 어쩌면 흉수와의 인내심 싸움에서 이미 져버렸을지도 몰랐다.

　"자, 이제 오 일이나 지났다고. 오 일 정도 쉬었으면 지금쯤 움직여 줘야 하지 않겠어?"

추산이 멀리 보이는 칠웅문 경계를 보며 중얼거렸다. 마치 그 경계의 어둠 속에 흉수가 숨어 있는 것처럼… 그런데,

"뭐야? 내 말을 듣고 있었던 거야?"

추산이 화들짝 놀라며 급히 신형을 전각의 난간 아래로 숨겼다. 멀리 칠웅문의 경계에서 이 어두운 밤에 자신을 발견할 리 없었지만 그것은 본능적인 반응이었다. 드디어 추산이 칠웅문 주변에 늘어놓은 진들에 변화가 일어나기 시작했던 것이다.

"놈이 왔어!"

추산이 난간 사이로 난 틈을 통해 자신의 진이 설치된 칠웅문 경계 지역을 살피며 중얼거렸다. 고기가 미끼를 문 것이다. 칠웅문 주변에 흩어놓은 소진(小陣)들은 그가 흉수를 낚아 올리기 위해 던져 놓은 미끼였다. 흉수가 그 미끼를 문다면 추산은 흉수를 길이 막힌 무저곡까지 끌어당길 수 있을 터였다.

'움직여야겠군.'

결심을 굳힌 추산의 신형이 재빨리 망루로 쓰던 전각을 내려왔다. 그리곤 변화를 보이기 시작한 진 쪽으로 은밀하게 움직이기 시작했다. 그렇게 추산이 어둠에 싸인 전각들 사이로 사라지자 어디에서 나타났는지 십여 명의 칠웅문 고수가 추산을 뒤따랐다.

은은히 느껴지는 음울한 기운, 추산에게는 낯익은 기운이었다. 추산은 칠웅문 일곱 문주의 장원 중 철웅조 오생인의 장원

위에 올라와 있었다.

'역시 놈이야.'

추산의 눈빛이 하늘의 별보다도 영롱하게 반짝였다. 오 일간 기다린 끝에 고기는 미끼를 문 것이다. 추산이 칠웅문 일곱 문주 장원의 바깥 경계에 설치한 진들은 모두 스물일곱 개, 그 작은 진들을 설치하느라 걸린 시간이 꼬박 하루였다. 무저곡에 설치한 진까지 치면 꼬박 이틀에 걸쳐 십여 명의 칠웅문 고수들의 도움을 받아 설치한 진이었다. 그리고 이제 그 진들이 효과를 발휘할 시간이었다.

희미한 그림자가 천천히 철웅조 오생인의 장원 담벼락을 넘어왔다. 보통 사람의 시선으로 보자면 도저히 그 그림자가 사람이라고 생각할 수 없을 정도로 기묘한 움직임이었다. 만약 그림자가 움직임을 멈춘다면 누구라도 그냥 장원을 둘러서 있는 나무들의 그림자쯤으로 생각할 음영이었다.

그래서인지 몸을 숨기고 오생인의 거처를 경계하고 있는 칠웅문의 무사들 중 그 누구도 흉수의 침입을 알아채지 못하고 있었다. 하지만 추산은 그 그림자의 정체를 정확하게 알고 있었다. 그 그림자로부터 흘러나오는 이 음울한 진기는 결코 무생물의 그림자가 흘려낼 수 있는 기운이 아니었기 때문이었다.

'오늘의 목표는 철웅조 오생인이었나 보군.'

추산이 담을 넘은 그림자에게서 시선을 떼지 않으며 가볍게 왼손을 들어 올렸다. 그러자 그의 뒤쪽 십여 장 밖에 머물고 있던 열 명의 칠웅문 고수가 은밀하면서도 빠르게 움직이기 시작했다. 그리고 그중 셋은 추산의 바로 뒤까지 다가왔다.

칠웅문 고수들이 자신의 곁에 다가오자 추산이 손을 들어 담장을 넘어서는 그림자를 가리켰다. 그러자 칠웅문 고수들의 얼굴에 잠시 의아한 표정이 서리더니 어느 순간 경악으로 물들었다. 처음에는 추산이 가리키는 그림자가 결코 사람이라고 생각지 않았다가 시간이 흐르며 그림자의 움직임을 보고는 그 그림자가 흉수라는 사실을 깨닫고 보인 반응이었다.

"시작하죠."

추산이 낮은 목소리로 말하자 세 명의 칠웅문 고수가 긴장한 채 고개를 끄덕였다. 그리곤 기다리지 않고 추산의 곁을 떠나 철웅조 오생인의 장원으로 날아내렸다.

"놈!"

그리고 그중 한 명의 입에서 날카로운 노성이 터져 나왔다.

그림자의 움직임이 멈춰졌다. 그리고 한순간 그 그림자의 색깔이 조금 옅어졌다. 그러면서 드러나는 희미한 사람의 얼굴, 그 얼굴에 얼마간의 당혹감이 깃들어 있다는 것을 추산은 놓치지 않았다.

'흥, 아마도 이런 상황은 예상치 못했겠지. 하지만 이 추산은 당신을 낚을 방법을 알고 있단 말이야. 그리고 이제 당신은 스스로 내 앞으로 찾아오게 될 것이고.'

삐이이익!

어둠을 뚫고 한줄기 경고음이 칠웅문 곳곳으로 퍼져 나갔

다. 그리고 그즈음 이미 검은 그림자와 칠웅문의 세 고수 간에
일합의 싸움이 벌어지고 있었다.

차차창!

"큭!"

"우욱!"

세 번의 격돌음이 울려 퍼지며 흥수를 향해 뛰어내린 칠웅
문의 세 고수 중 둘이 땅 위에 쓰러졌다. 단 한 번의 격돌에 두
명의 칠웅문 고수가 죽은 것이다. 그리고 살아남은 한 명의 고
수조차도 흥수로부터 오 장여를 물러나 공포스런 눈으로 흥수
를 바라보고 있었다.

"제길, 내가 정면으로 상대하지 말라고 그렇게 말을 했는데,
그는 당신들 문주 둘을 죽인 사람이라고!"

추산이 답답한 듯 소리쳤다. 애초에 세 명 고수의 역할은 흥
수를 다시 담 밖으로 밀어내는 것이었다. 그런데 그들은 흥수
를 자신들의 손으로 제거하고자 하는 욕심에 생사결을 벌였고
그 결과는 셋 중 둘의 죽음이었다.

"이놈! 기다리고 있었다!"

그때 장원의 저쪽에서 한마디 날카로운 노성이 들려오더니
이내 한 명의 검은 인영이 번개처럼 흥수를 덮쳐 왔다. 철웅조
오생인이었다.

따다당!

흥수와 오생인이 번개처럼 십여 초의 공수를 교환했다.

"정말 대단하군. 맨손으로 흥수의 검을 상대해 내다니. 과

연 철웅조라는 별호에 부족함이 없구나.”

철웅조 오생인은 오직 두 손만으로 홍수를 상대하고 있었다. 하지만 그의 두 손과 열 개의 손가락은 그 어떤 검이나 도보다도 흉험했고 단단했다.

맨손으로 도검을 막아내는 일이란 결코 쉬운 일이 아니건만 철웅조 오생인은 십여 초의 교환 후에도 두 손이 멀쩡해 보였다. 하지만 그렇다고 이 한판의 싸움에서 오생인이 승기를 잡은 것은 아니었다. 아니, 오히려 승기를 잡은 쪽은 홍수 쪽이었다.

십여 초의 교환이 끝났을 때 오생인의 신형은 그가 달려나온 속도만큼이나 빠르게 뒤로 물러나고 있었던 것이다. 그리고 그의 손은 멀쩡했지만 그의 안색은 어두운 밤에도 확연히 드러날 정도로 하얗게 변해 있었다. 내상을 입은 것이다.

“칠보무결을 손에 넣고도 겨우 그 정도냐?”

홍수의 입에서 나직한 비웃음이 흘러나왔다.

“놈… 강하구나.”

오생인이 상대를 노려보며 말했다.

“강하지, 최소한 네놈들의 목줄 딸 정도로는. 그리고 앞으로 더더욱 강해질 것이다. 네놈들이 이룩한 모든 것을 피에 잠기게 할 만큼!”

홍수의 입에서 혈기가 뚝뚝 묻어나는 목소리가 흘러나왔다.

“흥! 아무리 네놈의 무공이 강하더라도 오늘 이곳이 너의 무덤이 된다는 사실은 분명하다. 우린 이미 네놈을 맞을 준비를 하고 있었다.”

“확실히, 제법 준비를 한 모양이구나. 그동안 나의 움직임을 전혀 발견치 못했었는데 이렇게 내 앞을 막아섰다니 말이다. 하지만… 넌 아직 모르고 있어. 이따위 것들도 아무 소용이 없다는 것을 말이야.”

그때 장원의 여기저기서 칠웅문 고수들이 모습을 드러내기 시작했다.

“흐흐. 어쩔 수 없이 오늘은 그냥 물러나야겠군. 하지만 난 언제나 너희들을 주시하고 있다. 너희들이 장원 안에 숨어서 목숨을 연명할지는 모르지만 네놈들의 집 밖으로는 한 발자국도 나오지 못하리라. 장원을 나서는 순간 나의 혈검이 기다리고 있을 터인즉… 크크크, 아쉽겠구나. 천하사패로부터 정중한 초청이 줄을 잇고 있는 상황에서 이렇게 되었으니! 아마도 천하사패는 너희들의 답을 들을 수 없을 것이다. 대신 피에 잠긴 칠웅문의 소식을 듣게 되겠지. 물론 그들이야 네놈들이 죽든 말든 별로 신경도 쓰지 않을 테지만……. 자, 그럼 다음에 또 보도록 하자꾸나.”

말을 마친 홍수의 신형이 훌쩍 떠오르더니 이내 담장을 넘어 사라졌다.

“준비한 대로 시행하라!”

오생인이 무거운 음성으로 자신의 주위에 모여든 고수들에게 명했다.

“존명!”

그러자 명을 받은 칠웅문 고수들이 일제히 허리를 숙여 보인 후 어둠 속으로 사라졌다.

"절대 정면으로 맞서지 마라. 놈은 위험한 자다!"

멀어지는 수하들을 향해 오생인의 목소리가 전해졌다. 그리곤 오생인의 시선이 자신의 집 지붕 위에 있는 추산에게로 향했다. 두 사람의 시선이 허공에서 마주쳤다. 추산이 가볍게 고개를 끄덕이자 오생인 역시 마주 고개를 끄덕였다. 그리곤 두 사람의 신형 역시 순식간에 어둠 속으로 사라졌다.

새벽이 오려면 멀었지만 칠웅문은 깨어나고 있었다. 철웅조 오생인의 장원에서부터 시작된 소란은 순식간에 칠웅문 전체로 번져 갔다.

삐이이이!

날카로운 신호음들이 여기저기서 흘러나오고 곳곳에서 칠웅문의 고수들이 불쑥불쑥 모습을 드러냈다. 그리고 그들이 모습을 드러낸 곳에서는 어김없이 치열한 격전이 벌어졌다.

추산은 한 무더기 검은 그림자의 움직임을 멀리서 따라붙고 있었다. 그림자의 주인은 오생인의 장원에 침입했던 흉수였다.

'괴이한 일이다. 저자의 무공은 지난 오 일 동안 훨씬 고강해진 것 같으니… 더군다나 눈부신 빛을 발하던 저자의 검기는 이제는 오히려 검은색을 띠는 듯하구나.'

추산이 십여 명의 칠웅문 고수와 접전을 벌이고 있는 흉수를 바라보며 생각했다. 흉수의 검이 한 번씩 휘저어질 때마다 어김없이 칠웅문 문도들이 쓰러져 갔다. 그런 흉수의 무공은 추산이 보았던 오 일 전 그의 무공과는 또 다른 경지에 이른 것처럼 느껴졌다.

무공이란 끊임없는 수련을 통해 발전해 나가는 것이다. 물론 어느 순간 큰 깨달음을 얻어 훌쩍 무공이 성장할 수도 있지만 그렇다고 해도 깨달음을 얻은 이후 그것을 완전히 자신의 것으로 받아들이는 데에는 또 얼마간의 시간이 필요한 법이었다. 그런데 흉수는 단 오 일 사이에 경지가 다른 고수가 되어 있는 것처럼 느껴지는 것이었다.

"저 상태라면 나도 정면으로 맞서기 힘들겠는데……."

추산이 말꼬리를 흐렸다. 어느새 흉수는 자신을 둘러싼 칠웅문의 모든 고수를 제압하고 다시 앞으로 달려나가고 있었다.

"다행히 방향은 내가 의도한대로 움직이고 있구나. 피해는 많지만 칠웅문의 문도들이 잘해주고 있어. 하지만 이렇게 해서야 너무 많은 피가 흐르지 않겠는가? 이쯤 해서 그들이 나서줘야 할 텐데……."

추산이 말꼬리를 흐리며 흉수의 앞쪽을 바라봤다. 그러자 또다시 일단의 칠웅문 문도들이 어둠 속에서 나타나 흉수의 앞을 가로막기 시작했다. 그리고 무리들 중에는 추산의 눈에 익숙한 인물들도 끼어 있었다.

"좋아. 그들이 나선다면 그는 분명 나의 그물 안으로 들어올 것이다.”

추산이 자신에 찬 어조로 말했다. 흉수의 앞을 가로막은 칠웅문 문도들 중에서 건곤권 곽호와 천부객 서황우의 모습을 발견했기 때문이었다.

“이제야 기어나오느냐? 애꿎은 수하들의 목숨만 축내고 있더니… 크크크!”

흉수의 입에서 진득한 살소가 흘러나왔다.

“놈! 오늘은 결코 빠져나가지 못할 것이다.”

건곤권 곽호의 입에서 노성이 터져 나오며 그의 주먹이 강력한 진기를 머금고 검은 그림자를 향해 뻗어나갔다.

우웅!

곽호의 권이 일으키는 파공음이 매섭게 일어났다. 단 일격에 바위를 산산조각 낼 위력을 가진 곽호의 권이었다. 그런데 곽호의 권이 검은 그림자의 흉수에게 꽂혀들려는 순간 갑자기 흉수의 몸을 감싼 흑무가 곽호의 권을 부드럽게 휘감았다. 그러자 곽호의 권이 순간 방향을 잃더니 오른쪽으로 비켜 나가며 애꿎은 칠웅문 문도의 옆구리를 가격하는 것이었다.

“큭!”

곽호의 권에 일격을 당한 칠웅문의 문도가 신음 소리를 흘려내며 삼사 장 뒤로 밀려났다.

“호호. 힘이 남아돌아 이제는 네 수하들을 때려눕히는 것이냐?”

흉수의 입에서 조롱기 가득한 비웃음이 흘러나왔다. 순간 곽호의 얼굴이 벌겋게 달아올랐다. 자신이 무공을 익힌 후 칠웅문의 일곱 문주 중 한 명으로 군림하는 동안 겪어보지 못한 낭패에 노기가 치밀어 오른 것이었다.

"이놈!"

곽호가 대호가 노성을 터뜨리듯 으르렁대며 연달아 양팔을 휘저었다.

퍼퍼펑!

그러자 이번에는 그의 두 손에서 발출된 권기가 시차를 두지 않고 흑무의 흉수에게 적중했다. 하지만 흉수에게 적중해 들어간 그의 권기는 일단 흉수가 만들어내는 흑무에 닿기만 하면 그 위력을 잃거나 방향이 틀어져 버리는 것이었다.

"놈!"

건곤권 곽호가 상대의 괴이한 무공에 고전하는 것을 보고 있던 천부객 서황우가 흉수를 향해 일갈하며 거대한 도끼를 휘둘러 흑무를 잘라갔다.

"흥, 그래도 서가 네놈은 양심이 좀 있을 줄 알았는데……."

흉수의 입에서 한마디 냉소가 흘러나오더니 어느 순간 불쑥 흑무의 한가운데에서 검은색 검이 치솟아올랐다. 흉수의 검에서 과거에 보였던 눈부신 흰 빛은 더 이상 나타나지 않았다. 대신 그의 검에서는 묵빛 검기가 일어나고 있었다. 그 검기가 중병인 서황우의 도끼를 재빨리 휘감더니 이내 무서운 힘으로 서황우의 도끼를 되밀어냈다.

"음……!"

서황우의 입에서 나직한 신음성이 흘러나왔다. 일격필살의 의지로 떨쳐 낸 자신의 도끼가 허무하게 뒤로 밀려 나왔기 때문만은 아니었다. 자신의 도끼를 밀어내는 상대의 공력이 너무도 엄청났기 때문이었다. 서황우의 안색이 급변했다. 흉수의 무공은 지난 오 일과 큰 차이가 있었다. 이 정도의 무공이라면 칠웅문의 문주 둘이 합공해도 승패를 짐작키 어려운 경지였다.

"서가 네놈의 딸아이에게는 여전히 그 목걸이가 걸려 있더구나."

상대의 무공에 놀라고 있는 서황우를 향해 흉수가 입을 열었다. 순간 서황우의 신형이 흠칫했다.

"그나마 연아에게 베푼 일말의 인정을 생각해 네놈에게만은 자비를 베풀지도 모른다. 그러니 물러나라!"

흉수의 입에서 차가운 경고가 흘러나왔다.

"이미 상황은 물러날 수 없는 지경에 이르렀다."

서황우의 입에서 무거운 음성이 흘러나왔다. 동시에 그의 도끼가 좌에서 우로 흉수를 잘라갔다.

"그렇지. 어쩌면 네 말이 맞을지도 모른다. 이미 상황은 십오 년 전에 누구도 뒤로 물러날 수 없는 지경에 이른 것인지도 모른다. 좋아. 원한다면 끝을 보도록 하자!"

흉수를 휘감고 있던 흑무의 한쪽이 하늘로 치켜 올라갔다. 그러더니 자신의 허리를 자르고 지나가는 서황우의 도끼를 향해 내리꽂혔다.

쿠쿵!

순간 땅을 울리는 충격이 일어났다. 서황우의 두 발이 땅속으로 깊이 파고들어 갔다. 그리하여 잠깐 동안 두 발의 자유를 잃은 서황우를 향해 흉수의 흑검이 번개처럼 치고 들어왔다. 절체절명의 순간 서황우의 목숨은 바람 앞의 촛불처럼 위태로웠다.

"놈!"

하지만 서황우는 혼자가 아니었다. 어느새 침착함을 되찾은 건곤권 곽호가 서황우를 향해 강력한 검기를 뻗어내는 흉수를 향해 묵직한 일격을 가해온 것이다.

"흥, 그래도 동료란 말이지?"

흉수의 입에서 차가운 비웃음이 흘러나왔다. 하지만 곽호의 일권을 무시할 수는 없었는지 서황우의 목줄을 파고들던 흑검을 번개처럼 거둬들이며 그 속도 그대로 곽호의 권을 향해 일검을 떨쳐 냈다.

꽈광!

다시 한 번 장내에 격렬한 격돌음이 일어났다.

"음……!"

동시에 곽호가 신음성을 흘려내며 대여섯 걸음 뒤로 물러났다. 그런 곽호의 입가에 엷은 핏빛이 내비쳤다. 한 번의 격돌에서 내상을 입은 것이 분명했다.

그사이 서황우는 땅속에 박혀 있던 두 발을 빼내 어느새 자유를 되찾고 있었다. 그리곤 숨 돌릴 틈도 없이 곽호를 향해 날아가는 흉수를 향해 도끼를 던져 냈다.

쇄애액!

서황우가 던져 낸 도끼가 무서운 속도로 회전하며 흉수의 뒤쪽을 파고들었다. 그러자 곽호를 향해 날아가던 흉수가 허공에서 멈칫하더니 한 무더기의 흑무를 만들어내 서황우의 도끼를 휘감고, 또 한편으로는 자신의 흑검을 던져 곽호를 공격했다.

쿠쿵!

흉수의 흑무에 휘감겼던 서황우의 도끼가 둔탁한 소음을 일으키며 팅겨져 나왔다. 그리고 그사이 곽호를 향해 날아간 흉수의 흑검은 정확하게 곽호의 왼쪽 팔을 그어대고 있었다.

팟!

곽호의 팔에서 순식간에 피가 솟구쳤다.

"음!"

다시금 곽호의 입에서 신음성이 흘러나왔다. 그의 왼쪽 팔이 순식간에 피로 물들었다. 그나마 팔이 잘리지 않은 게 다행인 상황, 서황우의 도움이 없었으면 팔이 아니라 목이 잘릴 판이었으니 곽호로서는 그나마 운이 좋다고 할 수 있었다.

"운이 좋구나, 곽가야! 하지만 그 운도 이젠 끝이다!"

흉수의 입에서 차가운 음성이 흘러나왔다. 흉수가 일으키는 흑무가 재차 곽호를 향해 움직여 가기 시작했다. 그런데 그 순간 갑자기 한쪽 숲에서 두 명의 인물이 장내로 날아들었다.

"이놈! 멈춰라!"

장내로 날아든 두 명의 고수가 노성을 터뜨리며 곽호를 향해 움직이는 흉수의 앞을 가로막았다.

두 자루 곤을 든 자와 두 팔을 가슴 앞에 올리고 있는 사내, 칠웅문의 또 다른 문주들인 철웅조 오생인과 용호곤 장익이었다.

"네놈을 뭉개 버리고 말겠다."

그중 용호곤 장익이 혈광이 충천한 눈으로 흉수를 노려보며 이를 갈았다. 오 일 전 발생한 참사의 주인공인 용호곤 장익이었으므로 흉수에 대한 원한은 그 누구보다도 깊고 컸다.

"왜, 분노가 치밀어 오르느냐? 자신의 혈육이 그렇게 죽어 간 것이 가슴 아픈가? 하지만 그 이유가 어디에 있었던가? 바로 네놈들, 너희 일곱 명이 저지른 과거의 업보가 아니더냐? 원망하려거든 네놈들 자신을 원망하라."

차가운 일갈을 뱉어낸 흉수의 신형이 갑자기 흐려지는 듯하더니 나무들 사이를 비집고 지나가는 안개처럼 순식간에 자신을 둘러싼 칠웅문 고수들 사이를 벗어나 숲을 향해 달리기 시작했다. 아무리 무공이 고강하다 하더라도 칠웅문의 문주 넷을 한번에 상대할 수는 없었던 모양이었다.

"서랏!"

그러자 칠웅문의 문주 네 사람이 노성을 터뜨리며 흉수의 뒤를 쫓기 시작했다.

삐이이이!

동시에 다시금 예의 그 신호음이 칠웅문 전역에 울려 퍼졌다. 그 신호에 맞춰 어둠 속에서 칠웅문의 고수들이 소란스럽게 움직이기 시작했다.

"제길, 내가 분명히 그자를 무저곡 쪽으로 몰아오라고만 했을 텐데. 왜 쓸데없이 그곳에서 승부를 겨뤄 애꿎은 수하들을 죽이고 자신들까지 부상을 당하냐고!"

추산이 못마땅한 듯 투덜거리며 몸을 날리고 있었다. 그가 향하는 곳은 오 일 전 칠웅문 고수들의 도움을 받아 절진을 설치해 놓은 무저곡의 정상이었다.

애초의 계획대로라면 흉수는 사냥감 몰리듯 칠웅문 고수들에게 몰려 이 무저곡의 정상에 설치된 진 안으로 들어올 터였고, 그를 상대하는 것은 이 진 안에서였을 것이다. 그렇다면 좀 더 수월하게 그를 제압할 수 있었을 것인데 칠웅문 문주들이 욕심을 내는 바람에 진 안으로 흉수를 끌어들이기도 전에 수많은 희생자가 발생하고 말았던 것이다. 하지만 어쨌든 일은 계획대로 진행되어 흉수는 추산이 계획한 대로 무저곡 정상에 준비된 진 쪽으로 이동하고 있었다.

"아무리 무공이 출중하다 해도 이 함정으로 들어오지 않을 수는 없을 거야."

추산이 걸음을 멈추고 주위를 둘러봤다. 사방 이십여 장의 공간, 주변은 아름드리나무와 커다란 바위로 둘러싸여 있었다. 또한 동쪽으로는 끝이 안 보이는 낭떠러지가 있어 만약 누군가 이 공간에 들어온다면 도저히 밖으로 빠져나갈 수 없을 것처럼 보였다. 물론 이 공간의 대부분은 추산이 펼쳐 놓은 진에 의해 형성된 환영들이었다.

진은 칠웅문의 장원까지 이어져 있었다. 칠웅문 일곱 문주의 장원 뒤쪽 경계에 펼쳐진 소진들이 흉수의 침입을 알아내기 위한 것들이라면 그 소진들로부터 이 무저곡 정상까지 연결된 절진은 흉수를 좀 더 쉽게 제압하기 위한 진이었다.

만약 칠웅문의 문주들이 욕심을 내지 않았다면 흉수는 이미 이 진 속에 갇혀 다섯 문주들에 의해 제압되었을 수도 있었을 터였다. 하지만 칠웅문의 문주들은 추산이 만든 진 속으로 흉수를 몰아넣는 대신 중간에서 그를 제압하고자 욕심을 부렸기 때문에 건곤권 곽호는 큰 부상을 입었고 무수히 많은 칠웅문 문도들이 비명횡사를 한 것이다.

그 비싼 대가를 치른 이후에야 칠웅문의 문주들은 애초의 계획대로 흉수를 추산이 만든 무저곡 정상으로 몰고 있었다. 그리고 이제 조금 후면 추산은 자신의 그물 안에 들어온 고기의 모습을 볼 수 있을 터였다.

추산이 자신이 설치한 진의 곳곳을 다시 한 번 살피는 와중에 언뜻 검은 그림자가 움직이는 듯하더니 한 명의 인영이 장내에 떨어져 내렸다. 칠웅문의 대문주 묘엄이었다. 그의 손에는 한 자루 장도가 들려 있었는데 사람들은 묘엄의 도를 그의 별호와 마찬가지로 벽력도라 불렀다.

"준비는 다 되셨는가?"

묘엄이 추산을 보며 물었다.

"이쪽의 준비야 이미 오 일 전에 끝난 것이지요. 흉수는 어찌 되었습니까?"

"아마도 조금 있으면 도착할 걸세. 그런데 정말 이상한 일이야. 분명 며칠 전 보았던 그와는 완전히 다른 사람이 되어 있는 것 같더군. 무공이 완전히 달라졌어."

묘엄이 고개를 갸웃거리며 중얼거렸다.

"저도 그렇게 보았습니다. 더 이상 백색 검기도 보이지 않고, 오히려 묵색 검기가 흘러나오더군요. 기이한 일입니다."

"일시에 무공을 높이는 방법이 노상 없는 것은 아니지만……."

"영단이라도 사용했다는 말인가요?"

"그럴 수도 있고… 혹여 특이한 마공을 익히고 있을 수도 있지. 본시 그자의 집안은 괴이한 기공들을 많이 보유하고 있었으니까."

처음으로 묘엄의 입에서 무의식중에 흉수의 신변에 대한 이야기가 흘러나왔다.

"무가(武家)의 인물이었나 보군요?"

"무가는 아닐세. 오히려 학자의 집안이었지."

"그런 자가 어떻게……?"

추산의 질문에 묘엄이 급히 입을 다물었다. 그리곤 추산의 시선을 피해 칠웅문 쪽으로 이어지는 길을 보며 말했다.

"이제 곧 그가 올 걸세. 흉험한 자니 자네도 조심하게나."

‘역시 떳떳지 못한 과거가 있는 것이 분명해. 아, 과연 그를 제압하는 것이 옳은 일일까?’

추산의 마음속에 한가닥 의구심이 떠올랐다. 하지만 이미 상황은 그가 만든 함정으로 흉수를 끌어들이고 있었다.

삐이익!

멀리서 들려오던 신호음이 급격하게 가까워지기 시작했다.

“오는군!”

묘엄의 입에서 진득한 살기가 흘러나왔다. 동시에 묘엄과 추산이 급히 몸을 숨겼다. 그리고 막 두 사람이 몸을 숨기는 순간 음울한 기운이 한차례 장내로 몰려들더니 어느새 검은 그림자가 추산과 묘엄이 서 있던 자리를 차지하고 있었다. 그리고 그 뒤를 따라 칠웅문의 네 문주가 닥쳐들었다.

“놈! 드디어 독 안에 들었구나!”

용호곤 장익의 입에서 득의한 음성이 흘러나왔다. 그리고 그 순간 그들을 둘러싸고 있던 풍경이 한차례 변화를 일으켰다. 그러자 순식간에 무저곡 쪽의 낭떠러지를 제외한 나머지 세 방향이 거대한 절벽들로 둘러싸이는 것이었다.

“진(陣)이군.”

흉수의 입에서 나직한 음성이 흘러나왔다.

“그렇다네. 해서 자네는 더 이상 빠져나갈 길이 없어진 것이네.”

함정에 빠진 흉수를 향해 몸을 숨기고 있던 묘엄이 모습을 드러내며 천천히 입을 열었다. 추산 역시 묘엄과 함께 모습을 드러내며 흉수를 응시했다.

"네가 만든 함정인가?"

흑무에 싸인 흉수가 추산을 보며 물었다. 지금 진 안에서 흉수를 마주하고 있는 인물들은 모두 칠웅문의 문주들이었다. 애초부터 칠웅문의 문주들은 칠웅문의 문도들을 진 안에 불러들일 생각이 없었다. 과거의 그림자를 걷어내는 데에는 목격자가 적으면 적을수록 좋았으므로… 오직 이방인이 있다면 진을 만든 추산뿐이었다. 그러므로 흉수는 쉽게 이 진을 만든 사람이 추산임을 짐작할 수 있었던 것이다.

"그렇소."

추산이 고개를 끄덕였다.

"훗, 황금충이라더니 과연 그렇군. 분명 이곳을 벗어나라 경고했을 터인데… 결국 재물에 눈이 어두워 죽음의 길을 택했구나."

흉수의 입에서 싸늘한 목소리가 흘러나왔다.

"물론 난 재물을 좋아하는 황금충이오. 또한 이곳을 떠나지 않은 이유도 제법 큰 청부금 때문이기도 하오. 하지만 그것보다는 당신이 오 일 전 벌인 그 처참한 살인행이 날 이곳에 머물게 한 것이오."

"어쭙잖은 영웅심이란 건가?"

"영웅심이야 눈 씻고 찾아볼래야 찾을 수 없는 나요. 난 그저 한 명의 인간으로서 당신이 벌인 일을 그냥 지나칠 수 없었을 뿐이오."

순간 흑무 속에서 한줄기 빛이 번쩍였다.

"크하하하! 인간으로서? 하지만 젊은이, 내가 상대하고 있는 자들은 인간이 아닌 짐승들일 뿐이다. 그 짐승을 지키려 한다면 너 또한 짐승으로서 죽어야 할 것이다."

노기를 담은 흥수의 외침이 무저곡을 타고 퍼져 나갔다.

第六章

혈투

孤劍秋山

추산은 갑자기 무엇엔가 강력하게 얻어맞은 듯한 충격을 받았다. 그리곤 갑자기 자신이 만들어놓은 상황에 대한 회의에 빠졌다.

'난 지금 무슨 짓을 하고 있었던가?'

그의 눈앞에서 노성을 토하며 혈광을 내뿜는 흉수를 정면으로 마주한 순간 추산은 그 혈안 너머에서 묻어 나오는 진실의 빛을 읽어냈다. 그 빛은 흉수가 지금까지 칠웅문을 상대로 벌여온 모든 일들이 그의 정당한 권리임을 증명하는 것 같았다. 용호곤 장익의 장원에서 벌인 그 처절한 살인 행각조차도…….

그리고 차가운 이성이 잠시간의 충격을 가라앉혔을 때 추산은 보았다. 흉수를 둘러싸는 오 인의 칠웅문 문주를, 그리고 그들의 눈동자를. 추산은 그들의 눈에서 흉수가 말한 짐승의 모습, 먹이를 앞에 둔 늑대의 눈빛을 읽을 수 있었다.

'역시 이곳에 남는 게 아니었어.'

때늦은 후회가 밀려왔다. 추산의 신형이 자연스럽게 흉수와 그를 둘러싼 오 인의 칠웅문 문주로부터 멀어졌다. 그렇게 조금씩 물러나던 추산의 걸음은 무저곡이 내려다보이는 낭떠러지에 이르러 멈춰졌다. 그리고 그 순간 흉수와 오 인의 칠웅문 문주가 격돌했다. 흉수와 다섯 문주 사이에 적지 않게 할 말이 있을 테지만 양측은 아무런 말 없이 도검으로 모든 것을 해결하겠다는 듯 격돌하고 있었다.

벽력도 묘엄의 도와 용호곤 장익의 곤, 그리고 천부객 서황우의 부가 허공을 난무하며 흑무에 휘감겨 있는 흉수를 향해 돌진했다. 삼 인이 흉수를 향해 돌진하는 사이 철웅조 오생인과 건곤권 곽호가 한번의 격돌로 만들어질 흉수의 빈틈을 노리며 진기를 끌어올리고 있었다.

벽력도 묘엄이 그의 무공을 선보인 것은 칠웅문이 등주에 자리를 잡은 후 오직 세 번밖에 없었다고 한다. 처음 그가 도를 뽑은 것은 칠웅문이 등주에 정착한 지 일 년 후의 일이었다.

등주는 강남과 강북을 연결하는 대운하의 인접 도읍으로 적지 않은 상권이 형성되어 있었던 터라 그 이권을 노리고 달려든 무인들이 적지 않았다. 그중에서도 정사 중간의 길을 걷는 용천회의 세력이 가장 강했다. 당시의 용천회에는 적어도 삼십 명 이상의 절정고수가 모여 있었다고 전해진다.

칠웅문이 개파대전에서 황연남 등의 무공시연으로 단숨에 등주의 강자로 부상한 이후 등주의 패권은 용천회와 칠웅문의 싸움으로 압축되었다. 그리고 그 싸움에 종지부를 찍은 사람이 바로 벽력도 묘엄이었다.

두 문파의 대립이 일 년을 두고 이어지던 어느 날 벽력도 묘엄은 철웅조 오생인과 천부객 서황우를 데리고 용천회를 방문했다. 그리고 그 자리에서 그의 벽력도가 모습을 드러냈다.

용천회의 회주였던 곽사문은 묘엄의 벽력도에 채 이십 초를 넘기지 못하고 목을 내놓았고, 용천회의 고수 십여 명이 묘엄에게 죽임을 당했다. 그날 이후 용천회는 등주에서 자취를 감췄고, 등주는 칠웅문의 것이 되었던 것이다. 철웅조 오생인과 천부객 서황우는 미처 싸움에 끼어들기도 전에 일어난 일이었다고 한다.

그렇게 홀로 용천회를 와해시킨 이후 사람들은 칠웅문의 실질적인 주인이 누구인지 알게 되었다. 벽력도 묘엄, 그의 이름은 칠웅문의 다른 여섯 문주 위에 있었고, 무공에 있어서도 적어도 다른 문주들보다 한 단계 높은 경지에 있는 인물이었다.

그 묘엄의 벽력도가 천둥치는 듯한 굉음을 일으키며 흑무에 휘감긴 흉수를 갈라갔다.

꽈르르릉!

묘엄의 벽력도가 흉수의 흑무에 부딪치는 순간 번개가 번쩍

하며 불꽃이 일어났다. 그리고 순식간에 흥수를 휘감고 있던 흑무가 반으로 갈리는 듯하더니 그 농도가 눈에 띄게 엷어졌다. 단번에 흥수의 기운을 흐트러뜨리는 묘엄의 도법은 과연 그가 칠웅문의 대문주임을 증명해 보이는 것이었다.

"죽어라!"

벽력도 묘엄의 공세에 진기가 흐트러진 흥수를 향해 두 개의 곤이 날아들었다. 용호곤 장익이 흐릿해진 흑무 속으로 보이는 흥수의 두 무릎을 향해 땅을 기어가듯 움직이며 곤을 휘둘러 댔다. 그리고 거의 동시에 흥수의 머리 위쪽에서 무엇인가 번쩍이는 빛이 내비쳤는데 그것은 어느 틈에 허공으로 떠올랐다 떨어지고 있는 천부객 서황우의 도끼날이 달빛에 반사되어 만들어진 빛이었다.

거의 완벽에 가까운 합공, 벽력도 묘엄이 흥수의 진기를 흐트러뜨리고 그 뒤를 장익과 서황우의 매서운 공세가 뒤이었다.

"흐흐, 과연 칠보무결이 무섭긴 무섭구나. 하지만 사람이 아닌 짐승들이 보물을 가졌으니 어찌 그 정수를 깨달을 수 있을까?"

위기에 몰린 흥수의 입에서 의외로 담담한 목소리가 흘러나왔다. 그리고 다음 순간 엷어졌던 흥수의 흑무가 다시금 짙어지며 어느새 한줄기 연기로 화한 흑무가 칠웅문 세 문주의 합공을 뚫고 바람처럼 위기를 벗어나는 것이었다.

"놈, 기다리고 있었다!"

흥수가 한줄기 바람처럼 묘엄 등 삼 인의 공세에서 벗어나는 순간 다시 두 명의 칠웅문 문주, 철웅조 오생인과 건곤권 곽호가 흥수를 향해 날아들었다.

퍼펑!

일 장 거리를 격하고 뻗어낸 건곤권 곽호의 권이 흑무를 뚫고 들어가며 굉음을 일으켰다.

“난 이미 칠보무결을 보았던 사람이다!”

순간 흥수의 입에서 차가운 냉갈이 흘러나오더니 앞으로 뻗어진 건곤권 곽호의 두 팔이 순식간에 흑무에 휩싸였다.

그리고 다음 순간 건곤권 곽호의 두 팔을 휘감은 흑무 안에서 한줄기 검은 빛이 솟구쳤다.

“욱!”

순간 건곤권 곽호의 입에서 진득한 비명성이 터져 나오며 그의 신형이 무서운 속도로 뒤로 튕겨져 나왔다. 어느새 곽호의 오른팔이 붉은 선혈에 물들어 있었다. 앞서 왼팔에 부상을 입었던 곽호로서는 다시 오른팔이 상함으로써 더 이상 정상적인 무공을 펼칠 수 없는 지경에 처하고 말았던 것이다.

“놈!”

흑무에 휩싸인 흥수가 물러나는 곽호를 따라잡으려는 순간 흥수의 옆구리 쪽에서 철웅조 오생인이 날카로운 노성을 발하며 열 개의 손가락을 활짝 펴 흥수를 향해 지력을 뽑아냈다.

슈슈슉!

오생인의 손끝에서 뻗어나간 지력들은 마치 열 개의 비도처럼 기이한 굴곡을 이루며 사방에서 흑무 안으로 꽂혀들었다.

"일곱 놈 중 묘가와 황가, 그리고 오가 네놈의 머리가 제법 똑똑했었지. 역시 칠보무결을 제대로 익히고 있구나."

흥수의 입에서 비웃음이 섞인 칭찬이 흘러나오는 순간 곽호를 쫓던 흑무가 뭉개지듯 서더니 한순간에 방향을 바꿔 오생인을 덮쳐 왔다.

따다당!

흑무 안에서 터져 나오는 파열음은 흥수가 열 개의 지력을 막아내며 만들어진 소리였다. 그 파열음의 울림이 끝나기도 전에 흑무는 오생인 앞에 다가와 있었다.

"네놈은 오늘 이곳에서 살아나가지 못한다!"

흥수의 흑무가 막 오생인의 몸을 휘감으려는 순간 어느새 흥수를 따라잡은 묘엄 등 삼 인이 흥수의 뒤쪽을 공격해 들어왔다. 하지만 흥수는 자신의 후방을 공격하는 삼 인의 공세에 아랑곳하지 않고 그대로 오생인을 덮쳐 갔다.

"놈!"

위기를 느낀 오생인이 두 팔을 어지럽게 흔들었다. 그러자 허공에 십여 개의 손자국이 만들어지며 자신을 향해 밀려드는 흑무를 격렬하게 밀어냈다.

"오가, 운이 없구나."

흥수의 입에서 진득한 살기가 배인 음성이 흘러나왔다. 그리고 흑무가 오생인이 만든 수영을 그대로 뚫고 들어와 단번에 오생인을 휘감고 지나가려는 순간 물러났던 곽호가 그나마

성한 왼손으로 흉수를 향해 일격을 뻗어냈다.

"제 몸 하나 추스르지 못하는 놈이!"

흉수의 입에서 진득한 비웃음이 흘러나오는 순간 흉수의 검이 오생인에게서 물러나 번개처럼 곽호를 베어갔다.

파팟!

순간 수십 줄기의 선혈이 흑무를 뚫고 허공으로 비산했다. 그리고 어느새 흑무는 곽호를 지나쳐 그 앞쪽으로 날아가고 있었다. 그러자 흑무를 벗어난 곽호가 혈인이 되어 메마른 땅 위로 무너지는 것이었다.

"놈!"

벽력도 묘엄의 입에서 날카로운 노성이 터져 나오더니 그의 손을 떠난 도가 한줄기 번개처럼 흉수를 향해 날아갔다. 묘엄의 벽력도가 곽호를 베어버리고 미처 방향을 틀지 못하고 있는 흉수를 그대로 뚫고 지나갔다.

팟!

순간 흑무 안에서 한줄기 선혈이 솟구쳤다. 그리고 순식간에 흉수를 싸고 있던 흑무가 거짓말처럼 사라졌다.

"크크, 역시 묘가 네놈의 무공이 제일 낫군."

드디어 완벽하게 모습을 드러낸 흉수가 피가 흘러나오는 왼쪽 어깨의 혈도를 짚어 지혈을 하며 중얼거렸다.

"네가 어떻게 살아났는지 모르겠으나 오늘 이곳이 너의 무덤이 될 게다. 넌 이곳에 오지 말았어야 했어."

묘엄이 어느새 회수한 도로 흉수를 향해 겨누며 차갑게 말했다. 그러자 홍수의 입가에 한줄기 싸늘한 미소가 지어졌다.

"목숨이란 세상을 살아갈 의미가 있는 자들에게나 소중한 것이다. 또한 죽음은 너희들처럼 탐욕에 물든 자들에게나 두려운 것이지. 초가장의 식솔들이 일곱 늑대에게 도륙당하고, 내 손으로 내 누이의 생명을 앗은 그 순간부터 나에겐 세상을 살아갈 의미도 욕심낼 그 무엇도 존재하지 않게 되었다. 그러니 내가 어찌 목숨을 구하고자 복수를 피할 수 있겠느냐? 죽음은 오히려 지금의 나에게 안식처와 같은 곳이라 할 수 있지. 왜냐하면 그곳에 가면 이 어리석은 놈 때문에 죽어간 부모 형제가 날 기다리고 있을 테니까."

"그렇다면 곱게 죽어라!"

묘엄의 대응도 싸늘하다.

"하하하! 물론 모든 일이 끝나면 난 당연히 죽을 것이다. 하지만 그전에 너희 일곱 마리의 짐승들도 함께 데려가야겠지. 그래야 먼저 간 초가장의 식솔들에게 부끄럽지 않을 것이 아니냐? 일곱 늑대를 끌어들인 것은 바로 나였으니까!"

홍수가 광소를 터뜨렸다.

"넌 결코 우릴 이길 수 없을 것이다."

묘엄이 차갑게 말했다.

"후후. 글쎄… 난 이미 일곱 마리의 늑대 중 세 마리를 죽였지. 그렇다면 나머지 네 마리 또한 상대하지 못할 것은 없지 않겠는가?"

"그건 네놈이 어둠 속에 숨어 있을 때 가능한 일이었다. 이제 넌 절진에 갇혔을 뿐 아니라 온전히 모습을 드러냈으니 어찌 우리 네 사람을 상대할 것인가?"

"몇 놈 살아난다고 해도 상관은 없어. 난 최선을 다했으니까. 아마도 초가장의 식솔들도 내가 지난 세월 최선을 다해 복수를 준비했다는 것을 알아줄 거야. 난 그거면 족해. 하지만… 아직 나에게는 힘이 남아 있다. 아마도 네놈들 중 한둘은 저승에 함께 데려갈 수 있을 게다. 자, 오너라. 누가 나와 함께 저승으로 갈 것이냐?"

흉수가 두 팔을 쫙 벌리며 소리쳤다. 다시금 그의 눈에서 혈광이 번뜩이기 시작했고, 엷은 흑무가 사내를 휘감기 시작했다. 하지만 흑무의 농도는 처음보다 무척 엷어 흉수의 몸을 전혀 가리지 못하고 있었다.

"놈, 목을 내놓아라!"

흉수의 도발에 용호곤 장익이 먼저 몸을 날리며 흉수를 향해 날아들었다.

"넌 제법 내게 빚을 갚았다고 할 수 있지. 두 부인과 세 딸을 잃었으니 말이야. 그래서 네가 제일 나중이다!"

흉수가 담담한 어조로 말하며 팔자로 엇갈리며 달려드는 장익의 두 곤을 피해냈다. 그리곤 대담하게도 묘엄을 향해 검을 뻗어내는 것이었다.

"놈!"

묘엄이 흉수의 기습적인 공세에 노성을 터뜨리며 훌쩍 몸을 허공으로 띄워 올렸다. 그리곤 그 와중에도 흉수를 향해 매서운 일격을 내리그었다.

"차차창!"

흉수의 검과 묘엄의 도가 부딪치며 불꽃을 만들어냈다.

"우웅!"

순간 흉수의 옆구리를 자르며 서황우의 도끼가 꽂혀들었다.

"우직한 놈이 친구를 잘못 만나 지옥에 발을 들여놓았구나."

흉수의 입에서 처량한 목소리가 흘러나오더니 이내 묘엄을 공격하던 검을 돌려 서황우의 도끼를 막아냈다.

"쿠쿵!"

서황우의 도끼는 중병일 뿐 아니라 천 근의 공력이 담겨 있었으므로 서황우의 공격을 막아낸 흉수가 자연스럽게 뒤쪽으로 물러났다.

"여기도 있다!"

그러자 기다렸다는 듯 한줄기 위맹한 지력이 흉수의 등을 파고들었다.

가까스로 목숨을 건졌던 오생인이 흉수를 향해 지력을 떨쳐냈던 것이다. 순간 흉수의 몸이 허공에서 빙글 한 바퀴 회전했다. 마치 엷은 흑무가 흉수를 떠받쳐 올리는 듯한 모습, 그리고 어느 틈에 뻗어낸 흉수의 흑검이 오생인의 목덜미를 노리고 닥쳐들었다.

부상을 입고 있기에 몸의 움직임이 완전치 않은 오생인이 미처 상대의 반격을 피해내지 못하고 속절없이 목을 내주어야 할 순간, 갑자기 어둠을 가르며 한가닥 빛이 오생인을 향해 검을 뻗어내는 홍수에게 닥쳐들었다. 동시에 홍수도 오생인을 향하던 검을 돌려 자신을 향해 달려드는 빛을 향해 일검을 내려쳤다.

번쩍!

한줄기 번개 빛이 번쩍였다. 그리고 다시 핏줄기가 솟구쳤다. 이번에는 홍수의 오른쪽 다리에서 선혈이 흘러나오고 있었다. 홍수를 공격한 주인공은 역시 묘엄, 그의 벽력도는 다른 문주들과는 차원이 달라 한 수 한 수 펼쳐질 때마다 홍수의 몸에 상처를 남기고 있었다. 그리고 일단 홍수가 약세를 보이자 순식간에 다른 세 명의 문주도 자신들의 병기를 빼 들고 홍수를 향해 날아들기 시작했다.

차차창!

매서운 격돌음이 허공으로 퍼져 나갔다. 이제 홍수는 네 명의 칠웅문 문주에게 둘리싸인 채 악전고투를 하고 있었다. 그의 무공은 칠웅문의 문주 한 명 한 명을 상대하기에는 충분했지만, 네 명의 칠웅문 문주가 펼치는 합공을 감당하기에는 부족함이 있었다. 더군다나 그는 이미 한 팔과 한쪽 다리에 심한 부상을 입고 있는 처지였다.

도검이 일으키는 진기가 밤하늘에 난무하고 간간이 흘려내는 날카로운 기합성이 공기를 흔들었다. 그리고 추산은 조금은 멍한 표정으로 자신이 만든 진에 갇혀 서서히 죽어가는 한 명의 사내를 지켜보고 있었다.

'제길, 정말 기분 더럽군.'

추산이 살짝 인상을 찡그렸다. 이 모든 일을 계획했을 때 가졌던 흥수에 대한 분노는 어느새 씻은 듯 사라지고 없었다.

'청부업자는 그저 청부된 일만 처리하면 그뿐이야.'

흥수에 대한 분노 대신 그에 대한 알 수 없는 연민이 찾아들자 추산이 애써 이 일이 그저 청부업의 하나일 뿐이라고 자신을 다독였다. 그러자 추산의 마음이 조금 편안해지기 시작했다. 그리고 그때 칠웅문의 네 문주에게 둘러싸인 흥수의 신형이 서서히 비틀거리기 시작했다. 아마도 더 이상 네 문주의 합공을 막아내기 어려울 듯 보였다.

"이제 끝나는 건가?"

추산이 나직히 중얼거렸다. 그런데 그때 갑자기 흥수의 입에서 날카로운 노성이 터져 나왔다.

"아핫!"

동시에 그의 신형이 재차 흑무에 휘감겼다. 그리고 그의 검에서 흘러나오는 검기가 일 장으로 커졌다. 하지만 그 모습을 보면서 추산은 오히려 씁쓸한 한숨을 내쉬었다. 아마도 흥수는 자신의 선천지기까지 끌어내고 있을 터였다. 그리고 그 마지막 진기의 원천이 떨어지면 속절없이 칠웅문 네 문주의 공격에 목숨을 내놓아야 할 것이다.

"이놈! 그만 죽어라!"

용호곤 장익의 입에서 노성이 터져 나왔다. 흥수의 입에서는 아무런 대꾸도 흘러나오지 않았다. 그리고 한순간 일 장 이

상 늘어난 흉수의 검이 무서운 기세로 용호곤 장익과 오생인
사이를 갈랐다.

"엇!"

마지막 힘을 실은 듯한 검기의 강력함에 장익과 오생인이
헛바람을 흘려내며 자신들도 모르는 사이에 길을 열었다. 그
리고 그 사이로 흉수가 바람처럼 빠져나갔다.

"그래 봐야 네가 갈 곳은 없다!"

묘엄의 입에서 차가운 음성이 흘러나오며 네 문주가 흉수의
뒤를 쫓아 몸을 날렸다.

'제길, 하필이면 왜 이쪽으로 오는 거야!'

추산이 살짝 인상을 찡그렸다. 흉수가 도주하는 방향이 그
가 서 있는 무저곡 낭떠러지 쪽이었기 때문이다. 하지만 그건
애초에 추산에 의해 정해진 일인지도 몰랐다. 왜냐하면 무저
곡 쪽을 제외한 나머지 세 방향은 추산이 만들어놓은 진에 의
해 거대한 암석들로 가로막혀 있었기 때문이다. 물론 그 암석
들은 절진이 만들어낸 허상에 지나지 않았지만…….

추산이 살짝 몸을 옆으로 비켰다. 하지만 그에게 허락된 공
간은 그리 많지 않았다. 그가 무저곡 쪽에서 벗어나려면 흉수
를 지나쳐 흉수를 공격해 오는 네 명의 칠웅문 문주 사이를 지
나야 하는데 흉수와 네 문주의 기세로 보아 자신에게 그런 공
간을 허락할 것 같지 않았기 때문이었다.

추산이 자신도 모르게 검을 빼 들었다. 난전 중에 자신을 향
해 닥쳐드는 위협이 있을 수도 있었기 때문이다.

"놈, 어디로 갈 것이냐?"

용호곤 장익이 선두에서 흉수를 향해 날아들며 소리쳤다. 흉수의 앞쪽으로는 끝이 보이지 않는 무저곡이 펼쳐져 있었다. 절벽을 타고 은은하게 피어오르는 밤안개 때문인지 무저곡은 마치 넓은 바다처럼 느껴졌다. 순간 흉수의 신형이 우뚝 서더니 자신을 향해 달려오는 칠웅문 네 문주를 향해 번개처럼 돌아섰다. 그런 그의 입가에는 비릿한 미소가 담겨 있었다.

"어디로 갈 것이냐고?"

흉수가 비웃듯 되물었다.

"그래! 어디로 갈 것이냐?"

장익이 두 개의 곤을 치켜들며 소리쳤다.

"갈 곳이 왜 없겠느냐? 죽음을 두려워하는 너희들이야 갈 곳이 없겠지만 나에게는 이승을 넘어 저승에 가는 길 또한 한낱 여행에 지나지 않을 뿐이다. 다만 가는 길이 외로울지 모르니 함께들 가자꾸나!"

흉수의 말에 장익의 입가에 비웃음이 떠올랐다.

"그렇게 저승에 가고 싶다면 너 혼자 가거라. 우린 이승에 좀 더 머물러야겠으니! 자, 끝이다!"

장익의 입에서 노성이 터져 나왔다. 순간 흉수의 눈에서 혈광이 번쩍였다. 그리고 다음 순간 그의 손에 들려 있던 검이 허공으로 날아가 무저곡으로 떨어져 내렸다. 그리고 자유를 찾은 그의 두 손은 마치 두려움을 참으려는 듯 가슴 쪽으로 모여졌다. 그런데 바로 그 순간, 묘엄이 다급하게 신형을 멈춰 세

우며 노성을 터뜨렸다.

"위험해! 광천뢰(狂天雷)다! 물러낫!"

"늦었다, 이놈들!"

순간 급히 신형을 세우고 뒤로 물러나려는 칠웅문 문주들을 향해 흉수의 두 팔이 활짝 펼쳐지면서 두 개의 검은 물체가 네 문주를 향해 날아갔다.

"이런 젠장!"

추산의 입에서 욕설이 터져 나왔다. 동시에 그의 신형이 번개처럼 움직였다.

꽈과광!

하지만 모든 사람들의 움직임에 앞서 두 개의 검은 물체가 거대한 폭음을 일으키며 사방으로 터져 나갔다.

그그긍!

순간 기이한 굉음이 지면 깊숙한 곳으로부터 울려 나오기 시작하더니 서서히 그들이 밟고 서 있던 땅이 아래로 무너져 내리기 시작했다.

"피해라!"

가장 바깥쪽에 서 있던 묘엄이 몸을 날리며 소리쳤다. 하지만 이미 그들이 밟고 서 있던 땅, 추산이 진을 설치했던 그 대지의 반은 허공에 떠 있었다. 그리고 절벽의 가장 바깥쪽에 있던 흉수와 장익, 그리고 추산의 몸이 무저곡을 향해 떨어져 내리기 시작했다.

"이익!"

추산이 혼신의 힘을 다해 몸을 날렸다. 허공을 차고 오르는 그의 눈앞에 자신의 일부를 떨어낸 암벽이 들어왔다.

"핫!"

추산이 들고 있던 검을 강하게 바위에 박아 넣었다.

퍽!

검은 가볍게 바위 속으로 파고들어 갔다. 하지만 그 순간 추산의 인상이 다시 구겨졌다. 이렇게 쉽게 파고들어 가는 바위라면 그의 몸무게를 이길 만큼 강하지 않을 터였다. 그리고 예상대로 일단 바위에 박아 넣은 검에 의지해 있던 그의 신형이 다시금 천천히 아래로 떨어져 내리기 시작했다.

'마지막이야!'

추산이 이를 악물며 바위에 흠집을 남기고 무너져 내리는 검에 힘을 주며 허공으로 몸을 떠올렸다.

슈숙!

그의 신형이 무서운 속도로 무너져 내린 절벽을 타고 위로 솟구쳤다. 그리고 한순간 이제는 반만 남은, 그가 흉수를 잡기 위해 진을 설치했던 장소가 눈에 들어오는 듯싶었다. 하지만 신형을 위로 떠올리며 끌어올렸던 진기가 소멸되자 그의 몸이 다시금 절벽 아래로 떨어져 내리기 시작했다. 이미 한 번 끌어올려진 진기는 다시 힘을 내기 어려워 눈앞에 내려설 땅을 보고도 추산의 몸은 속절없이 하강하고 있었다. 그리고 추산의 시선 속으로 그를 바라보고 있는 삼 인의 시선이 느껴졌다.

벽력도 묘엄과 철웅조 오생인, 그리고 천부객 서황우가 무너진 대지의 끝에 서서 서서히 떨어지고 있는 추산을 응시하고 있었다.

추산과 삼 인의 시선이 허공에서 부딪쳤다. 그리고 어쩌면 그들은 추산을 향해 손을 내밀었는지도 몰랐다. 하지만 추산은 그들의 눈동자에서 그들이 자신에게 어떤 도움도 주지 않을 것이란 것을 읽어냈다. 그들은 오히려 추산이 홍수와 함께 사라져 주기를 바라는지도 몰랐다.

"망할 늙은이들!"

추산이 욕설을 내뱉었다. 하지만 그 욕설이 세 명의 칠웅문 문주에게 들렸는지는 알 수 없었다. 어느새 삼 인의 모습이 사라지고 사위를 가리는 안개가 추산의 시야를 가득 메웠기 때문이었다.

'역시 칠웅문에 남는 것이 아니었어!'

추산이 때늦은 후회를 하고 있을 때 그의 몸은 운해 속으로 빠져들고 있었다.

추산이 자신의 몸속에 존재하는 공력을 모두 끌어올렸다. 그러자 그는 곧 자신이 스치고 지나가는 주변의 모든 존재들을 또렷하게 느낄 수 있었다. 그것이 승천공의 수련이 깊어져서인지 아니면 천통지의 오묘한 효용 때문인지는 몰랐다. 어쨌든 그는 안개 속에서도 또 다른 눈을 가진 듯 주변의 지형을 세세하게 느끼고 있었다.

하지만 그 와중에도 그의 몸은 여전히 떨어져 내리고 있었고, 무저곡은 그 이름만큼이나 길어 마치 영원히 끝이 없을 것 같은 낙하를 추산은 계속하고 있었다.

하지만 추산은 또한 알고 있었다. 아무리 깊은 계곡이라도 결국은 끝이 있게 마련이고, 그 끝에 다다른다면 아무리 공력을 끌어올려 몸을 보호한다 해도 그의 몸이 산산조각날 것이라는 것을!

'패대기쳐진 개구리 꼴이 되지 않으려면 뭔가를 해야 할 텐데……'

추산이 애써 침착함을 유지하며 손에 든 검을 좀 더 강하게 움켜잡았다. 그리곤 허공에서 빙글 한 바퀴 회전하며 자세를 바로 세웠다. 그리곤 주저없이 검을 앞으로 뻗어냈다.

지이익!

순간 검끝이 안개를 뚫고 절벽에 가 닿으며 괴이한 마찰음을 만들어냈다. 그 덕에 추산이 낙하하는 속도가 한층 줄어들었다. 하지만 그렇다고 해도 역시 이대로 무저곡의 바닥에 떨어져 내린다면 그 결과는 죽음일 뿐이었다.

'제길, 뭔가 방법이 있을 텐데……'

추산이 다시 공력을 끌어올리며 주변을 살폈다. 그리고 그 순간 추산의 눈이 반짝였다.

'나무?'

추산이 자신의 발아래 멀리에서부터 스멀거리며 올라오는 안개의 입자들 속에 포함된 숲의 냄새를 잡아냈다. 짙은 솔잎 향이 나는 것으로 보아 소나무 군락지가 그의 아래쪽에 존재

하는 것이 분명했다. 그리고 이렇게 안개를 타고 그 향이 퍼져
나갈 정도라면 적지 않은 수림이 형성되어 있을 터였다.

"죽으라는 법은 없군."

추산이 반색을 하며 허공에서 다시 한 번 몸을 회전했다. 그
러자 이번에는 그의 머리가 아래로 향하는 자세가 되었다. 덕
분에 안개 속에 포함된 소나무 향이 좀 더 강하게 그의 후각을
자극했다.

추산이 검을 들어 자신의 머리 아래쪽을 가리켰다. 피가 머
리로 쏠렸지만 견디지 못할 정도는 아니었다. 그렇게 다시 이
십여 장을 추락한 추산이 어느 순간 강하게 검을 아래로 휘저
었다.

우웅!

검이 안개 속으로 한줄기 검기를 뿜어내며 거친 울음을 울
었다.

탁!

검기가 향한 저 멀리서 작은 소음이 일어났다. 그리고 추산
은 그 순간 검을 잡고 있는 손에 미세하지만 작은 반탄력을 느
꼈다.

'좋아!'

추산이 내심 쾌재를 부르며 미세하게 느껴지는 손끝의 반탄
력을 빌어 빙글 몸을 회전시켰다. 그러자 그 작은 반탄력으로
만들어낸 움직임이 추산의 추락 속도를 급격하게 감소시켰다.
동시에 어느새 바로 선 자세가 된 추산이 연이어 급하게 검을

휘저었다.

우우웅!

추산의 검에서 만들어진 검기가 줄기줄기 사방으로 뻗어나
갔다.

퍼퍼펵!

동시에 사방에서 검기에 잘려 나가는 바위와 나무들 소리가
들려왔다. 덕분에 추산이 떨어지는 속도는 더더욱 줄어들었
다. 그리고 어느 순간 갑자기 사방의 시야가 밝게 트였다. 어
느새 안개의 바다를 빠져나온 것이었다.

"제길, 끝이 아니잖아!"

추산의 입에서 낭패한 목소리가 흘러나왔다. 그의 시야에
어둠 속으로 끝없이 이어진 유부의 입구 같은 검은 계곡이 들
어왔다. 그 끝을 짐작조차 할 수 없는 계곡, 추산은 이제 겨우
무저곡의 절반 정도만 내려온 꼴이었다.

"겨우 이거였던가?"

추산이 끝없이 이어진 낭떠러지에 절망하면서 절벽 한쪽에
서 불쑥 튀어나와 진한 소나무 향을 내뿜고 있는 사방 이십여
장 공간의 송림 숲에 떨어져 내리며 중얼거렸다. 그리고 그의
몸이 소나무 가지들을 건드리며 속도를 줄인 후 땅 위로 떨어
져 내렸다.

추산은 땅 위에 내려서며 몸을 둥글게 말아 몇 바퀴 구른 후
재빨리 신형을 일으켰다. 비록 소나무 숲에 검기를 쏘아대며
속도를 줄이긴 했지만 수백 장을 추락한 여운은 남아 있어 지

면과 부딪친 몸 이곳저곳에서 통증이 밀려들었다.

"잘못하면 뼈도 못 추릴 뻔했군."

추산이 다시 낭떠러지가 시작되는 부분에 가까스로 멈춰서며 중얼거렸다. 멈춰 선 그의 일 장 앞에서 낭떠러지는 다시 시작되고 있었고, 이번에는 몸을 의지할 작은 공간조차도 보이지 않는 깎아지른 듯한 절벽이 그의 발아래 펼쳐져 있었다.

그렇게 잠시 숨을 돌리던 추산이 흠칫 몸을 굳히며 재빨리 신형을 회전했다. 이 음습한 기운은 그에게 무척 익숙한 기운이었다.

'그가 살아 있다!'

추산은 순간 머리가 곤두서지는 것을 느꼈다. 이 기운은 절벽 위에서 칠웅문의 다섯 문주를 상대하던 바로 그 흉수의 기운이었기 때문이다. 하지만 그의 시야에는 아무것도 잡히지 않았다. 그러나 또한 흉수의 기운은 여지없이 추산의 육감을 건드리고 있었다.

추산은 검을 바로잡고 송림 저쪽의 공간을 유심히 살폈다. 절벽의 한중간에 튀어나온 작은 공간이었지만 한밤중이었고 송림이 무성하게 자라 있었으므로 그의 시야에 닿지 않는 공간도 존재했다. 한참을 그렇게 숲의 저쪽을 살피던 추산이 천천히 걸음을 옮겨 이 음습한 기운의 주인에게로 다가가기 시작했다.

'죽기 아니면 까무러치기지. 이 작은 공간에서 서로를 피하

고 있을 수만도 없고, 그는 이미 절벽 위에서 심한 부상을 당했
으니 상대하려면 지금이 가장 좋은 기회다.'

추산이 내심 단단히 결심을 굳히며 한 걸음 한 걸음 앞으로
나가기 시작했다.

"주, 죽여라!"

추산의 신형이 굳은 듯 멈춰졌다. 몇 그루의 소나무 사이로
어스름히 보이는 두 명의 인영과 그들 사이에서 흘러나오는
목소리 때문이었다.

"물론 죽여주마. 세상에서 가장 고통스런 죽음으로……."

진득한 목소리, 추산은 듣는 즉시 그들이 용호곤 장익과 흉
수라는 사실을 알아차렸다. 하긴 이 기묘한 절벽 중간의 공간
에 그들 말고 다른 사람이 있을 리 없었다.

'역시 고수들인가? 일단 목숨들은 건진 모양이군. 하지만
이 지경이 되고서도 싸우고 있단 말인가?'

추산이 내심 혀를 차며 다시 몇 그루의 소나무를 지나쳤다.
그러자 절벽과 잇대어진 작은 공간에서 서로를 노려보고 있는
두 사람의 모습이 추산의 눈에 들어왔다.

사정이 나은 쪽은 흉수 쪽으로 보였다. 그는 검을 들어 용호
곤 장익의 심장에 겨누고 있었는데 용호곤 장익은 그런 흉수
의 공격을 막을 힘도, 항상 그의 두 손에 들려 있던 두 개의 곤
도 존재하지 않는 듯 보였다.

그의 입가에서는 끊임없이 검붉은 피가 흘러내리고 있었고,

가슴 한쪽이 움푹 들어간 것으로 보아 절벽에서 추락하면서 엄중한 부상을 입은 것처럼 보였다.

'그대로 놔둬도 몇 시진 버티지 못하겠군.'

추산이 용호곤 장익의 상태를 보며 고개를 저었다. 흥수의 사정 또한 그리 좋아 보이지는 않았다. 비록 용호곤 장익에게 검을 겨누고 있지만 벽력도 묘엄에게 당한 팔과 다리의 부상은 제법 깊어 붉은 속살이 그대로 드러나 보였다. 게다가 절벽에서 추락하며 부상을 당했는지 제대로 서 있지도 못한 상태에서 겨우 상체만 들어 용호곤 장익에게 검을 겨누고 있는 실정이었다.

하지만 두 사람의 눈빛만은 여전히 서로를 향한 분노에 불타고 있었다. 흥수의 검이 천천히 용호곤 장익의 심장을 향해 움직였다.

"그만들 하세요."

추산이 심드렁한 목소리를 흘려내며 저벅저벅 두 사람 곁으로 다가가더니 자신의 검을 뻗어 용호곤 장익의 심장을 찔러 가는 흥수의 검을 걷어냈다. 그러자 흥수가 들고 있던 검이 그의 손을 벗어나 절벽 쪽으로 날아가 픽 하는 소리와 함께 절벽에 꽂혀들었다.

"또 네놈인가?"

맥없이 검을 놓쳐 버린 흥수가 분노와 허탈감이 뒤섞인 목소리로 추산을 보며 소리쳤다.

"그러게 말입니다. 우린 전생에 분명 좋지 않은 관계였을 겁니다.”

추산이 심드렁하게 말했다.

“왜 넌 아무 상관도 없는 일에 계속해서 끼어드는 것이냐? 네놈이 아니었다면 난 이 짐승 같은 놈들을 상대로 멋지게 복수를 할 수 있었을 텐데…….”

흉수가 추궁하듯 물었다.

“이미 말하지 않았습니까? 청부를 받았다고. 청부업자가 청부를 수행하는데 무슨 이유가 필요합니까?”

“후후, 그렇군. 황금충이라고 했지? 하지만 너도 운이 없구나. 결국 재물을 쫓다가 이렇게 외딴곳에서 죽어가게 되었으니 말이다.”

“글쎄요. 죽을지 살지는 두고 봐야 알겠지요.”

“이곳에서 살아날 수 있을 것 같은가? 주변을 돌아보라. 이 작은 소나무 숲 이외에는 온통 절벽뿐이고 아래는 끝을 알 수 없는 계곡이다. 하늘을 나는 새가 아닌 이상 이곳을 벗어날 수는 없을 게다.”

“글쎄. 그건 나중 문제고… 자, 이제 두 사람은 그만 떨어지십시오. 당신 말대로 이대로 있어도 어차피 죽을 운명인데 뭐하러 이곳에서까지 싸움을 한단 말입니까?”

그러자 흉수가 차가운 살기가 깃든 눈으로 한차례 용호곤 장익을 바라보고는 이내 고개를 끄덕였다.

“흐흐, 그것도 좋겠지. 보아하니 장가 네놈은 대라신선이 와도 살아날 수 없겠구나. 그렇다면 오히려 천천히 고통 속에 죽어가는 것이 낫겠지. 괜한 짓을 할 뻔했어. 내가 널 죽였다면 그 고통을 쉽게 벗어났을 것이 아니겠는가?"

흉수가 음산한 미소를 지으며 말했다.

"정말 독해졌구나, 초정! 여리디여리던 너였건만……"

"날 이렇게 만든 것은 바로 너희들이지."

"후후, 물론 그렇지. 그래서 지금 천벌을 받고 있는 중이 아닌가?"

"크크, 천벌? 웃기는군. 네놈들이 한 짓에 비하면 넌 그야말로 너무 편하게 죽어가는 것이다."

초정이라 불린 흉수가 비웃듯 말했다.

"너무 편하게 죽어간다고? 나의 두 아내와 세 딸을 죽이고도 그런 말을 할 수 있다니… 사람의 본래 심성은 변하지 않는다고 했는데 초정 네놈은 그야말로 터럭 한 올까지도 마인이 되었구나."

"하하하! 물론 난 완전한 마인이 되었다. 그렇지 않고서는 도저히 네놈들에게 복수를 할 수 없었으니까. 크하하하!"

통쾌하면서도 진득한 회한이 느껴지는 흉수 초정의 웃음소리가 허공으로 퍼져 나갔다. 그런 두 사람의 모습을 보고 있던 추산이 혀를 차며 신형을 돌렸다.

"두 사람 모두 할 이야기가 많은 듯하니 사이좋게 이야기나 나누고 계십시오. 난 잠시 주변을 둘러보고 오겠습니다."

"끌끌끌, 주변을 둘러봐서 뭐 하게? 어차피 갈 곳도 없고 그저 이대로 있다가 죽어갈 것을……"

초정의 입에서 비웃음이 흘러나왔다.

"흥, 당신은 모르겠지만 난 아직 죽을 생각 없습니다. 내 나이 이제 겨우 이십대 초반이란 말입니다."

추산이 심드렁하게 대답을 던져 놓고는 이내 두 사람 곁을 떠나 어두운 송림 사이로 걸어 들어갔다.

"별빛 한번 좋다."

추산이 숲의 끝 부분, 다시 낭떠러지가 시작되는 지점에 털썩 주저앉으며 중얼거렸다. 그의 머리 위쪽으로는 짙은 안개에 휩싸여 있었지만 절벽 저쪽 편으로는 안개나 구름 없이 투명한 하늘이 별빛을 쏟아내고 있었다.

"곤란하게 됐어."

추산이 나직이 중얼거렸다. 흉수 초정에게는 이곳에서 살아나갈 자신이 있다는 듯 말했지만 잠시 돌아본 주변 지형은 도저히 빠져나갈 길이 없어 보였다. 송림의 좌우 폭은 이십여 장에 이르렀지만 절벽 앞쪽으로 튀어나온 공간은 긴 곳이 겨우 십여 장 정도밖에는 되지 못했다. 송림 이외의 지역은 모두 유리알처럼 매끄러운 절벽으로 둘러싸여 있어, 아무리 절정에 이른 무공고수라도 벗어날 길을 찾을 수가 없었다.

구구구!

처량한 마음으로 절벽에 걸터앉아 있는 추산의 발밑으로 비둘기 몇 마리가 구슬프게 울며 지나갔다.

"제길, 네 녀석들은 좋겠구나. 이렇게 절벽에 갇혀 죽을 이유는 없을 테니까."

추산이 멀어지는 비둘기를 바라보며 중얼거렸다. 그렇게 잠시 멍한 시선으로 절벽 아래를 바라보던 추산이 털썩 몸을 눕혔다. 그러자 밤하늘을 가득 채운 수많은 별들이 눈에 들어왔다. 여전히 아름다운 밤이었다.

"뭐 죽을 때 죽더라도 일단 좀 쉬어야겠다. 날이 밝으면 다시 주변을 살펴보기로 하지. 어쩌면 어둡기 때문에 놓친 것들이 있을지도 몰라."

추산이 마음을 추스르며 중얼거렸다.

"엇? 유성인가?"

편한 자세로 누워 있던 추산이 눈빛을 반짝이며 상체를 일으켰다. 갑자기 수없이 많은 별들 중 일부가 북쪽에서 남쪽으로 흐르기 시작했기 때문이었다. 어린 시절부터 꺽지 않은 노숙 생활을 했던 추산에게 유성을 보는 것은 그리 새삼스런 일이 아니었지만 오늘 밤하늘을 수놓는 유성은 다른 때와는 조금 달랐다.

"이렇게 많은 유성을 본 적이 없는데……."

하나의 별이 꼬리를 물며 한쪽으로 흐르기 시작하자 연이어 주위에 있던 별들이 그 별을 따르기 시작했고, 순식간에 수십 개의 별들이 하늘에 긴 선을 그으며 남쪽으로 달려갔다.

그렇게 사지(死地)에서 만난 한밤 별들의 잔치를 추산은 넋을 잃고 바라보고 있었다. 유성우는 잔치를 시작한 지 반 시진 이상 계속됐다. 추산은 처음부터 끝까지 하늘에 시선을 고정한 채 유성우를 바라보고 있었다.

그리고 어느 순간 마지막 유성이 힘을 잃으며 별들의 잔치는 끝이 났다. 유성이 지나간 자리에는 또 그만큼의 별들이 새로 생겨나 밤하늘을 밝히고 있었다. 하지만 유성들의 잔치가 끝났지만 추산은 여전히 움직일 줄을 몰랐다. 그는 마치 무엇엔가 홀린 사람처럼 멍하니 밤하늘을 바라보고 있었다.

"흐르는 별처럼……."

그리고 어느 순간 추산이 나직이 중얼거렸다. 그의 목소리는 너무도 침착하고 깊어 마치 그의 사형 고검의 목소리를 듣는 듯했다. 그리고 잠시 후 추산이 천천히 몸을 일으켰다. 그의 시선은 여전히 하늘을 향해 있었는데 이상한 것은 일어선 그가 허리춤에 매달려 있던 검을 뽑아 든 것이었다.

그렇게 은밀한 손짓으로 검을 뽑아 든 추산이 서서히 검을 움직이기 시작했다. 평소에 무공 익히기를 귀찮아하던 추산에게는 별스러운 일이라고 할 수 있었다.

그렇게 시작된 추산의 검무가 펼쳐 내는 초식, 어느 순간부터 탄력을 받아 점점 속도가 빨라지는 그 초식은 그 스스로 터득한 환검이었다. 과거 사부 능운백으로부터 검의 본질을 배웠지만 검로를 개척하는 것은 언제나 추산 본인의 몫이었다. 그리하여 같은 뿌리에서 나왔음에도 고검의 검과 추산의 검은 무척이나 달랐다.

고검이 일격필살의 중검을 익혔다면 추산은 만개한 단풍처럼 화려한 환검의 검로를 수련했던 것이다. 그리고 지금 그 추산의 환검이 새로운 경지를 맞이하고 있었다.

일정한 경지에 이른 고수는 한번의 깨달음으로 비약적인 무공의 발전을 이루어낸다. 하지만 그 깨달음의 계기를 만나는 것은 그리 쉬운 일이 아니었다. 강호의 뭇 고수들은 그 한 번의 깨달음을 구하기 위해 천하를 유랑하거나, 목숨을 건 비무행을 벌이고, 혹은 자신의 신체를 가혹하게 채찍질하기도 하며 결국에는 죽음에조차 이르는 것이다.

그런데 오늘 이 사지(死地)에서 추산은 우연찮게도 하늘을 뒤덮는 유성우를 목격하고는 그 깨달음의 기회를 맞이했다. 그래서 지금 추산이 펼치는 환검은 그가 지난 세월 익혀온 그 검로이기는 했지만, 또한 그것과 다른 무엇이기도 했다.

초식 한줄기 한줄기에 담겨 있는 현묘함은 지난 세월의 화려함을 넘어선 깊이를 담고 있었고, 단번에 십여 개이 검기를 만들어내는 검법은 강호의 어떤 검법보다도 고절해 보이는 것이었다.

"핫!"

그리고 어느 순간 추산의 입에서 나직한 기합 소리가 흘러나오더니 그의 검이 폭발하듯 검은 하늘을 향해 솟구쳤다. 동시에 그의 검에서 만들어진 검기들이 하나둘 숫자를 늘리더니 한순간 수십 개의 줄기를 만들며 허공으로 사라져 갔다. 마치 밤하늘을 수놓던 유성우처럼……

그리고 끝없이 이어질 것 같던 추산의 검무는 끝이 났다. 검무를 끝낸 추산의 얼굴에 한 단계를 넘어선 자의 여유있는 미

소가 묻어났다. 하지만 다음 순간 그의 얼굴이 금세 찌푸려졌
다. 그리곤 투덜대며 중얼거렸다.
“검을 얻은들 무얼 하나. 살지 죽을지도 모르는 판국에……!”

第七章

초가장의 비극(悲劇)

　추산이 유성우로부터 자신의 환검(幻劍)에 대한 일대 깨달음을 얻은 그 시간, 송림의 안쪽에 남아 있던 두 사람 중 한 사람의 생명은 유성을 따라 이승을 떠났다.

　"죽었군요?"

　송림 사이로 걸어나오며 추산이 살아 있는 자에게 물었다.

　"죽었네. 좀 더 오래 버틸 줄 알았는데 절벽에서 떨어지며 당한 내상이 생각보다 심각했던 모양이더군."

　살아남은 사내, 흉수 초정이 무덤덤한 목소리로 대답했다. 하지만 그의 시선은 죽은 칠웅문의 문주 용호곤 장익을 뚫어지게 응시하고 있었다. 추산은 초정의 눈빛에서 상대를 향한 적의와 그 적의 밑에 깔려 있는 아련한 슬픔을 엿보았다. 그러자 갑자기 이 흉악한 흉수를 향해 일말의 동정심이 일어나는 것이었다.

"당신의 복수 목록에 또 한 명의 이름이 올랐군요."

스스로도 예기치 못한 상대에 대한 동정심의 반발로 추산이 일부러 빈정거리며 말했다. 하지만 흉수 초정은 그런 추산의 빈정거림에는 신경도 쓰지 않는 듯 보였다. 그는 그저 여전히 뚫어져라 죽은 용호곤 장익을 바라보고 있을 뿐이었다.

"이제 죽은 사람이니 제가 그를 보내줘도 되겠죠?"

추산이 자신의 말에 반응이 없는 초정을 흘깃 바라보며 입을 열었다. 초정은 여전히 말이 없었다. 대답 없는 상대에 대해 어깨를 한 번 으쓱해 보인 추산이 성큼성큼 용호곤 장익의 시신 앞으로 다가갔다. 죽은 자의 시체를 옆에 두고 휴식을 청할 만큼 비위 좋은 추산이 아니었기 때문이다. 그렇게 막 추산이 용호곤 장익의 시신에 손을 대려 할 때 문득 초정이 입을 열었다.

"할 수 있다면 무저곡에 던져 버리지 말고 적당한 곳에 묻어 주도록 하게."

'이건 또 무슨 수작인가?'

추산이 살짝 눈꼬리를 말아 올리며 초정을 바라봤다. 복수에 미쳐 그의 두 부인과 세 딸을 몰살한 인간이 이제 와서 죽은 자의 무덤 걱정을 하다니…….

"죽기 전에 그러더군. 미안하다고…….."

초정의 시선이 용호곤 장익을 떠나 송림 너머 유성우가 한참이나 떨어졌던 동쪽 하늘로 향했다.

‘그러게 살아서 잘들 할 것이지.’

추산이 내심 불평을 쏟아내며 용호곤 장익의 시신을 들어 올렸다.

용호곤 장익의 시신을 매장하는 것은 그리 오래 걸리지 않았다. 송림 서쪽에 제법 무른 땅이 있어 땅을 파고 그의 시신을 묻기에 수월했던 것이다. 그렇게 용호곤 장익의 무덤을 만든 추산이 다시 초정의 곁에 다가왔을 때에도 초정은 여전히 동쪽 하늘을 바라보고 있었다. 어느새 별빛들이 새벽빛에 밀려 그 빛을 잃어가고 있었다. 이제 곧 아침이 밝아올 터였다.

‘하룻밤을 꼬박 샌 거군. 잠시 눈이라도 붙여야겠어.’

추산이 주변을 둘러보며 눈을 붙일 만한 곳을 찾다가 키는 작지만 굵은 기둥을 가진 소나무 아래쪽에 제법 솔잎이 쌓여 있는 것을 발견하고는 그쪽으로 신형을 옮겼다.

추산의 생각대로 솔잎이 쌓여 있는 소나무 아래는 제법 아늑했다. 추산은 엉덩이를 쌓인 솔잎에 대고 등을 굵다란 소나무 기둥에 기댄 채 초정을 한 번 바라보고는 이내 두 눈을 감았다.

추산은 어디서 날아왔는지 이름 모를 새들이 송림을 시끄럽게 할 때까지 잠을 잤다. 아마도 지난 며칠 중 가장 달콤한 잠에 빠졌던 것 같았다. 지난 며칠간 칠웅문의 경계에 진을 설치하고 흉수를 기다리는 통에 낮과 밤이 바뀐 생활을 했을 뿐 아니라, 흉수에 대한 긴장감으로 제대로 휴식을 취해본 적이 없었기 때문이다.

누군가에게는 아름다울, 하지만 추산에게는 시끄러운 방해꾼들인 새들의 울음소리에 눈을 뜬 추산의 눈에 여전히 동쪽 하늘을 바라보고 있는 초정이 들어왔다.

'제길, 나도 미쳤군. 저 흉험한 살인마를 앞에 두고 잠을 청했다니.'

추산은 그제야 자신과 함께 있는 인물이 지난 며칠간 칠웅문을 공포에 떨게 했던 살인마라는 것을 새삼 깨달았다. 하지만 초정에 대한 경계심도 잠시 어쩐 일인지 동쪽 하늘에 시선을 고정한 채 몇 시진째 앉아 있는 초정에게선 그 어떤 살기나 흉험함도 느껴지지 않았다. 오히려 그는 마치 초탈한 산촌의 선비와 같은 기운을 풍기고 있었다.

비록 그의 얼굴에 적지 않은 상처가 나 있고, 그의 옷은 여기저기 찢어져 넝마가 되어 있었으며 그의 몸 곳곳에는 검게 죽은피들이 묻어 있었지만 말이다.

'저런 사람이 정말 그 잔인한 흉수였단 말인가?'

밝은 태양 아래에서의 초정은 도저히 참담한 혈사를 저지른 인물이라고는 믿을 수 없었다.

꼬르륵.

그런데 분위기에 맞지 않게 추산의 뱃속에서 아귀들이 소동을 일으켰다. 그러자 추산은 문득 심한 허기를 느꼈다. 하지만 절벽 중간에 자그맣게 형성된 이 송림에 무슨 먹을 것이 있을 것인가? 아마도 토끼는커녕 들쥐 한 마리도 찾아보기 어려울 터였다.

　‘무슨 수로 연명을 해나가나?’

　송림을 탈출하는 것은 고사하고 이대로 있다가는 며칠 안
가서 굶어 죽을 판이었다. 그런 추산의 눈에 문득 나무 위를
날아다니며 지저귀고 있는 새들이 눈에 들어왔다.

　‘조것들이라도 잡을 수 있다면 요기를 할 수 있을 터인
데…….’

　추산이 내심 생각하며 입맛을 다셨다. 그런데 그런 추산의
마음을 알았는지 그의 시선이 닿은 곳에 있던 새들이 푸드득
거리며 하늘로 날아오르는 것이었다.

　‘제길, 놈들도 내가 자기들을 잡으려 한다는 사실을 알아챘
는가 보지? 하지만 어쩔 수 있겠느냐? 내가 살려면 네놈들이
죽어야 할 상황인 것을……’

　추산이 천천히 몸을 일으켰다. 그는 이제 본격적으로 새 사
냥을 해볼 생각이었다. 얼마간의 휴식으로 배가 고픈 것을 빼
고는 온몸의 기가 충만했으므로 잘하면 새 몇 마리쯤은 잡을
수 있을 것이란 자신감이 있는 추산이었다. 그렇게 추산이 새
사냥을 하러 나설 때에도 초정은 여전히 굳은 듯 앉아 있었다.

　‘저러다 돌부처라도 되어버리겠군.’

　추산이 그런 초정을 한 번 보고는 이내 송림 사이로 걸어 들
어갔다.

　추산의 새 사냥 방법은 간단했다. 가장 새들이 많이 날아들

것 같은 나무를 골라 그 위에 올라가 몸을 숨기고 있다가 새들이 날아들면 자신의 검을 이용해 새를 잡는 것이었다. 보통의 사람이라면 이런 무식한 방법으로는 도저히 새 사냥을 할 수 없을 것이지만 추산 정도의 무공을 지닌 사람이라면 충분히 시도해 볼 만한 사냥법이었다.

'더군다나 이 몸께선 간밤에 제법 큰 깨달음을 얻었단 말씀이야.'

송림 사이 적당한 곳에 자리를 잡은 추산이 간밤에 유성우를 보고 깨달은 환검의 묘리를 되새기면서 검을 빼 들었다. 그리고 추산과 새들의 싸움이 시작됐다.

추산이 나무 위로 오를 때 날아갔던 새들이 다시 돌아오기까지는 그리 오랜 시간이 걸리지 않았다. 추산이 나무에 오른 지 채 일각이 지나지 않아 새들은 다시금 아름다운 울음을 울어대며 추산이 앉아 있는 나무 위로 날아들었다.

'흐흐, 사람들이 새들은 뇌가 없다고 하더니 정말 멍청한 놈들이군. 내가 나무에 오른 것을 그새 잊고 다시 돌아오다니……'

추산이 득의한 웃음을 지으며 날아드는 새들을 눈여겨 살피기 시작했다. 그리고 그중 이름을 알 수 없는 제법 큰 몸집의 새 세 마리를 첫 번째 사냥감으로 점찍었다.

'참새 고기가 맛있다고 하지만 너무 작아. 지금은 맛보다 양이 중요할 때니까!'

추산이 은밀하게 검을 앞으로 가져오며 가만히 심호흡을 했다. 그의 몸이 자신도 모르는 사이에 긴장으로 굳어졌다. 마치 강호의 절대고수를 대적하는 듯한 긴장감이 추산의 몸을 타고 올랐다.

그리고 그 긴장감과 더불어 숭천공의 공력이 추산의 온몸을 휘감아 돌기 시작했다.

'조심해야 해. 잘못해서 진기를 과도하게 쓰면 놈들은 뼈도 남아 있지 않을 거니까.'

추산이 스스로에게 타일렀다. 이 새 사냥은 생각보다 그리 쉬운 것이 아니었다. 그저 새의 목숨을 끊는 것이라면 단번에 그리할 수 있겠지만 지금 그가 새를 사냥하려는 것은 먹을 것을 마련하기 위해서였으므로 가급적 새에게 적은 상처만 입히고 잡아야 했다. 그 때문에 새 사냥을 앞둔 추산의 신경은 바짝 긴장할 수밖에 없었다.

그렇게 목표를 정하고 진기를 끌어올린 추산이 드디어 사정권 안에 들어온 세 마리 새를 향해 검을 뻗어냈다. 추산의 검에서 발출된 검기가 단 하나의 솔잎도 건드리지 않고 세 마리의 새를 향해 뻗어나갔다.

팟!

그리고 여지없이 새들의 몸 한곳을 통과했다. 추산의 검기를 맞은 새들은 자신들에게 어떤 일이 일어났는지조차 모른 채 소나무 아래로 떨어져 내렸다.

"좋아, 성공이야."

추산이 쾌재를 부르며 재빨리 몸을 띄워 땅 위로 내려섰다.

그의 발아래 세 마리의 이름 모를 새들이 널브러져 있었다.

"미안하구나. 하지만 어쩌겠느냐? 나도 살아야겠으니… 부디 극락왕생하거라."

추산이 새들을 들어 올리며 중얼거렸다. 비록 세상의 모든 존재들이 생명을 이어가기 위해 다른 생명을 취하기는 하지만 그래도 자신의 손에 죽은 새들을 바라보는 심정이 그리 좋지는 않은 추산이었다.

"빨리 먹어치워야지."

추산이 조금 무거워진 마음을 떨쳐 버리려는 듯 중얼거리며 사냥한 세 마리의 새를 들고 흉수 초정이 있는 곳으로 발걸음을 옮겼다.

"응? 이게 무슨 냄새지?"

초정이 있는 곳으로 다가가던 추산이 고개를 갸웃거렸다. 그가 가는 방향에서 구수한 냄새가 밀려오고 있었기 때문이다.

"뭐지?"

그 구수한 냄새는 가뜩이나 허기진 추산의 식욕을 왕성하게 자극했다. 추산이 그 유혹을 참지 못하고 뛰다시피 초정이 있는 곳으로 달려갔다.

"어?"

그리고 추산이 장내에 펼쳐진 광경에 놀라 그 자리에 얼어붙은 듯 걸음을 멈췄다. 장내의 상황이 그가 떠날 때와는 무척이나 달라져 있었기 때문이다.

동쪽 하늘에 시선을 고정시킨 채 돌부처가 되어버릴 듯 움직이지 않던 초정이 공터의 한가운데 작은 불을 피우고 그 위에서 무엇인가를 굽고 있었던 것이다.

"이제 오나?"

초정이 추산을 보지도 않고 입을 열었다.

'이 양반이 드디어 미쳤나?'

추산이 너무나 달라진 초정의 모습에 고개를 갸웃거리며 그가 피워놓은 모닥불 근처로 다가갔다.

"그건 뭡니까?"

추산이 물었다.

"먹어야 살 것 같아서……."

초정이 중얼거리듯 대답했다.

"식량을 가지고 계셨습니까?"

추산이 인상을 구기며 물었다. 애초에 그가 식량을 가지고 있었다는 것을 알았다면 굳이 자신이 힘들게 새 사냥을 하고 있지는 않았을 것이기 때문이었다.

"그렇지 않다네. 이건 방금 잡은 것이야."

초정이 그의 검에 돌돌 말려 있는 고깃덩이를 들어 올리며 말했다.

"그게 무슨 고깁니까?"

"뱀일세."

"뱀이요?"

추산이 화들짝 놀라며 물었다.

"그렇다네. 이건 뱀 고길세."

그러자 추산이 고개를 갸웃거리며 물었다.

"도대체 그 뱀을 어디서 잡은 겁니까? 아니, 그것보다 이곳에 뱀이 있다는 말입니까?"

추산이 그동안 송림을 살펴보면서 땅 위를 기거나 걷는 짐승은 작은 벌레들 말고는 발견할 수 없었다. 더군다나 이곳은 높디높은 절벽의 한가운데에 형성된 송림, 아무리 움직임이 자유로운 동물이라 할지라도 절벽을 타고 송림으로 오기는 어려웠다. 더군다나 뱀이 서식한다면 그 뱀의 먹이가 될 다른 작은 동물들도 존재해야 했다.

"있더군. 저곳에서 기어나오길래 잡았다네."

초정이 뱀이 꽂혀 있는 검을 들어 수직으로 내려온 절벽이 송림을 만나 평평해지는 지점의 수풀을 가리켰다. 그러자 추산의 눈이 반짝였다. 그의 눈에 비친 풀들은 분명 충분한 수분이 있어야 자라는 풀들이었기 때문이다.

추산이 손에 들고 있던 새들을 내려놓고 재빨리 수풀이 우거진 쪽으로 뛰어갔다. 그리곤 어른 가슴 정도까지 자란 풀들을 급히 헤쳤다.

"동굴이 있네요!"

추산이 기쁜 목소리로 소리쳤다. 수풀을 헤치자 드러난 동굴은 충분히 사람이 기어들어 갈 만한 공간이었는데 그곳에서는 적지 않은 물들이 흘러나오고 있었던 것이다.

"동굴 구경은 나중에 하고 일단 요기부터 하세나."

　흥분한 추산을 초정이 불렀다. 이미 그의 검끝에 꽂힌 뱀 고기는 먹기 알맞게 익혀져 있었다. 추산이 고개를 끄덕이고는 여전히 흥분한 얼굴로 초정 앞으로 다가왔다.

　"동굴이 있다면 어쩌면 나갈 길이 있을지도 모르겠군요. 더군다나 물까지 흐르고 있다면……."

　"안이 막혀 있을 수도 있지."

　"바람이 안에서 바깥쪽으로 불더라고요."

　"그런가? 그렇다면 어딘가로 통할 수도 있겠군."

　초정이 무심하게 대답했다.

　'이 양반은 이곳을 나가고 싶은 생각이 없는 거야?'

　추산이 슬쩍 눈을 들어 초정을 바라봤다. 초정은 검끝에서 잘 익은 뱀 고기를 떼어내 그것을 반으로 가르고 있었다.

　"자, 먹게."

　초정이 반으로 가른 뱀 고기를 추산에게 넘겼다. 그러자 추산이 뱀 고기를 건네받으며 물었다.

　"나갈 통로가 있을지도 모르는데 기쁘지 않습니까?"

　그러자 초정의 얼굴에 씁쓸한 미소가 흘렀다.

　"기쁠 것도 없지. 나가봐야 또다시 그 지옥 같은 삶이 이어질 테니……."

　"하지만 그래도 살길이 있다니 다행이지 않습니까?"

　추산이 말하자 초정이 손에 든 뱀 고기를 한입 베어 물고는 천천히 씹으며 대답했다.

　"기다리는 사람이 있는 자네에게는 다행이라고 할 수 있겠지. 하지만 날 기다리는 사람은 없다네. 오히려 내가 돌아오지 않기를 바라는 사람들은 있을지언정… 후후, 그러고 보니 나도 돌아갈 길이 생긴다면 좋을 것 같군. 내가 돌아오지 않기를 바라는 자들이 놀라는 모습을 보고 싶으니까.”

초정의 눈에 순간적으로 살기가 스치고 지나갔다. 추산은 그제야 새삼스레 눈앞에 있는 이자가 흉험한 살인마임을 깨달았다. 하지만 다음 순간 초정의 눈에서 그 살기가 사라지자 그는 다시 어느 작은 촌락의 순하디순한 촌부의 모습으로 돌아가는 것이었다.

‘도대체 속을 모를 사람이군.’

추산이 의혹 가득한 눈으로 초정을 바라보며 손에 든 뱀 고기를 입에 가져갔다.

두 사람의 식사는 제법 오랫동안 이어졌다. 두 사람은 초정이 잡은 뱀과 추산이 잡아 온 세 마리의 새를 모두 먹어치우고야 식사를 끝냈다.

“그나저나 몸은 괜찮습니까?”

추산이 식사가 끝나자 초정을 보며 물었다. 분명 그는 송림에 떨어졌을 때 걸음조차 제대로 걷지 못하는 부상을 입었었는데 지금은 제법 몸을 자유롭게 움직이고 있었기 때문이다.

“그럭저럭… 한 며칠 쉬면 좋아질 걸세.”

그러자 추산이 고개를 갸웃거렸다. 아무리 고수라도 초정이 입었던 부상은 몇 달은 정양을 해야 본래의 기력을 회복할 만큼 엄중했었기 때문이다.

‘무슨 영약을 먹었나?’

“왜, 내가 이상한가?”

초정이 자신을 뚫어지게 바라보는 추산을 보며 물었다.

“신기해서요. 제가 볼 때는 무척 엄중한 부상으로 보였는데…….”

“후후, 내가 좀 몸이 튼튼한 편이지. 이런 일 한두 번 겪는 것도 아니고. 그나저나 난 자네가 이상하군. 절벽에서 추락했을 때보다 몸이 더 좋아 보이는군. 이 송림에서 무슨 영약이라도 찾았는가?”

그러자 추산이 빙그레 미소를 지었다.

“저도 제법 몸이 튼튼한 편이지요.”

그에게 굳이 간밤에 유성우를 보고 깨달은 검리를 이야기할 필요는 없었다.

“우린 둘 다 몸이 튼튼하니 이곳에서 살아나갈 수 있겠군.”

초정이 작은 미소를 지으며 말했다. 그의 입가에 미소가 떠오르자 추산은 자신도 모르게 마음이 푸근해져 오는 것을 느꼈다.

‘도저히 그 처참한 살인을 저지른 흉수라고는 생각할 수 없어.’

추산이 초정에 대한 상반된 느낌에 혼란스러워할 때 초정이 천천히 몸을 일으켰다.

“그럼 어디 우리가 살아나갈 가능성이 있나 알아보도록 할까, 청부사 나으리?”

초정의 입에서는 어설픈 농담까지 흘러나오고 있었다.

'제길, 좋아. 당신이 어떤 사람이건 나에게 지금 중요한 건 살아나가는 거니까.'

추산이 초정을 따라 몸을 일으켰다.

"좋습니다. 한번 가보죠."

추산이 초정에 앞서 성큼성큼 수풀에 가려진 동굴 쪽으로 걸어가기 시작했다. 초정은 다시 희미한 미소를 입가에 떠올리더니 금세 웃음을 거두고는 추산의 뒤를 따르기 시작했다.

동굴의 입구는 겨우 한 사람이 기어들어 갈 만큼 작았지만 안으로 들어가자 상체를 세우고도 걸을 수 있을 만큼 공간이 넓어졌다.

"생각보다 큰 동굴이군요. 그리고 안쪽에서 불어오는 바람 또한 밖에서 느끼는 것보다 훨씬 강하군요. 어쩌면 정말 반대쪽에 출구가 있을지도 모르겠어요."

"그럼 뭘 망설이나. 앞으로 나가보세."

'나도 막 그럴 참이었다오.'

추산이 속으로 대답하며 앞으로 나가기 시작했다. 동굴은 제법 길었다. 안으로 들어갈수록 빛은 사라져 어느 순간부터 두 사람은 겨우 동굴의 벽면을 더듬어 앞으로 전진하고 있었다. 바람의 세기는 점점 강해져 어느덧 두 사람의 머리칼을 날릴 만한 강도로 변했고, 동굴의 모서리를 따라 작은 물길이 나 있었다. 송림에 형성된 초지는 그 물길을 따라 나온 물에 의해 만들어진 것이었다.

그렇게 이각여의 시간 동안 동굴은 이어졌다. 하지만 여전히 동굴의 끝은 모습을 드러내지 않았다. 추산은 차츰 지루함을 느끼기 시작했다. 비록 손을 더듬어 걸어온 길이지만 두 사람이 걸어온 길은 족히 수백 장은 될 게 분명했다.

'과연 이 동굴에 끝이 있기는 한 건가?'

추산의 머릿속에 이런 의문이 찾아들 때 문득 생각지도 못한 상황이 두 사람을 찾아왔다.

"이건!"

추산의 입에서 자신도 모르는 사이에 탄성이 흘러나왔다. 어디선가 빛이 들어오고 있었고 그 빛에 비춰진 공간에 사람의 흔적이 닿은 석실이 나타났던 것이다.

"두 가지 사실은 확실하군."

십여 장 넓이의 석실을 돌아본 후 초정이 입을 열었다.

"무슨 사실이요?"

"하나는 적어도 이곳이 외부와 그리 멀지 않다는 사실이고, 두 번째는 외부로 나가는 길이 막혀 있다는 사실이지."

초정의 말에 추산도 동의했다. 분명 석실에는 빛이 들어오고 있었다. 그것은 결국 멀지 않은 곳에 외부로 통하는 통로가 있다는 의미였다. 하지만 그들이 석실을 세세히 살폈지만 어디에도 외부로 나가는 길이 없다는 것은 누군가에 의해 이 석실에서 외부로 나가는 길이 막혔다는 것을 의미했다.

"헛고생한 거군요."

"그렇지는 않네."

"무슨 방법이 있나요?"

"물론 지금은 없지만 이렇게 생각해 보게. 누군가 길을 막았다면 반대로 그 길을 뚫을 수도 있지 않겠는가?"

"새로 길을 만들자는 말인가요?"

"일단은 애초에 있던 통로가 어디였는가를 찾는 것이 중요하겠지. 그리고 그 통로를 찾으면 막힌 원인을 찾아보고 그 원인을 제거하면 길이 생기지 않겠나?"

"그 통로라는 것이 도저히 회복되기 어렵다면요?"

"그건 그때 가서 생각해 보도록 하세."

추산은 이 기이한 흉수에게서 또 하나의 특징을 발견해 냈다. 그건 그가 무척 낙천적인 성격이라는 것이었다.

시간이 흘러갔다. 추산과 흉수의 일과는 단출했다. 석실에 빛이 들면 나가는 길을 찾았고, 먹을 것이 필요하면 다시 동굴을 거슬러 나가 송림에서 새 사냥을 했다. 잠은 가끔 석실에서 잘 때도 있었지만 대부분은 송림에 나가 모닥불을 피워놓고 밤을 보냈다.

만약 두 사람이 고립되어 있지 않았다면 송림에서의 생활은 무척 즐거웠을 것이다. 세상과 격리된 자연은 사람의 손길이 닿은 자연과는 전혀 다른 아름다움을 간직하고 있기 때문이었다.

하지만 추산은 그런 원시 자연의 아름다움보다는 외부 세계

로의 탈출이 더 다급했기에 낮이면 석실로 찾아들어 분주하게 외부로 이어지는 통로를 찾았다.

그렇게 오 일 정도가 지난 어느 날 추산이 석실 안쪽의 불쑥 튀어나온 벽면을 만지며 중얼거렸다.

"결국 이렇게 된 모양이네요."

추산의 말에 기이한 흉수 초정도 고개를 끄덕였다.

"맞는 것 같군. 그 바위를 누군가가 밀어서 이 석실에서 밖으로 나가는 길을 막아놓은 것 같네."

"휴우… 어떤 사람이 이렇게 거대한 바위를 굴려 출구를 막았을까요? 보통 공력을 지닌 사람이 아니면 힘든 일이었을 텐데… 아마도 천하팔대고수쯤은 되어야 하지 않을까요?"

"그런 것 같군."

초정의 대답이 무덤덤했다. 추산은 그런 초정을 보며 어쩌면 정말 이 이상한 흉수는 밖으로 나가지 못하기를 원하고 있을지도 모른다는 생각이 들었다.

"밖으로 나갈 방법이 없겠는데요."

추산이 초정의 눈치를 살피며 물었다.

"다시 바위를 밀어내면 되지 않겠는가?"

"하지만 이곳에는 천하팔대고수가 없지 않습니까?"

추산 자신이나 그가 본 초정이나 천하팔대고수의 무공과는 상당한 격차가 있는 사람들이었다. 추산이 생각하기에 이 바위를 밀어낼 수 있는 공력은 두 사람에게 존재하지 않았다.

"자네는 천검 능운백의 이제자라고 하지 않았나?"

"제가 사부님의 무공에 근접하려면 아마도 당신 나이쯤이
되어야 어느 정도 가능할 겁니다."

"후후, 그런가? 그럼 역시 방법이 없는 건가?"

"별로 걱정하지 않는 표정이군요."

"내가 말하지 않았던가? 나가는 순간 나는 다시 지옥을 살
아야 한다고. 오히려 이곳에 있는 것이 편할지도 모르지."

"좋으시겠습니다. 바라는 대로 돼서……."

추산이 약간의 빈정거림으로 대답하자 초정이 예의 그 어울
리지 않는 순수함을 담은 미소를 지으며 대답했다.

"나야 좋지만, 자네는 별로겠군. 아직 세상에 미련이 많이
남은 것 같아 보이니……."

"난 이런 곳에서 늙어 죽고 싶지는 않군요."

"한 열흘만 기다려 보게. 내게 방법이 생길지도 모르니……."

초정이 또다시 알 수 없는 말을 했다. 열흘이 지난다고 무슨
특별한 수가 생긴단 말인가? 하지만 초정의 말은 사뭇 진지했
으므로 추산은 초정의 말을 즉시 반박할 수 없었다.

'정말 이 양반에게 무슨 수가 있는 것일까? 그런데 왜 열흘
을 기다리라고 한 것일까? 이 고립된 곳에서 열흘이 지난다고
달라지는 게 뭐가 있다고.'

추산이 의구심 어린 표정으로 초정을 바라보자 초정이 뜻
모를 미소를 지으며 입을 열었다.

"이제 한동안 이 석실에 올 일은 없겠군. 송림으로 나가세."

추산의 의구심을 애써 외면한 초정이 먼저 걸음을 옮겨 송림

으로 이어지는 어두운 동굴 속을 더듬어 들어가기 시작했다.

그날 이후 다시 두 사람의 생활은 송림에서 이어졌다. 추산
의 일상은 거의 일정했다. 송림 사이로 들어가 새 사냥을 하거
나 아니면 유성우를 보고 깨달은 검리를 돌이켜 보고, 아침저
녁으로는 승천공을 수련했다. 세상과 격리된 곳에서의 수련이
라 그런지 무공의 진보는 하루가 다르게 이루어졌다. 어쩌면
이대로 일이 년만 지나면 사형의 경지를 따라잡을지도 모르겠
다는 생각이 은연중에 들 정도였다.

하지만 그렇다고 해도 추산은 이 고립된 송림에 오래 남아
있고 싶은 생각이 추호도 없었다. 그는 답답한 곳에 갇혀 절정
의 무공을 얻는 것보다는 하루라도 빨리 사람 사는 동네로 나
가고 싶은 마음이 더 간절했다.

그런데 석실에서 출구가 거대한 바위에 의해 가로막혀 있다
는 것을 확인하고 송림으로 되돌아온 후의 초정의 일상은 그
전과는 사뭇 달라져 있었다. 아니, 그는 오히려 그가 추산과 자
연스럽게 말을 섞기 전의 상황, 용호곤 장익의 시신을 앞에 두
고 동쪽 하늘에 시선을 고정시킨 채 하룻밤을 새운 그날로 돌
아간 것처럼 보였다.

그는 송림으로 돌아온 후 일체의 움직임을 절제했다. 추산
이 새 사냥을 해와 준비한 요기를 먹는 것 이외에는 평평한 바
위에 눌러 앉아 줄곧 눈을 감고 운기를 하거나 아니면 동쪽으
로 펼쳐진 하늘을 멍하니 바라보기만 하는 것이었다.

'이자가 혹시 이렇게 죽어버릴 생각은 아닐까?'

추산은 간혹 움직임이 없는 초정을 보며 그런 생각조차 하는 것이었다.

그렇게 또다시 아흐레의 시간이 흘렀고, 다시 밤이 찾아왔다. 내일이 되면 초정이 말한 열흘의 시간이 모두 지나건만 초정의 모습에는 전혀 변화가 없었다. 아니, 어쩌면 그는 처음 송림에 떨어졌을 때보다 한층 더 음울한 모습으로 변해 있는지도 몰랐다. 가끔가다 그의 눈에 언뜻언뜻 서리는 마기를 추산은 놓치지 않았고, 그래서 초정에 대한 추산의 경계심은 훨씬 강해져 있었다.

'도대체 무슨 생각으로 열흘이 지나면 석실을 나갈 방법이 있다고 한 것일까? 그는 지난 아흐레 동안 아무것도 한 것이 없잖은가? 좀 더 마인스러워진 것 말고는……'

추산이 미심쩍은 시선으로 초정을 보며 저녁나절 잡아온 꿩을 모닥불 위에 올려놓고 굽고 있었다. 구수한 꿩 고기 냄새가 식욕을 당겼지만 추산은 그것보다도 초정의 속내가 더욱 궁금했다.

"다 익었네요. 드시죠."

어느새 노릇하게 구워진 꿩 고기를 몇 토막으로 발리며 추산이 말했다. 그러자 언제나처럼 바위 위에 앉아서 동쪽 하늘을 바라보고 있던 초정이 훌쩍 바위에서 몸을 일으켜 모닥불 곁으로 다가왔다.

'이자가 이제 정신을 차린 건가?

초정의 움직임은 그동안과 달리 무척 힘차 보였으므로 추산이 눈빛을 빛내며 초정의 움직임을 살폈다. 초정은 그런 추산의 시선을 무시한 채 모닥불 곁에 털썩 주저앉으며 말했다.

"꿩인가? 맛있겠군."

"그러게 말입니다. 이곳에 꿩까지 날아들 줄은 몰랐군요."

추산이 꿩 다리를 한쪽 찢어 초정에게 건네며 말했다. 그는 여전히 초정을 의심스런 눈으로 살피고 있었다. 하지만 초정은 그런 추산에게 아랑곳하지 않고 맛깔스럽게 꿩 고기를 뜯기 시작했다. 그런 초정의 모습에 가만히 고개를 젓던 추산도 역시 요기를 시작했다.

그렇게 두 사람의 식사가 한동안 이어졌다. 초정은 그 어느 때보다도 맛있게 식사를 하는 것 같았다. 마치 며칠 동안 음식 구경을 못한 사람처럼.

"꺼억! 정말 맛있게 먹었군. 이곳에서의 마지막 식사라 그런가? 오늘 저녁은 유난히 맛있군. 잘 먹었네."

초정의 말에 추산이 조금 황당한 표정을 지으며 물었다.

"마지막 식사요?"

"내일이면 열흘째가 되는 날이 아니던가?"

초정은 아흐레의 침묵을 깨고 다시 추산과 동굴을 탐색할 때의 그로 돌아와 있었다.

"맞긴 한데… 제가 볼 땐 달라진 게 없어 보이는데요?"

사실은 무슨 수로 이곳을 나갈 거냐고 따져 묻고 싶었지만 추산은 입 안에서 맴도는 말을 꾹 참으며 물었다.

"그건 일단 내일 두고 보세."

초정은 추산의 질문에 대한 답을 회피했다. 하지만 추산은 그의 얼굴에서 자신감을 읽어낼 수 있었다.

'도대체 무슨 수로?'

하지만 질문을 한다고 답해줄 초정이 아님을 깨달은 추산이 애꿎은 불씨만 뒤적거리다가 문득 입을 열었다.

"그런데 밖으로 나가면 또다시 칠웅문의 문주들을 노릴 건가요?"

순간 초정의 눈에 한줄기 한기가 스치고 지나갔다. 하지만 그는 금세 눈빛을 가라앉히며 고개를 끄덕였다.

"물론 그래야겠지. 그게 내가 살아 있는 이유니까. 그래서 사실 난 이곳을 떠나는 것이 그리 기쁘지 않다네. 다시 손에 피를 묻혀야 하니 말이지. 그런데 그런 자넨 이곳을 나가면 계속 그들의 청부를 수행할 텐가?"

"글쎄요……."

추산이 말꼬리를 흐렸다. 추산은 내심 더 이상 초정과 칠웅문 사이에 관여하고 싶지 않았다. 특히나 무저곡의 절벽에서 떨어져 내릴 때 그를 보던 칠웅문 세 문주의 시선을 확인한 후에는 더더욱 그들에게 정이 떨어진 추산이었다.

"하고 싶지 않은가?"

"썩 내키지는 않으나 청부는 청부니까……."

"내 목이 걸린 청부였나?"

"그렇진 않죠. 난 단지 당신의 흔적을 찾아 당신을 그들 앞에 세우는 것에 대한 청부를 받았을 뿐입니다. 당신을 상대하는 것은 칠웅문 문주들의 몫이었죠."

"그렇다면 무저곡 위에서 날 함정에 빠뜨린 걸로 청부는 완성된 것 아닌가?"

"글쎄요. 그야 생각하기 나름이겠죠."

"끝까지 내 일을 방해할 셈인가?"

그러자 추산이 조금 차가워진 눈으로 초정을 바라보며 말했다.

"만약 당신이 원하는 대상이 칠웅문의 문주들뿐이었다면 전 이미 칠웅문을 떠났을 겁니다. 하지만 그들뿐 아니라 칠웅문의 식솔 모두에게 살수를 뻗쳤기에 전 칠웅문을 떠나지 못한 것이지요."

"서향아 때문인가? 자넨 그녀와 무척 가까워 보이더군."

그러자 추산이 실소를 흘려냈다.

"그렇게 보였습니까?"

"그렇게 보였네. 난 자네들 두 사람이 서로 정분을 주고받는 사인 줄 알았는데? 아닌가?"

그러자 추산이 웃음을 터뜨렸다.

"하하하! 결국 조금은 성공한 셈이군요."

"무엇이 말인가?"

"사실은 서 소저와 설 여협, 그리고 저 이렇게 세 사람은 당신의 정체가 무엇일까 무척 고민을 많이 했지요. 그러면서 내린 결론이 아마도 서 소저를 흠모하는 변태적인 인물일 수도 있다는 거였어요. 해서 당신을 밖으로 끌어내려면 제가 서 소저와 연인 관계처럼 행동하는 것이 좋은 미끼가 될 수도 있다고 생각한 겁니다."

"흠, 그랬었군. 하긴 나도 이상하게 생각하긴 했어. 두 사람이 만난 것은 분명 얼마 되지 않았고, 또한 도문의 설상지는 자네를 은근히 좋아하는 것처럼 보였는데 자네와 서항아 사이를 전혀 질투하지 않았으니 말이야."

"정말 우리를 보고 있긴 했군요."

그러자 초정이 고개를 끄덕였다.

"그렇다네. 난 자네들이 강을 건너 칠웅문의 영역으로 들어설 때부터 주시하고 있었지. 아니, 정확하게는 항아 그 아이를 주시했다고 할까?"

그러자 추산이 호기심이 이는 표정으로 물었다.

"궁금한 게 있어요. 왜 칠웅문의 문도들을 살해하면서 서 소저는 그저 지켜보기만 한 거죠? 아니, 그녀의 침실까지 침입해서 그녀의 목걸이를 가져가면서 왜 그녀를 그냥 놓아둔 거죠? 당연히 용호곤 장익 문주의 부인과 딸들처럼 살해했어야 하지 않았나요?"

그러자 초정의 표정이 갑자기 어두워졌다.

"그 이야기를 하려면 나와 칠웅문 문주들의 과거를 이야기해야 한다네."

"물론 난 사실 그동안 줄곧 그 이야기가 듣고 싶었지요. 도대체 당신과 칠웅문의 일곱 문주 사이에 무슨 일이 있었던 건가요?"

추산이 되묻자 초정이 잠시 침묵을 지킨 후 가벼운 한숨을 내쉬며 입을 열었다.

"알겠네. 내 우리의 과거를 이야기해 주지. 자네와 난 비록 적으로 싸웠지만 또 이렇게 세상과 단절된 곳에서 보름여를 함께 보냈으니 인연이 적다고는 할 수 없을 거야. 그리고 나도 그저 흉험한 흉수로 남기보다는 내 사정을 알고 있는 사람을 세상에 하나쯤은 남겨두고 싶군."

추산은 대답 없이 가만히 초정의 이야기를 기다렸다. 누구나 과거의 아픈 기억을 끄집어내는 데에는 얼마간의 용기와 시간이 필요한 법, 굳이 재촉할 일이 아니었다. 그리고 아직 초저녁이었으므로 밤이 지나고 내일이 되기까지는 많은 시간이 남아 있었다.

"그러니까 우리가 처음 서로를 알게 된 것은 지금으로부터 이십 년 전일세. 우리 나이 삼십대에 일어난 일이라네."

초정은 사천 익산 사람이었다. 그의 집안은 대대로 뛰어난 학자를 여럿 배출했는데 그래서 익산 근방에서 초가장 하면 그 인품과 학식에서 첫손에 꼽히는 가문이었다.

초정 역시 가문의 업을 이어받아 어려서부터 학문을 익혔고 그 재질이 범상치 않아 채 스무살이 되기 전에 사천 지방 향시에서 장원을 차지했던 재목이었다. 하지만 본시 초가장의 사람들은 관계(官界)에 나가는 것을 꺼려했고, 초정 역시 그런 집안의 영향을 받아 향시에 장원을 하고도 관계에 진출하지 않고 초가장에 묻혀 평생 학문을 익히며 살기로 결심했다고 한다.

하지만 비록 관계에 진출하지 않았다고는 해도 스물 살 전에 향시에 장원한 초정의 실력은 이미 익산을 넘어 사천 전역에 퍼져 나갔고 그런 그의 학식을 존경하여 그와 친분을 맺으려는 사람들이 적지 않게 초정의 가문인 초가장을 찾아왔다.

그렇게 초정은 스무 살 이후 사천 익산의 재야학자로서 명성을 쌓아갔고 서른이 넘을 때쯤에는 그의 명성이 사천의 학자들 중 열 손가락 안에 꼽히게 되었다. 그의 명성이 높아질수록 그를 사귀고자 하는 사람의 숫자도 많아졌다. 그리고 개중에는 무공을 익힌 인물도 있었다.

"난 특히 그중 일곱 명의 또래 무사들과 어울리기를 좋아했네."

초정이 말했다.

"그들이 바로 칠웅문의 일곱 문준가요?"

"그렇다네."

"특별히 그들과 친해진 이유가 있나요?"

추산의 물음에 초정이 고개를 끄덕였다.

"사천에는 명문무가가 제법 많지. 지금 서패천의 칠대종가를 비롯해 아미파나 청성파처럼 청정무가들도 있어 고수가 많은 지역으로 유명하지. 하지만 내가 사귄 그 일곱 명은 당시 그런 고수들이 아니었네. 그들은 그저 일류고수 소리를 듣는 정도의 인물들이었지."

"당신의 명성이라면 사천의 내로라하는 고수들과 사귈 수도 있었을 텐데 왜 그저 평범한 그들과 절친한 사이가 되었나요?"

"모든 것은 다 운명이었겠지. 사실 난 칠대종가의 고수들과도 안면이 없지 않았네. 하지만 내가 그런 명문가의 자제들 말고 그들 일곱 사람과 친해지게 된 것은 그들에게서 열정을 보았기 때문이었네."

"열정이요?"

"그렇다네. 그들은 패기와 열정이 넘쳤지. 세상을 향해 자신들의 꿈을 펼쳐 나갈 열정 말일세. 그들은 하나같이 태생이 평범한 인물들이었네. 한 명이라도 명문의 자제가 없었지. 어려서도 꽤나 고생들을 했던 모양이야. 하지만 그들은 세상을 향한 열정을 잃지 않았고, 나와 치분을 맺기 시작한 서른 살 무렵에 벌써 서로 힘을 합쳐 제법 단단한 표국을 운영하고 있었다네."

"아! 그들이 표국을 했었군요."

추산은 본래 장사에 관심이 많은 터라 칠웅문의 일곱 문주가 애초에는 표국을 운영했다는 말에 귀가 솔깃해졌다.

"그렇지, 익산에서는 제법 이름있는 표국이었네. 이름하여 천리표국이라 했지. 그들은 주로 사천에 배를 띄워 장강을 타고 내려와 항주까지 왕복하는 상로를 움직이고 있었다네."

"사천에서 항주라… 짧지 않은 거리군요."

"맞네. 덕분에 이문이 많이 남았지. 내가 그들과 친해진 또 하나의 이유는 그들이 바로 장강을 따라 천하를 여행하며 사는 사람들이었기 때문이라네. 미리 말했지만 우리 초가장은 비록 학문이 뛰어나긴 했어도 익산에 파묻혀 있었거든. 아무리 멀리 나가도 사천을 벗어나지 않았네. 그래서 나에겐 그들이 천하의 풍물을 보고 와서 해주는 이야기가 여간 즐겁지 않았다네. 난 그들이 표행에서 돌아오면 한 달이고 두 달이고 그들과 어울려 그들이 보고 온 천하의 풍물과 강호의 이야기에 흠뻑 빠져들곤 했다네. 그리고 그들은 나와 친분을 맺으면서 훨씬 크게 표국을 키울 수 있었지. 자네도 알다시피 당시에 우리 초가장과 친분을 맺고 있는 명문들이 많았으니까. 그들의 천리표국은 우리 초가장의 명성에 기대어 익산 제일의 표국이 되었던 것이네. 지금 생각해 보면 애초부터 그걸 노리고 나에게 접근했었는지도 모르겠네. 하지만 어쨌든 당시 우리는 무척 가까웠기에 서로 호형호제까지 하는 사이가 되었다네.”

“그런데 어쩌다가 철천지원수가 되어버린 거죠?”

“흠… 그 모든 것은 어쩌면 나의 불찰이었다고 봐야겠지.”

초정의 얼굴이 어두워졌다.

“불찰이라뇨?”

“내가 가문의 금기를 어기고 그들에게 한 가지 물건에 대해 언급했던 것이 그만 일을 그르치고 말았지.”

“대체 무슨 물건이길래……?”

“칠보무결(七寶武訣)… 바로 그것이 모든 일의 원인이었지.”

第八章

백일검(百日劍)

내내로 학문을 가풍으로 이어온 초가장엔 당연히 천하의 서책들이 넘쳐 났다. 수대에 걸쳐 모아들인 서책들을 보관하기 위해 따로 별채를 지어 서고를 만들 정도로 방대한 양이었다. 사천 지방의 유수한 학인들이 초가장을 빈번하게 드나든 이유 중 하나는 바로 초가장이 보유한 서책들 때문이기도 했다.

그런데 초가장의 서고에는 초가장의 식솔조차도 접근이 금지된 공간이 있었다. 아니, 초가장의 대부분 식솔들은 그 공간이 존재하는지조차를 몰랐다. 초정이 가문의 후계자로서 그 공간의 존재를 안 것도 그가 사천의 향시에 장원을 한 이후 스무 살이 넘었을 때였으니까.

"그 비밀 서고의 존재는 대대로 초가장의 장주에게만 알려져 왔다고 아버님께서 말씀하시더군. 아버님을 따라 그 비밀 서고로 들어갔을 때 난 깜짝 놀라고 말았네. 왜냐하면 그 비밀 서고에 있는 일백 권의 서책은 일반 서책이 아닌 바로 무공비급이었기 때문이지."

"초가장이 그냥 학자의 가문이 아니었군요?"

추산이 놀라며 물었다.

"나도 그때 처음 알게 되었네. 초가장의 시작은 무림이었다는 사실을 말일세. 자네는 혹 이백 년 전에 활동했던 칠무객(七武客)이란 인물에 대해 들어본 적이 있나?"

"칠무객이요? 아뇨? 기억에 없는데요?"

"그런가? 그것참 이상하군. 웬만한 강호무인이라면 칠무객이란 이름을 알고 있을 텐데?"

"본래 제가 강호에 대한 지식이 좀 짧은 편이죠. 어려서부터 산속에 갇혀 살며 사부의 무공을 연마하느라 강호에 나온 지 얼마 되지 않았거든요."

추산이 변명하듯 말했다.

"그런가? 어쨌든 칠무객이란 인물은 이백 년 전 강호를 진동시킨 일대 고수였다네. 일곱 개의 병기를 자유자재로 사용해 무공을 펼쳤는데 강호의 일대 절정고수로 당시에는 강호에서 열 손가락 안에 드는 인물로 꼽혔지."

"지금의 천하팔대고수 정도 된다는 말이군요."

"그렇다고 할 수 있네. 그런데 각 시대마다 그 정도의 고수는 언제나 있게 마련이니 그의 이름이 아직도 강호인들에게 기억되는 이유가 반드시 그의 무공 때문은 아니라네."

"그럼 무엇 때문이죠?"

"그건 그가 벌인 한차례의 혈겁 때문이라네."

"혈겁이요? 그가 마인이었나요?"

"그 혈겁을 일으키기 전에는 그는 마인이 아니었네. 오히려 일곱 개의 무공을 몸에 지니고 강호의 의를 행하는 의협이었다지? 하지만 그가 그 혈겁을 일으킨 후 그는 무림 역사상 손꼽히는 마인으로 되어버렸지."

"도대체 어떤 일을 벌였기에……?"

"무슨 연유인지는 모르겠으나 그는 어느 날 갑자기 심성이 변했다네. 그리곤 백 일 동안 백 명의 고수를 죽였지."

"백 일 동안 백 명의 고수를요? 그럼 하루에 한 사람씩 죽인 거네요?"

"하루에 한 명은 아니지만 결과적으로는 그 정도 숫자가 된 것이지. 그리고 마지막 백 일째 되던 날 그가 죽인 인물이 또한 대단했네."

"누굴 죽였는데요?"

"그는 그 자신의 사부를 죽였다네."

초정의 말에 추산이 화들짝 놀라며 초정을 바라봤다.

"자신의 사부를 죽였다고요?"

"그렇다네."

"도대체 그에게 무슨 일이 일어난 거죠?"

"후후… 글쎄. 그건 나름대로 이유가 있었겠지. 어쨌든 그
는 자신의 사부를 마지막으로 백 일 동안의 살겁을 끝냈지. 그
리곤 스스로 천장단애에 몸을 던져 목숨을 끊었다고 하더군."

"정말 기이한 일이군요. 그런데 그게 초가장과 무슨 상관이
있는 건가요?"

그러자 초정의 눈에 기이한 광기 같은 것이 서렸다.

"아주 깊은 관계가 있지. 왜냐하면 그 칠무객이 바로 나의
가문 초가장을 세운 시조이니까!"

초정의 말에 추산이 멍하니 입을 벌린 채 초정을 바라봤다.
사천 전체를 통틀어도 손꼽히는 학인의 가문 초가장의 시초가
강호에서 일대 혈겁을 일으킨 마인이었으니 놀라지 않을 수가
없었던 것이다.

"내가 아버님을 따라 비밀 서고에 들어가 본 서책들은 바로
나의 선조이자 강호의 일대마인인 칠무객 초광이 남긴 무결들
이었던 것이네."

"그는 죽은 것이 아니었군요?"

"인간 초광은 죽지 않았네. 다만 무림인 칠무객은 죽었지.
본래 그가 활동했던 곳은 하북성 일대였는데 그는 자신의 사
부를 벤 후 천 길 낭떠러지에 몸을 던진 후 천운으로 살아나 자
신의 과거를 덮고 사천까지 이동해 그곳에서 자리를 잡았던
것이네. 이번에는 무림인이 아닌 학인(學人)으로서 말일세."

"정말 대단한 변신이군요."

"그렇지, 정말 대단한 변신이지. 그리고 완벽한 변신이기도

했네. 아무도 그가 강호에 마명을 떨친 칠무객이라고는 생각
지 못했으니까. 그리고 이후 사천 익산의 초가장은 대대로 학
인의 집안으로 살아온 것이네."

"무공을 익히지는 않았나요?"

"전혀! 그것이 과거 칠무객이었던 초가장의 시조 초광의 유
언이었네. 절대 초가장의 식솔은 무공을 익혀서는 안 된다는
것이지."

"하지만 무림과 완전히 연을 끊지는 못했군요."

추산의 말에 초정이 무슨 말이냐는 듯 추산을 바라봤다.

"어찌 됐든 비밀 서고에 무공비급을 남겨두었으니 말이에
요."

그러자 초정이 고개를 끄덕였다.

"그렇군. 인간의 미련이란 어쩔 수 없나 보군. 후손에게 절
대로 무공을 익히지 말라고 유언했으면서도 자신은 자신을 천
하의 마인으로 만든 무공들을 비밀 서고에 남겨놓았으니 말이
야. 흐흐흐, 그리고 그 일말의 미련이 바로 초가장의 비극을 일
으켰지."

초정의 표정에 짙은 회의가 밀려들었다. 그 표정이 너무도
어두워 추산은 그다음 이야기를 재촉할 수 없었다. 추산은 툭
툭거리며 튕겨져 나가는 불꽃들을 바라보고 있을 뿐이었다.

"내 치기 때문이었다고도 할 수 있네. 그들로부터 천하의 강
호 영웅들에 대한 이야기들을 듣고 있자니 나도 모르게 호승
심이 생기더군. 그때는 내 나이도 젊었을 때였으니까. 더군다

나 그들이 항주에서 구해온 독주에 얼큰하게 취해 있었지. 그렇다고 많은 이야기를 한 것도 아니야. 난 그저 우리 초가장에도 그리 대단하진 않지만 몇 권의 무공비급이 있다고 말했을 뿐이네."

"단지 그저 그런 몇 권의 비급을 얻으려고 그들이 초가장을 멸문시켰다는 건가요?"

"그렇지는 않네. 아마도 내가 술에 취해 칠보무결이란 말을 입에 올린 것 같네. 그들이 바로 일을 벌이지 않고 내가 그 칠보무결에 대해 언급한 지 몇 년 후에 일을 벌인 것을 보면 말일세. 그들도 내가 그 칠보무결을 말했을 때는 그 무결의 가치를 정확히 몰랐었던 것 같네. 하지만 그들은 천하를 종횡하는 표객들이었지. 아마도 어디선가 칠보무결과 칠무객에 대한 이야기를 들었던 것이 분명해. 그리고 그날 밤 그 일이 벌어졌다네."

모닥불에서 올라오는 연기 때문인지 추산은 이 기이한 흉수 초정의 눈에 살짝 이슬 같은 것이 맺힌 것을 보았다.

"그날 그들은 오랜만의 외유에서 돌아와 날 자신들의 표국에 초청했네. 표행 중 구한 좋은 술과 기이한 서책이 있다고 하며 말일세. 표행 후 그들이 날 초청하는 것은 하루이틀의 일이 아니었기에 난 순순히 그들의 초청에 응했네. 우린 장강의 물줄기가 접어드는 익산의 험준한 명소 용포에 자리를 잡고 술을 마셨지. 그리고 얼큰하게 술이 취했을 때 그들이 일을 벌였네. 그들은 날 천 길 낭떠러지에 매달았지. 그리곤 나에게 칠보무결과 가문의 비급이 있는 비밀 서고로 들어가는 방법을 물었네. 난 대답하지 않았어. 무공을 익히지 않았지만 내 자신에 대한 자존심은 누구보다 강했으니까. 그들은 그런 나에게 칼질을 하며 답을 요구했지. 하지만 난 끝까지 버텼어. 목숨보다 자존심이 중했기 때문일세. 그래서 결국 그들은 날 천 길 낭떠러지 아래로 밀어버렸네. 그리곤 그 즉시 초가장으로 달려갔겠지. 비록 그들이 강호의 절정고수들은 아니더라도 초가장에는 무공을 익힌 사람이 한 명도 없었으니 그들을 당해낼 수는 없었을 거네. 그들은 초가장의 식솔 삼십 명을 한곳에 몰아넣고 한 명 한 명 죽이면서 아버님께 칠보무결을 내놓으라고 했다더군. 하지만 아버님 역시 고집 센 양반이었지. 결코 입을 열지 않으셨다는 거야. 그래서 결국 초가장의 전 식솔은 죽임을 당했네. 그리고 그들은 초가장에 이틀을 머물렀다고 했던가? 어쨌든 그들은 비밀 서고를 찾았고 그 안에 있던 칠보무결을 손에 넣었네. 그리곤 초가장을 불태웠지. 단 한 조각의 흔적도 남기지 않고 말일세. 또한 초가장을 불태운 이후에는 그들이 무슨 일을 저질렀는지 아무것도 모르는 가족들을 데리고 익산에서 종적을 감춰 버렸던 것이네. 이후 십 년 뒤 익산과 수천 리 떨어진 이 등주에 칠웅문을 세울 때까지 말일세."

"그런데 당신이 살아났군요."

"그렇다네. 질긴 것이 사람의 목숨이라고 난 살아났네. 깨어난 곳은 죽임을 당한 용포에서 수백 리 떨어진 강변이었네. 나이 든 어부의 그물에 고기 대신 내가 걸려 나왔지. 난 아직도 이해할 수가 없어. 어떻게 하루 동안 물에 흘러내려 오면서도 내가 살아 있었는지 말이야. 보통 사람이라면 아마도 일각을 버티지 못하고 죽었을 텐데……."

"살겠다는 의지가 강했나 보지요."

"훗, 그럴 수도 있겠지. 하지만 난 이렇게 생각했네. 하늘이 그 일곱 마리의 짐승을 죽이라고 날 살려두었다고 말이야. 어쨌든 천우신조로 살아난 나는 다시 초가장으로 돌아왔네. 그때는 이미 일곱 마리의 짐승은 익산을 떠난 뒤였고, 초가장은 잿더미가 되어 있었지. 난 초가장의 유일한 생존자가 되었던 것이야. 난 초가장의 잿더미 속에서 죽은 사람들의 유골을 하나하나 찾아내기 시작했네. 한 명 한 명의 유골을 찾을 때마다 복수의 칼날이 하나씩 내 심장에 그어졌지. 그렇게 스물아홉 구의 유골을 수습했네. 그리고 난 깨달았지. 어쩌면 한 사람이 더 살아 있을 수도 있다고 말이야."

"생존자가 더 있었다는 말인가요?"

추산의 물음에 초정이 고개를 끄덕였다.

"나에겐 열다섯 살 차이가 나는 어린 여동생이 한 명 있었네. 어렸지만 익산 제일의 미모를 자랑하던 아이였지. 또 그들 일곱 사람을 무척 따르던 아이였다네. 왜냐하면 그들이 표행을 나갔다 오면 어김없이 그 아이에게 선물을 사다 주었으니 말일세. 그런데 그 아이의 유골이 보이지 않는 거야. 어떻게 뼈만 보고 그 아이가 없는지 알 수 있냐고? 두 가지 이유가 있었네. 하나는 그 아이가 언제나, 잘 때조차도 목에 걸고 있던 목걸이를 발견하지 못한 것이 그 이유고, 또 하나는 그 아이의 왼쪽 손 새끼손가락은 기형적으로 휘어져 있었기 때문이지.
난 내가 발견한 유골 어디에서도 그 아이의 목걸이와 그 아이
의 새끼손가락을 발견할 수 없었네. 그래서 난 결론을 내렸지.
그 아이가 살아 있다고 말이야. 그리곤 익산을 떠났네. 일곱
마리의 짐승과 그 아이를 찾기 위해……."
　추산은 점점 이 음습하고도 기이한 혈사에 빠져 들어가고
있었다. 초가장에서 유일하게 살아남은 여인은 어떻게 되었을
까.
　"동생 분을 찾았나요?"
　"찾았네."
　순간 추산의 얼굴에 자신도 모르게 기쁜 기색이 떠올랐다.
　"정말 살아 있었군요?"
　"그렇다네. 난 그들을 찾기 위해 그들에게서 들은 그들의 표
행지들을 하나하나 찾아다녔네. 분명 그들은 그들이 다녀본
어딘가에 정착했을 거란 생각 때문이었지. 그렇게 장강을 거
슬러 내려가며 그들에게 전해 들은 도읍들을 일일이 찾아다녔
지만 그들도, 내 동생도 발견할 수 없었네. 그러다 장강의 끝
항주에까지 도착했지. 그리고 그 항주의 유곽에서 난 동생을
발견했네. 웃음과 몸을 파는 기녀가 되어 있는 그 어린것을 말
이야."
　"정말 불행 중 다행이네요. 동생 분이 살아 있고, 또 그렇게
만나게 되었으니 말이에요."
　추산이 들뜬 목소리로 말했다. 그러자 초정이 차가운 안광

을 토해내며 추산을 바라봤다.

"다행이라고? 살아 있으니 다행이라고? 후후후, 이보게. 세상에는 목숨보다 소중한 것도 있는 법일세. 특히나 그 아이 수연처럼 영혼이 깨끗한 아이에게는 말이야. 그 아이를 처음 만났을 때 나도 자네처럼 다행이라고 생각했네. 살아 있어줘서, 어떤 모습으로든 내 앞에 나타나 줘서 말이야. 하지만 그 아이의 생각은 다르더군. 자네… 그 아이가 어떻게 되었는지 아나?"

초정의 질문에 추산은 왠지 모를 불안감에 휩싸였다. 그는 대답을 않고 눈으로 초정에게 그 불우한 여인의 이후를 물었다.

"결국, 그 아이는 죽었네."

초정의 입에서 비극적인, 그러나 이미 추산이 예상하고 있던 답이 흘러나왔다.

"당신을 만나고 나서 스스로 목숨을 끊었군요."

"아니, 그 아이는 내 손에 죽었네!"

이어진 초정의 대답에 다시 추산이 경악했다.

"다… 당신 손으로 동생을 죽였다고요?"

추산이 도저히 믿기지 않는다는 듯 되물었다. 그러자 초정이 묵묵히 고개를 끄덕였다. 순간 추산은 자신도 모르게 검을 잡아갔다.

'이자는 결국 살인마일 뿐이야. 자신의 동생이 유곽에서 몸을 판다고 자신의 손으로 그 비참한 삶을 살아온 여인을 죽이다니. 이런 자는 살려둘 수 없다.'

검을 쥔 추산의 손에 힘이 들어갔다. 아마도 그가 강호에 나와 이렇게 살의(殺意)를 느낀 것은 이번이 처음일 터였다.

"그만두게. 자네는 날 죽일 수 없어."

초정이 이미 추산의 속마음을 읽어냈는지 고개를 저으며 말했다.

"내가 당신을 상대할 수 없다고 확신하는 겁니까?"

추산이 차가운 눈으로 초정을 보며 반문했다. 유성우를 보고 환검의 검리를 깨달은 추산으로서는 초정이 보였던 무공에 비하면 오히려 자신에게 승산이 있다고 판단하고 있었다.

"꼭 무공만을 가지고 이야기하는 것은 아닐세. 그 아이가 내 손에 죽은 것은 그 아이가 원했기 때문일세."

"그녀가 당신 손에 죽기를 원했다고요?"

"그렇다네. 그 아이는 그 일곱 사람 손에 의해 유곽에 넘겨진 것이 아니었네. 그 이이는 스스로 유곽에 몸을 담았다네."

"도대체 그게 무슨 말이죠? 그럼 그녀는 애초부터 그 일곱 사람에게 납치된 게 아니었나요?"

"그건 아닐세. 수연 그 아이는 그 일곱 놈에게 납치된 것이 맞네. 그들이 그 아이를 죽이지 않고 살려둔 것은 아마도 그들도 그 아이에게만큼은 적지 않은 정이 있었기 때문이었을 걸세. 말했듯이 그 아이는 나만큼 그들을 따랐으니까. 하지만 언제까지 살려둘 순 없었겠지. 그들은 그 아이를 데리고 장강을 따라 내려오면서 그 아이를 어찌 처리할까 고민했다고 하더군. 물론 결론은 그 아이를 죽이는 것이었지만……."

"그럼 어떻게 살아난 거죠?"

　"그 아이가 살아난 것은 바로 서황우 때문일세. 그는 그들 중 특히나 그 아이를 귀여워했었지. 그 자신도 그 아이와 다섯 살 정도 차이가 나는 딸을 하나 두고 있었으니까. 사실 그 아이가 항상 목에 지니고 있던 그 목걸이도 서황우가 그 아이에게 선물한 것이었다네. 어느 날인가 표행에서 돌아온 서황우는 청홍 각기 한 쌍으로 만들어진 진귀한 보석 목걸이를 사왔는데 하나는 그 아이를 주고 또 다른 하나는 자신의 딸아이에게 주었지. 어쨌든, 그들이 그 아이를 결국 죽이기로 결정한 그날 밤, 서황우는 다른 사람 몰래 그 아이의 결박을 풀어주었다네. 그리곤 그 아이를 배에서 뛰어내리게 했지. 넓고 넓은 장강의 한가운데에서 강물에 뛰어내리라는 것은 죽으라는 말과 같은 것이지만 그래도 천운이 있다면 목숨은 살릴 수 있을 거라 생각한 모양이야. 휴, 어쨌든 그 아이는 살아남았네."

　"그래서 당신은 서 소저를 죽이지 않은 거군요?"

　"그렇다네. 애초에는 죽일 생각이었지만 항아 그 아이의 목에 걸린 목걸이를 보니 차마 죽일 수가 없더군. 수연이는 항아 그 아이를 자신의 친동생처럼 사랑했었으니까. 더군다나 항아 그 아이는 자신의 아버지와 숙부들이 어떤 일을 저질렀는지 전혀 모르고 있었지. 아니, 항아뿐 아니라 그 일곱 놈의 가족들은 자신의 남편과 아비들이 어떤 짓을 저질렀는지 전혀 짐작조차 못하고 있을 걸세. 그리고 그들이 왜 갑자기 사천의 익산을 떠나 십 년 동안 천하를 떠돌았는지도 말일세. 어쨌든 항아 그 아이를 보니 마치 죽은 수연이를 보는 것 같더군. 그래서 난 한동안 그들에게 복수의 칼날을 들이대지 못하고 항아의 곁을 맴돌았던 것일세. 아마 수연이도 항아를 죽이는 것은 원하지 않을 것 같았고 말일세."

"용호곤 장익 문주의 처자식들은 꼭 그렇게 죽여야 했나요?"

"애초부터 난 칠웅문의 전 가솔을 죽일 생각이었네. 그리고 그날 용호곤 장익의 처와 그 딸들이 그날 죽임을 당한 것은 그녀들의 처소에 초가장에서 약탈한 여러 가지 물건과 장신구들을 그녀들이 가지고 있었기 때문일세. 그 물건들을 보는 순간 난 이성을 잃고 말았네. 자신들의 손으로 죽인 사람들의 물건을 자신의 처자식에게 주다니. 그것들을 몸에 걸치고 웃고 있는 그녀들을 보며 내가 어찌 참을 수 있었겠는가? 그렇지 않아도 어차피 모두를 죽일 생각인 나였는데!'

초정의 밑에 추신이 자신도 모르게 고개를 끄덕였다. 아마 자신이 초정의 입장이었어도 그처럼 행동했을 것이기 때문이었다. 잠시 두 사람 사이에 침묵이 흘렀다. 그리고 잠시 후 조금 어색한 분위기를 깨려는 듯 추산이 다시 물었다.

"동생 분께서는 어떻게 유곽에 몸을 담게 되신 거지요?"

"마침 장강에서 그 아이를 구한 것이 또 불행하게도 유곽을 운영하는 사람들이었다고 하더군. 살아난 그 아이는 복수를 꿈꿨고 복수를 꿈꾸는 나이 어린 여인에게 유곽은 유혹적인 직업이었던 셈이지. 그 아이는 총명한 아이였네. 만약 내가 그 아이를 찾아가지 않았으면 그 아이는 언젠가는 반드시 칠웅문을 멸문시켰을 것이네. 하지만 내가 살아 있다는 걸 아는 순간

그 아이는 복수의 짐을 나에게 넘길 수 있었던 거지. 그리고
자신은 다시 예전의 순수했던 여인으로 돌아가고 싶다고 했
네. 죽음으로서… 그리고 난 그 아이의 마지막 부탁을 들어줬
지. 내 손으로 그 아이를 죽였네. 그리곤 그 아이가 머물던 유
곽… 오향루의 무사들에게 쫓겨 항주 망혼벽에서 다시 몸을
던졌네. 당시의 난 무공이 형편없었거든. 살아난다면 반드시
그 혈한을 돌려주리라 결심하면서…….”

“그리곤 또 살아나셨군요?”

“후후. 정말 질긴 목숨 아닌가? 용포에서, 망혼벽에서 그리
고 다시 이곳 무저곡에서까지. 세 번이나 천 길 낭떠러지로 떨
어진 내가 그때마다 살아남았으니 말이야. 마치 죽어간 초가
장의 영혼들이 날 지켜주는 것 같지 않은가?”

초정의 말에 추산은 스산함을 느꼈다. 정말로 초가장의 영
혼들이 그의 곁에서 그를 지켜주는지도 모르겠다는 생각이 들
었다. 그렇지 않았다면 어떻게 세 번씩이나 목숨을 구할 수 있
었겠는가?

“이제 모든 것을 이해할 수 있겠나? 지금도 내가 그들에게
복수할 권리가 없다고 생각하는가?”

초정이 추산에게 추궁하듯 물었다.

‘물론 당신은 그들에게 복수할 충분한 권리가 있습니다.’

추산은 이렇게 말해주고 싶었다. 하지만 추산은 그렇게 대
답할 수 없었다.

“그래도 당신의 복수는 그들 일곱 사람만을 대상으로 했어

야 했다고 말하고 싶군요. 칠웅문의 전멸이란 것은……."
추산이 말꼬리를 흐렸다.
"흠, 그럼 내가 여전히 칠웅문을 전멸시키겠다고 하면 또다시 그들을 돕겠군."
초정이 빈정거리듯 말했다.
"글쎄요. 그건 잘 모르겠네요. 오늘 밤 생각해 보죠. 하지만 당신도 오늘 밤 잘 생각해 보시기 바랍니다. 과연 여전히 칠웅문의 전 식솔을 죽여야 할지 말입니다."
"후훗! 우리 둘 다 고민스런 밤이 되겠군."

그날 밤 두 사람은 서로 등을 돌리고 잠을 청했지만 누구도 잠을 잔 사람은 없었다. 추산은 어쨌든 초정이 날이 밝으면 이 숲림을 나갈 수 있다고 했으니 그 이후의 일을 생각해야 했다. 만약 초정이 여전히 칠웅문의 전 식솔을 죽이겠다고 하면 그 때는 어찌해야 할까. 또다시 그를 상대로 싸움을 벌여야 하나. 아니면 이곳을 나가는 즉시 무불장으로 돌아가야 하는 것일까? 하지만 추산은 밤이 다 가도록 결론을 내리지 못했다.
'망할 놈의 황금충이라니!'
그래서 동이 터오는 것을 보면서도 처음으로 자신이 청부업자가 된 것을 한탄하며 욕지거리를 내뱉는 것 말고는 아무런 결정을 내리지 못한 추산이었다.
두 사람은 해가 뜨기도 전에 자리를 털고 일어났다. 보아하니 초정 역시 간밤에 잠을 자지 않은 모양이었다. 그리고 두 사람은 누가 먼저랄 것도 없이 석실로 이어지는 동굴로 향했다.

　"자, 이제 어떡할 거죠?"
　희미한 빛이 스며드는 석실에 도착하자 추산이 초정에게 물었다. 추산은 여전히 초정이 어떻게 이 석실을 나갈 수 있다고 장담했는지 전혀 그 방법을 짐작하지 못하고 있었다. 그런데 초정이 들고 나온 방법이 추산을 기막히게 만들었다.
　"이 바위를 밀어보겠네."
　'제길, 미친 거 아냐?'
　추산의 인상이 구겨지며 속으로 욕지거리를 내뱉었다.
　"지금 이 바위를 밀겠다고 말하는 겁니까?"
　"그렇다네. 물론 자네도 힘을 보태야겠지."
　"지금 그 말 농담이죠?"
　"진담일세."
　짧게 대답한 초정이 추산의 반응에 아랑곳하지 않고 석실을 막아선 거대한 바위 앞으로 다가갔다. 그리곤 정말 바위를 밀 사람처럼 바위에 두 손을 얹는 것이었다.
　"뭘 하나? 나가지 않을 생각인가?"
　초정이 뒤를 돌아보며 추산에게 말했다.
　'제길, 좋아. 한번 해보자구. 하지만 이거야말로 계란으로 바위 치기군.'
　추산이 인상을 구기며 어기적어기적 초정 곁으로 다가와 그의 옆에 서서 한 손으로 바위를 짚었다.

"설마 정말 이 바위가 움직일 거라고 생각하는 건 아니죠? 이건… 우리 사부님이 오셔도 힘들 거라구요."

"천하팔대고수가 대순가? 목숨을 걸고 힘을 쓰는 사람은 천하팔대고수가 아니라 천하제일인이라 해도 못 당하는 법일세."

"그건 그저 젊은이를 부려먹으려는 노인네들이 지어낸 말이고, 현실은 현실이죠."

"그 현실이 어떻게 될지는 일단 해보고 나서 말하도록 하세. 자, 시작하세. 아마도 모든 진기를 끌어내야 할 걸세."

말을 마치는 초정의 표정이 무척 진지해졌으므로 추산도 더 이상 빈정거릴 수만은 없었다. 하지만 추산의 머릿속은 여전히 이 일이 쓸데없는 짓이라는 생각으로 가득 차 있었다. 그는 이미 자신의 무공과 이 기이한 흉수 초정의 무공 수위를 알고 있었다. 초정의 무공은 강호의 절정고수로 불려도 손색이 없을 만큼 뛰어난 것이지만 그렇다고 해서 천하팔대고수처럼 천의무봉한 공력을 지닌 것은 아니었다.

추산 자신도 이제는 무공에 어느 정도 자신이 있었지만 공력으로만 본다면 역시 초정보다 낫다고는 할 수 없었다. 그 두 사람이 모든 공력을 끌어낸다고 해서 과연 이 거대한 바위가 움직일 것인가. 추산이 고개를 저으며 천천히 승천공을 운기하기 시작했다.

추산과 초정 두 명이 서서히 진기를 끌어올리기 시작하자 석실에 기이한 빛들이 생겨나기 시작했다. 초정의 흑무는 그가 칠웅문의 문주들과 겨룰 때보다도 더욱 짙어져 있었고, 추산의 몸에서 흘러나오는 진기의 빛깔 또한 그가 사형 고검과 함께 암옥을 방문했을 때와는 달라져 있었다.

추산의 몸에서 흘러나오는 것은 엷은 청색… 청색이면 승천공이 구성에 이를 경지였다. 아마도 천검 능운백이나 사형인 고검이 지금의 추산을 보았다면 무척 놀랐을 것이 분명했다. 추산의 재능은 물론 두 사람 모두 인정하는 것이지만 추산이 보이는 승천공 구성의 경지는 그들 두 사람의 수련 시절보다 무척이나 빠른 것이기 때문이었다.

추산 또한 자신의 몸에서 청색의 기운이 흘러나오고 있다는 것은 모르고 있었다. 다만 운기를 하며 자신의 단전에서 전에 없이 시원하고 강력한 진기가 용솟음치고 있다는 것을 느끼고는 있었다.

'이제 보니 유성우를 보고 깨달은 것은 검리(劍理)뿐만이 아니었군. 어느새 승천공도 진보를 하였나 봐. 이거 이러다가 정말 내가 천하제일인이 되는 것 아냐? 이렇게 진보가 빠를 줄은 사부님도 몰랐을 텐데. 크크.'

추산이 온몸에서 용솟음치는 진기를 음미하듯 즐기며 쓸데없는 생각을 하는 사이 어느새 초정의 흑무는 현현한 기운을 내뿜으며 석실 전체를 덮을 듯 커져 있었다.

"지금일세."

어느 순간 초정의 입에서 한마디 말이 흘러나왔다.

'이런 괴물 같은 자가 있나? 운기를 하면서 말을 하다니…

혹 내가 이 사람의 무공을 잘못 알고 있었나?

운기 중에 입을 연 초정의 행동에 추산이 흠칫 놀랐지만 그렇다고 초정을 살피고 있을 상황은 아니었다. 추산이 천천히 온몸의 공력을 두 팔로 인도했다. 그리곤 두 팔에 모인 공력을 손바닥과 맞닿아 있는 바위를 향해 쏟아내기 시작했다.

고오오오.

두 사람이 일으키는 진기가 기이한 소음을 만들어냈다. 두 사람은 전력을 다해 석실의 입구를 막고 있는 바위를 밀어내기 시작했다. 그것은 어찌 보면 정말 무모한 짓이었지만 두 사람은 마치 태산을 밀어내기라도 할 듯한 기세로 자신들의 공력을 바위에 쏟아 붓고 있었다.

그렇게 얼마의 시간이 지났을까. 추산이 막 이 멍청한 짓을 그만둬야겠다고 생각할 때쯤 추산은 자신의 손끝에 미세한 진동이 있음을 깨달았다.

'이건!'

추산의 눈이 경악으로 부릅떠졌다. 그 자신도 온몸의 공력을 모아 바위에 쏟아내고 있었지만 정말로 이 바위가 그들 두 사람에 의해 움직일 거라고는 기대하지 않았었다. 그런데 지금 그의 손끝에 느껴지는 이 미세한 진동은 무엇인가? 그건 그저 바위의 떨림이 아니었다. 그 진동은 바위가 지면을 구르면서 만들어내는 진동이었다.

'제길, 정말 움직이잖아!'

너무 놀란 추산의 진기가 잠시 흐트러진 사이 바위가 조금 앞쪽으로 밀려오는 듯한 느낌을 받았다. 그러자 그의 귀에 정신 차려 이 멍청이야 하는 초정의 목소리가 들려오는 듯했다.

'이크. 도로 아미타불이 되면 안 되지.'

추산이 마음을 추스르며 다시 진기를 뽑아내기 시작했다. 사람이란 한번 될 가능성을 보면 없던 힘도 생겨나기 마련이다. 바위가 움직이기 시작하자 추산과 초정의 몸에서 나오는 진기의 빛깔들도 그 농도를 더해가기 시작했다. 그리고…

그르릉!

드디어 석실을 막고 있던 거대한 바위가 움직이기 시작했다. 아무리 거대한 물체라도 한 번 움직이기 시작하면 이후에는 큰 힘이 필요치 않는 법, 한 번 밀리기 시작한 바위는 두 사람의 막강한 진기에 밀려 순식간에 앞으로 구르기 시작했다. 그에 따라 두 사람 역시 천천히 석실의 앞쪽으로 움직이기 시작했다.

그르르릉!

바위는 여전히 지저의 괴물과 같은 소리를 울어내며 구르고 있었다. 바위의 반대편이 바로 외부는 아니었다. 바위는 그만큼의 크기의 동굴을 굴러가고 있었다. 그렇게 얼마나 갔을까. 갑자기 희미한 빛만이 들어오던 동굴이 눈부시게 환해졌다. 그리고 두 사람은 바위 굴리기를 멈췄다.

"됐군요. 정말… 정말 됐어요."

"내가 말했지 않나? 오늘 우린 밖으로 나갈 거라고."

순간 추산이 훌쩍 뒤로 물러서며 물었다.

"당신은… 당신은 도대체 어떤 사람입니까?"

　길이 열렸다는 기쁨에 잠시 흥분해 있던 추산이 어느새 냉정한 이성을 되찾고 있었다. 그리고 냉정한 이성을 되찾는 순간 추산은 지금 눈앞에 있는 이 초정이란 인물에 대해 어쩌면 자신이 아무것도 모를지도 모른다고 생각했다. 그가 칠웅문의 문주들에 의해 멸문한 초가장의 마지막 생존자라는 것 말고 그에 대해 아는 것이 뭐가 있었던가?

　'더군다나 이자의 무공은……'

　추산은 석실을 막고 있던 바위가 열린 것이 누구의 힘에 의해서인지 명확하게 알고 있었다. 추산 자신의 무공으로는 도저히 이 커다란 바위를 움직일 수 없었다.

　'아마도 나와 같은 사람 서넛이 있어도 불가능했을 거야.'

　그러자 결론은 명확해졌다. 이 바위를 움직인 것의 칠 할은 바로 흡수 초정의 힘이라는 것, 그렇다면 애초에 자신과 무공 수위가 비슷하다고 판단했던 추산의 추측은 완전히 잘못된 것이라고 할 수 있었다. 더불어 그런 무공의 소유자라면 지금 이 순간에라도 추산을 제거하려면 단숨에 추산을 궁지에 몰아넣을 수 있을 터였다.

　"걱정하지 말게. 자넬 해칠 생각은 없어."

　초정이 그런 추산의 마음을 짐작했는지 고개를 저으며 말했다.

　"당신은 누굽니까?"

　"말하지 않았나? 일곱 마리 짐승에게 물린 허약한 서생이었다고!"

“그걸 묻고 있는 게 아닙니다.”

“그럼 뭘 알고 싶은 건가?”

그러자 추산이 정색을 하며 물었다.

“당신이 어젯밤에 들려줬던 이야기에는 가장 중요한 것이 빠져 있었군요.”

“가장 중요한 것? 내가 초가장의 마지막 후예라는 것 말고 더 중요한 것이 있던가?”

“그렇습니다.”

“그게 뭔가?”

“당신의 무공… 그리고 망혼벽 이후의 당신의 삶, 백면서생이었던 당신이 어떻게 이런 가공할 무공을 익히게 된 것이죠?”

“그게 뭐가 중요하단 말인가? 강호를 돌아다니다 보면 널려 있는 게 무공이라네. 그것 중 하나를 주워 익혔을 뿐이네.”

“그냥 주워 익힌 무공으로는 저 집채만 한 바위를 움직일 수 없죠. 아니, 그보다도 당신은 그 정도의 무공을 가지고도 왜 칠웅문의 문주들과 상대할 때 자신의 전력을 다하지 않은 겁니까? 당신의 무공 정도라면 이미 칠웅문의 문주들은 이 세상 사람이 아니어야 할 겁니다. 당신의 무공은… 저의 사부님에 근접해 있습니다.”

추산은 여전히 초정을 경계하며 물었다. 그러자 초정이 잠시 추산을 바라보다 밖으로 이어진 동굴을 바라봤다.

“저곳까지 얼마나 되겠나?”

불쑥 초정이 엉뚱한 말을 물었다. 심각할 대로 심각해져 있는 추산으로선 그야말로 맥 빠지는 물음이 아닐 수 없었다.

"지금 절 놀리시는 겁니까?"

추산이 자신도 모르게 언성을 높였다.

"오해 말게. 자넬 놀릴 생각은 없어. 한 이십여 장 정도 될까?"

"무슨 생각을 하고 있는지 모르지만 그 정도 되겠군요."

"좋아. 그럼 지금부터 우린 아주 천천히 걷도록 하세. 저 입구까지 걸어가는 동안 자네가 궁금해하는 것을 말해주겠네. 하지만 아무리 천천히 걸어도 몇 마디 하지 못할 것 같군. 자, 가세."

말을 마친 초정이 앞서서 성큼 걸음을 옮기기 시작했다. 추산은 초정의 엉뚱한 행동에 당황하면서도 얼른 그의 뒤를 따랐다.

"망혼벽에서 떨어진 나는 또다시 살아났네. 이번에는 백사장에 누워 있더군. 이후 십 년 동안 난 그들에게 복수할 무공을 연마했네. 처음부터 시작해야 했지. 난 애초에 무공이란 걸 익히고 있지 않았으니까. 처음에는 검을 들어 단 열 번을 휘두르기도 힘들더군. 하지만 그 낯설던 검도 삼사 년이 지나자 어느덧 익숙해지더군. 그즈음 되어 난 놈들을 찾는 것과 무공 수련을 함께하기 시작했네. 천하를 떠돌았지. 그들이 과거 표행으로 다녔다고 말했던 모든 곳을 뒤졌네. 그리고 결국 이 년 전에 이곳 등주에서 칠웅문이란 제법 그럴듯한 문파를 세운 놈들을 발견했네. 하지만 복수를 할 수는 없었네. 왜냐하면 내가 그동안 익힌 무공이란 것이 그들에 비하면 그야말로 하잘것없는 것에 지나지 않았으니까. 솔직히 난 그때 내공이란 것에 대해서도 제대로 알지 못했네. 다만 강호의 뒷골목이나 전전하는 흑도 나부랭이들처럼 병기의 날카로움에 익숙해져 있을 뿐이었지.”

“그런데 어떻게 지금은?”

추산이 자신도 모르게 물었다. 아무리 천재적인 무공을 지닌 사람이라도 내공의 기초도 없었던 인물이 이 년 후 천하팔대고수의 경지에 이를 수는 없는 일이었다.

“과거 아버님께서는 초가장의 비밀 서고를 보여주면서 또 하나의 금기를 말해주셨지. 그건 초가장의 시조, 그러니까 칠무객 초광이란 양반의 뿌리를 찾지 말라는 거였어. 일대고수와 일대마인을 오가며 하북에서 활동할 때의 흔적 말일세. 하지만 도저히 그 일곱을 상대할 자신이 없던 나는 결국 칠무객이 하북에서 활동할 때의 거처를 찾았네. 그리고 그곳에서 한 가지 무공을 얻었지. 초가장의 비밀 서고에는 없었던 무공을 말일세. 그리고 그 무공은……”

초정이 말꼬리를 흐렸다. 빛이 이미 두 사람의 발끝에 와 닿아 있었다. 추산은 괜히 마음이 급해져 발걸음을 멈추고 초정의 마지막 말을 기다렸다.

“그 무공은 칠무객 초광을 일대마인으로 만든 바로 그 무공이었네.”

“그 무공이 오늘의 당신을 만든 건가요?”

“그렇다네. 그 무공으로 난 복수를 꿈꿀 수가 있게 된 것일세.”

“정말 대단한 무공인가 보군요. 천하의 어떤 무공도 평범한 무사를 단 이 년 만에 천하팔대고수의 경지로 끌어올릴 수는 없을 텐데요.”

추산이 의심 어린 표정으로 말했다. 그러자 초정이 어깨를 한번 으쓱하고는 추산을 돌아봤다.

“내 말을 믿고 안 믿고는 자네 마음일세. 하지만 어쨌든 내가 말한 것은 사실일세. 자, 이제 우린 밖으로 나왔군. 그리고 각자 갈 길을 가야 할 것이고 말일세.”

“그 무공의 이름이 뭐죠?”

추산은 여전히 초정이 익힌 무공에 집착하고 있었다. 이름이라도 알아둔다면 나중에라도 사부에게 그 무공의 실체를 물어볼 수 있을 터였다.

“본시 특별한 이름은 없는 무공이라네. 무인으로서의 칠무객 초광의 광기가 만든 무공이랄 수밖에는…….”

“이름도 없는 무공이라…….”

“굳이 이름을 붙이라면 난 그 무공을 백일검(百日劍)이라고 부르겠네.”

“백일검(百日劍)이요? 왜죠?”

“이유는 묻지 말게. 그나저나 한 가지 부탁하고 싶은 게 있네.”

“제게 말입니까?”

초정이 고개를 끄덕였다.

“칠웅문을 떠나라는 건가요?”

“그건 아닐세. 내가 살아 있다는 것을 알면 분명 그들은 자네에게 더 큰 금전을 안기며 칠웅문에 남아 있기를 부탁할 걸세. 왜냐하면 자네만이 나의 기운을 발견할 수 있을 테니까. 그들은 아마도 다시 한 번 날 함정에 몰아넣어 주길 바랄 걸세. 청부업자인 자네로서는 거부할 수 없는 큰 금자를 걸지도 모르지.”

“부탁할 게 뭐죠?”

추산이 재차 물었다.

“그들 세 명과 나만이 만날 수 있는 함정을 다시 한 번 만들어달라는 것일세. 지난번처럼 말이야.”

그러자 추산이 의아한 눈으로 초정을 바라봤다.

“스스로 함정에 빠지겠다는 건가요?”

“뭐, 함정이라면 함정이고… 하지만 어쨌든 우리 네 사람은 어떤 식으로든 끝을 봐야 하니까…….”

“만약 제가 거절한다면요?”

“그럼 또다시 칠웅문은 피에 잠기겠지.”

“훗, 칠웅문 식솔들의 목숨을 가지고 날 협박하는 건가요?”

“좋을 대로 생각하게.”

미소까지 짓는 초정을 추산이 노려봤다. 이것은 명백한 협박이었다. 자신의 말대로 움직이지 않으면 칠웅문의 전 문도를 죽이겠다는… 그리고 추산이 볼 때 그의 무공이라면 그럴 능력은 충분했다.

“생각해 보죠.”

그 정도의 대답이 추산이 할 수 있는 최선의 대답이었다. 그러자 초정이 정색을 하며 추산에게 말했다.

"만약 내 말대로 자네가 나와 그들 세 사람이 만날 수 있는 기회를 마련하겠다면 이달 보름까지 우릴 만나게 해줘야 하네. 앞으로 열흘 정도 남았군. 그날이 지나면 난……."

초정이 말꼬리를 흐렸다. 추산의 시선이 자연스럽게 초정에게 향했다.

"그날이 지나면 난 칠웅문을 피바다로 만들 걸세. 내가 어둠을 타고 움직인다면 칠웅문의 아무도 날 막지 못할 걸세. 그러니 그들이 그나마 날 제거할 기회를 잡고자 한다면 살아남은 그 세 명이 지난번과 같은 갇힌 공간에서 날 협공하는 것뿐일 걸세. 그럼 잘 가게나, 젊은 친구. 그동안 즐거웠네."

초정이 그 말을 남기고는 훌쩍 몸을 날려 동굴을 벗어났다. 추산이 재빨리 그의 뒤를 따라 동굴 밖으로 나섰지만 초정은 이미 우거진 숲 속으로 사라지고 보이지 않았다.

"완전히 제멋대로군."

추산이 쓴침을 뱉어냈다. 그리곤 잠시 주변을 두리번거렸다. 멀리 칠웅문의 전각들이 아스라이 눈에 들어왔다. 추산은 마치 갈 길을 잃은 사람처럼 한동안 그 자리에 서 있었다. 그렇게 일각이 흐른 뒤 추산이 서서히 움직이기 시작했다. 그가 움직인 방향은 칠웅문 쪽이었다.

"잘 생각했네."

추산이 몇 걸음 옮기지 않았을 때 갑자기 숲 속에서 초정의 목소리가 들려왔다. 아마도 추산이 어찌 움직이나 지켜보고 있었던 모양이었다. 추산이 칠웅문을 향해 움직인다는 것을 그는 자신의 제안을 받아들인 것으로 해석한 모양이었다.

"흥, 지켜보고 있었군요. 하지만 아직 난 당신의 부탁을 들어줄지 결정하지 않았다고요!"

추산이 신경질적으로 소리쳤다.

"그런 말 말게. 내가 본 자네는 애꿎은 칠웅문의 전 문도를 죽음에 몰아넣을 사람이 아니야."

"난, 강호 대협이 아니에요. 그저 돈에 팔려 다니는 황금충일 뿐이라구요."

"하하하, 이미 말했듯이 그들로부터 적지 않은 금자도 우려낼 수 있을 걸세. 그들과 만나는 곳에 자네는 있어도 좋네. 우리의 끝을 보아줄 누군가 한 사람쯤 있는 것도 좋을 듯하니. 그럼 보름날 보세나. 좋은 구경을 하게 될 걸세."

초정의 마지막 목소리는 아주 멀리서 들려왔다.

"칫, 망할 양반, 이번엔 정말 가버린 모양이군."

추산이 초정의 목소리가 들려온 방향으로 시선을 주었다. 하지만 어디에서도 초정의 기운을 느낄 수 없었다. 잠시 후 추산이 다시 걸음을 옮기기 시작했다. 내심 그의 마음속에는 어쨌든 이번 일을 끝내야겠다는 결심이 서고 있었다.

第九章

욕망의 장원

추산은 천천히 걸음을 옮겼다. 칠웅문으로 향하는 숲은 이 직 새벽의 정적이 꼬리를 남기고 있었다. 새벽같이 움직였기에 송림에서 외부로 통하는 동혈을 나섰을 때는 아직 풀잎에 이슬이 남아 있었다.

굳이 서두를 것이 없었다. 어쩌면 아직 칠웅문은 잠에서 깨어나지 않았을지도 몰랐다. 아니, 이미 해가 떴으니 타고난 게으름뱅이가 아니면 모두들 하루를 시작하고 있을 시간이긴 했다. 하지만 어쨌든 칠웅문과 그 주변의 숲은 완전히 잠에서 깨어나 있지 못했다.

'경치는 참 좋단 말이야. 좋은 곳에 자리를 잡았어. 하지만 이제 곧 무림의 역사 속으로 사라져 버릴지도 모르는 곳이지.'

추산이 칠웅문을 바라보며 생각했다. 당금의 칠웅문은, 그러니까 흉수 초정이 나타나기 전의 칠웅문은 분명 최고의 전성기를 향해 달려가고 있었다. 아마도 초정이 나타나지 않았다면 금년이 가기 전에 북천무맹이든 동궁이든 강호의 절대세력의 중심에 들어가 있었을 칠웅문이었다.

'하지만 이제는 문파의 존망을 걱정해야 할 때지.'

추산이 생각하기에 칠웅문의 몰락은 어쩌면 정해진 수순일수도 있었다. 그가 경험한 초정의 무공은 칠웅문의 세 문주 개개인이 감당할 수준이 아니었다. 강호에서 절대고수 한 명의존재가 지니는 무게를 생각할 때, 칠웅문의 문도가 수백에 이른다 해도 초정 하나를 감당할 수 없을지도 몰랐다. 기대할 것은 역시 세 문주의 합공뿐, 무저곡의 정상에서도 칠웅문 문주의 합공은 초정을 나락으로 떨어뜨렸었다. 다시 추산이 그를완벽한 함정으로 끌어들이고 칠웅문의 세 문주가 전력을 다해합공에 나선다면 그나마 승리를 기대할 수 있을까.

'하지만 그건 내 몫이 아니지.'

추산이 생각했다. 그런 유의 싸움에서 자신이 더 이상 칠웅문을 도울 수는 없었다. 추산이 할 수 있는 최선의 길은 역시이 일의 당사자들, 칠웅문의 세 문주와 흉수 초정을 만나게 하는 것, 그리고 그들 스스로 자신들의 운명을 결정하게 하는 것이었다. 하지만…

살아 있는 칠웅문 세 문주의 무공은 확실히 강호일절이라할 만큼 뛰어나다. 하지만 추산이 생각하기에 그들 셋이 힘을 합친다 해도 초정을 제압할 수 있을 것 같지는 않았다. 초정이 보여준 그 극강의 공력…….

'도대체 그 백일검이란 무공은 어떤 것일까? 이제 생각해 보니 그는 내가 처음 그를 본 이후 다시 볼 때마다 무공이 강해져 있었던 것 같군. 그것도 괄목상대하게 말이야. 정말 수수께끼 같은 인물이야. 잘못하다간 머지않아 천하제일인이 되어버리는 것은 아닐까?'

추산이 초정의 무공을 생각하며 다시 고개를 저었다. 그의 상식으로 받아들일 수 없는 무공의 진보를 보이는 초정이 점차 두렵게까지 느껴지는 것이었다.

'어쨌든 만약의 경우 세 문주가 죽으면 칠웅문은 와해되겠지. 내가 보기에 칠웅문의 후예들 중 칠웅문 일곱 문주만큼 뛰어난 자가 없었어. 칠웅문의 일곱 문주는 후인을 키우는 것에는 별로 관심이 없었던 것 같군. 후후, 그리고 보니 후인에게 무공을 전수하는 것조차 인색할 만큼 이기적인 사람들이었단 말인가?'

추산이 씁쓸한 미소를 지었다. 아침 햇살 속에 늘어선 칠웅문의 거대한 전각들이 사상누각처럼 느껴졌다. 그리고 어느새 추산은 칠웅문의 정문에 도착해 있었다.

'뭐지, 이건?'

그런데 칠웅문의 정문에 도착한 추산은 기이한 상황에 맞닥뜨렸다. 몇 번 드나든 칠웅문의 정문, 그 정문의 경비가 처음 흥수 초정이 나타나 칠웅문을 위협할 때보다도 더욱 강화되어 있었던 것이다.

'다른 문파와 전쟁이라도 난 것인가?'

더군다나 정문을 지키는 무사들의 모습 또한 잔뜩 긴장해 있어, 마치 곧이라도 싸움터로 향할 사람들처럼 보였다. 아니, 어쩌면 그들의 눈에서 작은 흥분조차 느껴지는 것 같았다.

"어디서 오시는 분이오?"

추산이 모습을 나타내자 정문을 지키고 있던 경비무사 중 둘이 재빨리 추산의 앞을 가로막으며 질문을 던졌다. 무저곡으로 떨어지기 전 서항아의 거처에 주로 머물렀던 추산이었기에 그의 얼굴을 모르는 칠웅문의 문도도 적지 않았다.

"아니, 추 소협이 아니십니까?"

그런데 마침 경비무사 중 추산을 알아보는 자가 있었다. 추산이 막 자신의 신분을 밝히려 할 때 다른 무사들보다 화려한 무의를 입은 이십대 중반의 무사가 앞으로 달려나오며 소리쳤다.

"서린 대협이셨군요."

추산이 자신을 알아보고 달려오는 이십대 중반의 사내를 향해 포권을 해 보였다. 사내의 이름은 서린, 칠웅문의 문주 서황우의 아들로 서황우의 뒤를 이을 후계자였다. 또한 서항아에게는 하나밖에 없는 혈육이었다. 추산이 서항아의 처소에 기거할 때 이미 안면을 익힌 인물 중 하나였다.

"대체… 이게, 이게 어찌 된 일입니까? 살아계셨습니까?"

서린이 놀란 눈으로 추산의 두 손을 잡으며 감격에 겨워 말했다.

　‘역시 정이 많은 사람이야. 아! 어찌하여 서 대협이나 서 소저 같은 사람이 아버지를 잘못 두어 이런 어려움을 겪어야 하는 것일까?’

　추산이 내심 가슴 한쪽이 뭉클거리는 것을 느꼈다.

　“천우신조로 목숨을 건졌습니다.”

　“살아계셨으면 바로 본 문으로 오시지 않고 어찌 이리 늦게 오셨습니까?”

　“무저곡이 깊기는 깊더군요. 빠져나오는 길을 찾기 어려워 여러 날이 걸렸습니다.”

　“그러셨군요. 어쨌든 다행입니다. 이렇게 살아계시니. 추 소협이 일을 당하셨다는 소식에 제 동생과 설 여협은 그만 거의 식음을 전폐하다시피 하고 있습니다.”

　“그런가요? 하하, 이 추산이 뭐라고 식음까지 전폐한답니까? 그런데 칠웅문에 무슨 일이 있습니까? 홍수가 나다녔을 때보다 더 경계가 삼엄해 보이는데…….”

　추산이 주위를 둘러보며 말하자 서린의 얼굴에 긴장감이 서렸다.

　“휴, 지금 본 문은 무척 중대한 기로에 서 있습니다.”

　“중요한 기로라뇨?”

　“지금 본 문에는 북천무맹과 동궁의 사람들이 와 있지요.”

　순간 추산의 눈이 커졌다.

　“북천무맹과 동궁의 고수들이 와 있다고요?”

“그렇습니다. 사실 흉수가 나타나기 전 우리 칠웅문은 북천무맹과 동궁 양쪽으로부터 자신들의 세력에 합류하라는 제안을 받고 있었지요. 가장 먼저 일을 당한 황 문주님께서는 그 일로 동궁에 다녀오던 길이었습니다. 그런데 때마침 흉수가 나타나는 바람에 어느 쪽에 몸을 담을지 결정할 수 있는 상황이 아니었습니다. 그래서 양쪽 모두에게 답을 주지 못하고 있던 차에 무맹과 동궁에서 직접 답을 듣기 위해 저희 칠웅문을 찾아온 것이지요.”

그제야 추산이 고개를 끄덕였다. 북천무맹과 동궁은 칠웅문에서 발생한 혈사를 모르고 있었으므로 대답이 길어지는 것을 기다리기 어려웠을 터였다.

“그렇게 된 일이군요. 그들이 도착한 지 얼마나 되었습니까?”

“오늘로 닷새째가 되어가고 있습니다.”

“아직 답을 주지 못한 모양이군요.”

“이는 워낙 중요한 일이고… 또 눈앞에 양파의 고수들이 있으니 문주님들도 쉽게 결정을 못하고 있습니다.”

“칠웅문으로서는 경사군요. 어느 쪽으로든 합류를 한다면 칠웅문의 위상은 크게 높아질 겁니다.”

“글쎄요. 이미 네 분의 문주님을 잃은 상태에서 좋아만 할 일인지는… 또한 한쪽에 합류하면 한쪽에는 적이 되는 것이니 마치 칼날 위에 서 있는 듯한 기분이기도 하고 말입니다.”

“듣고 보니 그도 그렇군요. 쉽게 결정할 일이 아니군요. 그런데 북천무맹과 동궁에서 어떤 인물들이 왔나요?"

"그것보다도 추 소협!"

서린이 추산의 질문을 가로막으며 추산을 바라봤다. 그러자 추산이 의아한 눈으로 서린을 바라봤다.

"달리 하실 말씀이라도?"

"추 소협께 기쁜 소식이 하나 있습니다."

"기쁜 소식이라뇨?"

추산이 고개를 갸웃거렸다.

"추 소협께서 보시면 무척 반가워할 분들이 칠웅문에 와 계십니다."

순간 추산의 눈빛이 살짝 변했다. 그가 보고 반가워할 인물은 강호에 그리 많지 않았다.

"설마……!"

추산이 기대와 의심이 뒤섞인 표정으로 서린을 바라봤다. 그러자 서린이 미소를 지으며 고개를 끄덕였다.

"맞습니다. 무불장의 대협들이 와 계십니다."

추산은 나는 듯 서황우의 장원으로 향했다. 길을 안내해야 할 서린이 오히려 그의 뒤를 따르고 있었다. 장원의 지리야 이미 익숙해져 있는 추산이었으므로 무불장의 식구들이 머물고 있다는 별채를 찾는 것은 어려운 일이 아니었다.

"대 형님!"

건장한 체구의 사내가 제법 너른 공터에서 장창을 이리저리

휘두르고 있다가 추산의 목소리에 황급히 고개를 돌렸다. 대웅산이었다. 그리곤 그 거대한 대웅산의 눈에 어린아이 같은 기쁨이 떠올랐다.

"추 아우! 과연… 과연 살아 있었군. 어허허!"

대웅산이 장대한 몸을 바람처럼 움직여 별채로 들어오는 추산에게 달려들더니 추산의 몸을 번쩍 들어 올렸다.

"아이고, 대 형님, 뼈 부서지겠어요."

"흐흐흐, 걱정 말게. 설마하니 이 대웅산이 추 아우의 뼈를 부러뜨리기야 하겠나? 아니지! 우릴 이렇게 마음고생시켰으니 어디 한군데 부러뜨려 주는 것도 괜찮을 것 같은데? 하하하!"

대웅산이 호탕한 웃음을 터뜨리며 짐짓 추산의 몸을 감싼 두 팔에 힘을 줄 때 뒤쪽에서 낮지만 힘이 있는 목소리가 들려왔다.

"누가 내 사제의 뼈를 부러뜨린단 말인가?"

"사형!"

대웅산에게 허리를 잡혀 허공에 들려 있던 추산의 얼굴에 반가움이 떠올랐다. 별채의 문이 열리며 익숙한, 그리고 이번 청부를 수행하며 곤란한 순간마다 떠올랐던 얼굴이 그곳에 있었다.

"살아 있을 줄 알았다."

고검이 추산을 향해 고개를 끄덕여 보였다.

"사부님은요?"

"설연장으로 돌아가셨다. 사부님을 모셔다 드리고 무불장에 돌아왔을 때 칠웅문으로부터 네 소식을 전해 들었구나. 그래서 바로 이곳으로 왔지. 오늘부터 무저곡 아래를 돌아볼 생각이었다. 물론 정말 네가 죽었을 거라고는 생각지 않았다.”

“사실 죽을 뻔한 것은 사실이죠.”

“자세한 이야기는 들어가서 하자꾸나.”

“그래요, 사형. 어? 조 노사께서도 오셨군요?”

마침 고검의 뒤를 따라 조오현도 모습을 보이고 있었다.

“살아 있었군. 다행일세.”

조오현이 무뚝뚝하지만 입가에 가는 미소를 한줄기 지으며 말했다.

“헤헤, 이거 여러 사람 고생시키네요.”

“자, 들어가자.”

고검이 추산의 어깨에 손을 올리며 말했다.

고검과 추산, 그리고 조오현과 대웅산 네 명의 무불장 고수들이 편안한 자세로 앉아서 두런두런 이야기를 나누고 있었다. 하지만 이야기를 나누는 네 사람의 표정이 그렇게 편해 보이지는 않았다. 추산에게서 칠웅문의 일곱 문주의 과거와 흥수 초정에 대한 이야기를 전해 들었기 때문이었다.

“그래서 그는 여전히 칠웅문을 멸문시키겠다는 것이냐?”

고검이 물었다.

“제게 한 가지 제안을 하더군요.”

“너에게?”

"그래요, 사형. 만약 이번 달 보름 전에 자신과 칠웅문의 세 문주가 다른 사람의 방해를 받지 않고 만날 수 있는 기회를 만들어준다면 칠웅문의 다른 사람들을 건드리지는 않겠다고 하더군요."

그러자 고검이 뭔가를 생각하다 문득 입을 열었다.

"쉽지 않은 일이구나?"

"제가 생각하기에는 그리 어려울 것 같지도 않은데요? 처음부터 칠웅문의 문주들은 다른 사람이 자신들의 과거를 아는 것을 원치 않았지요. 그래서 제가 만든 진에서 그를 상대할 때에도 문도들을 동원하지 않고 자신들만 나선 것이었거든요."

"그때와 지금은 사정이 조금 다르다."

"사정이 다르다뇨?"

"들었는지 모르겠지만 지금 이곳에는 북천무맹과 동궁의 고수들이 와 있단다."

"그들이 와 있는 게 무슨 상관이죠? 오히려 칠웅문 문주들은 그들이 자신들의 과거를 알지 못하길 바랄 텐데요?"

"하지만 두 세력은 그렇지 않을 게다. 그들은 어떡하든 칠웅문을 자신들의 세력으로 끌어들이려 할 테니 분명 흉수를 제거하는 데 힘을 보태고 싶어할 거다. 칠웅문으로서도 무턱대고 그들의 도움을 거절할 수는 없을 테고……."

"그런데 북천무맹과 동궁에선 어떤 인물들이 와 있죠?"

"북천무맹에서는 청광성의 단주 황보숭이, 동궁에서는 현각의 각주 손통백이 나왔다. 가히 당금 무림의 최고 권력자들이라 할 수 있는 인물들이다. 또한 그들의 무공은 천하팔대고수에 버금간다고 알려진 인물들이지.”

“무맹의 청광성과 동궁의 현각은 저도 들어본 것 같아요. 무맹의 청광성은 묵천성과 함께 무맹을 이끄는 쌍두(雙頭)이고 동궁의 현각(玄閣)은 동궁 삼각 오대 중 삼각에 속하는 곳이죠?”

“잘 알고 있구나. 북천무맹의 묵천성이 어두운 곳에서 일을 한다면 청광성은 밝은 곳에서 활동하는 북천무맹의 공식적인 무력 조직이다. 그 인원만도 절정고수 오백이 몰려 있다고 하지. 이곳에 온 황보숭은 그 청광성을 이끄는 사람이고. 동궁의 현각은 신비롭기가 강호제일인 조직이다. 동궁 내에서도 현각에 속한 인물이 누구누구인 줄 모른다고 하더구나. 손통백은 그곳의 수장이니 역시 동궁 최고의 수뇌라고 할 수 있다. 이들 두 사람이 이곳에 왔으니 무맹이나 동궁 모두 이 칠웅문을 얼마나 중하게 생각하는지 알 것이다. 그러니 그들이 흉수가 칠웅문의 세 문주를 해치는 것을 두고만 보겠느냐?”

그러자 추산이 고개를 저으며 말했다.

“그들은 아직 흉수의 무공을 정확히 모르지요. 제가 말하지 않는다면 흉수가 천하팔대고수에 육박하는 무공을 지녔다는 것을 알지 못할 거예요. 그리고 사실 초정 그자의 무공이 대단하긴 해도 세 문주의 합공을 이겨낼지는 확실치 않고요. 승패는 누구도 모르는 일이라는 거죠. 그러니 세 문주가 흉수를 자신들이 상대하겠다고 공언하면 굳이 그들이 싸움에 끼어들 이유가 없지 않겠어요?"

"하지만 옆에서 지켜볼 수는 있겠지. 그리고 세 문주가 과연 자신들만으로 흉수를 상대하려 들겠느냐? 그들은 이미 흉수와 겨뤄본 사람들인데……."

"말씀드렸지만 초정 그 사람의 무공은 정말 불가사의해요. 분명 무저곡 위에서 칠웅문의 문주들과 싸울 때는 그렇게 강하지 않았다고요. 물론 그때도 강하긴 했지만 제가 엄두도 못 낼 정도는 아니었지요. 무저곡에서 그가 추락한 것도 결국 칠웅문 문주들의 합공을 버텨냈지 못했기 때문이고요. 그러니 당연히 칠웅문 문주들은 다시 그를 상대한다 해도 다른 사람의 힘을 필요로 하지 않을 거예요."

"그럼 문제는 결국 무맹과 동궁의 고수들이 우연히라도 이 일에 간섭하는 것을 어떻게 차단하느냐에 달렸겠구나."

"일단 처음부터 그들이 관여하지 않는다면 제게도 생각이 있어요."

그러자 고검이 조금은 걱정스런 눈으로 추산을 바라봤다.

"넌 정말 이 일에 제대로 관여할 생각이구나. 하지만 그건 청부업자로서 좋은 태도가 아니야."

"물론, 저도 새로운 청부가 들어오기 전에는 움직일 생각이 없어요."

"새로운 청부?"

"제가 그자와 함께 송림에서 지냈다는 것은 여기 있는 무불장의 식구들 말고는 아무도 몰라요. 아마도 칠웅문의 세 문주는 흉수가 죽은 것으로 알고 있을 거예요. 그리곤 무척 기쁜 나날들을 보내고 있겠지요. 비록 네 명의 동료가 죽었지만 살아남은 자신들은 이제부터 북천무맹이나 동궁의 한 일파로서 성세를 이어갈 테니 말이에요. 제가 살아온 것이 조금 마음에 들지는 않겠지만요.”

“왜 그들이 네가 살아온 것을 좋아하지 않을 거라 생각하느냐?”

“왜냐하면 그들이 무저곡 위에서 흉수를 상대할 때 제가 그들과 흉수 사이의 일을 어느 정도 알아챘을 거라 생각할 테니까요. 전 아직도 기억이 생생해요. 제가 무저곡으로 떨어져 내릴 때 그들의 표정을 말이에요. 그건 뭐랄까 의도하지 않은 소득을 얻은 표정이랄까 그랬었지요. 도움의 손길 같은 것은 뻗어낼 생각도 없었고요.”

“저런 죽일 놈들이 있나? 우리가 도착했을 때는 마치 자신들의 친인을 잃은 듯 슬픈 표정을 해 보이던 작자들이!”

대웅산이 노한 목소리로 소리쳤다.

“본래 그런 자들이니 너무 흥분하지 마세요, 대 형님. 어쨌든 곧 초정 그 사람은 자신이 살아 있다는 것을 어떤 식으로든 칠웅문의 세 문주에게 알릴 것이고… 그리되면 그들은 당연히 또다시 날 찾아야 할 거예요. 물론 이번에는 조금 더 비싼 청부금을 가지고 말이지요.”

추산이 득의한 미소를 지으며 말했다.

“얼마나 받아낼 생각이냐?”

"워낙 하는 짓들이 얄미워서 이번에는 한 금자 오백 냥쯤 부를 생각이에요. 그것도 선금으로요!"

그러자 고검이 놀라며 추산을 바라봤다.

"호! 넌 칠웅문의 기둥뿌리를 뽑을 생각인 거냐? 그렇게 되면 넌 이번 청부로 도합 일천 냥에 가까운 금자를 버는 것이야."

"흥, 그들은 그 정도는 내놔야 한다고요. 적어도 무저곡으로 떨어질 때 날 구하기 위해 애쓰는 모습만 보였어도 이렇게까진 하지 않았을 거예요."

"하지만 네 생각대로라면 그들은 흉수에게 죽임을 당할 가능성이 많지 않느냐? 그런 그들에게 너무 지나친 것 아니냐?"

"글쎄요. 꼭 그들이 죽을 거라고만 볼 수는 없죠. 초정 그 사람의 무공이 대단하기는 해도 역시 칠웅문 세 문주의 합공도 만만치는 않을 테니까요. 누가 살고 누가 죽을지는 결과를 봐야 알 거예요. 그러니 저로서야 챙길 것은 챙기고 싸움 구경을 해야지 않겠어요?"

"휴, 네 생각이 그렇다면 네 생각대로 하려무나. 어차피 이번 청부는 너에게 주어진 것이니 말이다. 우린 그저 네가 하는 모양을 구경이나 하마. 그나저나 네가 살아왔다는 소식을 들었다면 당연히 널 보자는 말이 있어야 하는데… 이상하군. 여태 반응이 없다니……."

"흥, 그자들도 절 볼 면목이 없겠죠."

추산이 빈정거리듯 말을 하는 사이 갑자기 바깥이 소란스러

위졌다.

"호랑이도 제 말 하면 온다더니 누가 오긴 오나 보네요."

추산의 말이 끝나기도 전에 무불장 식구들이 모여 있는 방 문 밖에서 떨리는 여인의 목소리가 들려왔다.

"추 공자, 설상지예요. 들어가도 될까요?"

순간 추산이 자리에서 벌떡 일어나며 재빨리 방문을 열었다. 그러자 문밖에 잔뜩 흥분한 표정으로 설상지와 서항아가 서 있었다.

"아! 정말 살아오셨군요. 소식을 듣고 믿기지 않았었는데……!"

추산을 본 설상지의 눈이 이슬이 맺힌 듯 흐려졌다. 그 옆에 서 있던 서항아 역시 살아온 추산을 보고 못 믿겠다는 듯 두 손으로 얼굴을 감쌌다.

"아직 죽을 때가 아니라고 염라대왕이 돌려보내 주더군요."

추산이 흥분한 그녀들을 진정시키려고 짐짓 농을 해대며 그녀들을 안으로 맞아들였다.

추산의 귀환 소식은 칠웅문에 작은 파문을 일으켰다. 그간 무저곡에 떨어지고도 살아 돌아온 인물이 없었기에 칠웅문의 문도들은 저마다 추산과 무불장의 고수들이 머무는 별채를 기웃거리며 한동안 관심을 보였다. 그러나 그럼에도 불구하고 칠웅문의 살아 있는 세 문주가 추산을 청한 것은 추산이 복귀한 지 하루가 지난 후였다.

"보셨죠, 사형? 그들은 겉으로는 내 복귀를 기뻐하면서도 은근히 날 경계하는 것 같았지요?"

칠웅문의 세 문주를 만나고 나오며 추산이 고검에게 물었다.

"글쎄다. 뭔가 어색한 기운이 없는 것은 아니더구나."

"홍, 그리고 제가 죽었으면 당연히 청부금을 사형에게 주었어야 하는데 지금껏 청부금을 주지 않고 있다가 이제야 내놓다니, 만약 내가 돌아오지 않았으면 이 돈을 떼어먹었을 위인들이라니까요."

추산이 손에 든 묵직한 전표를 들어 올리며 중얼거렸다.

"그나저나 그들은 우리가 빨리 이곳에서 떠나주길 바라는 것 같더구나. 먼저 언제 떠날지 묻는 것을 보니 말이다."

"지금이야 제가 빨리 없어져 주길 바라겠죠. 하지만 곧 다시 날 찾게 될 거예요. 금자 오백 냥을 준비하고서 말이에요."

추산이 의미심장한 미소를 지으며 대답했다.

*　　　*　　　*

문주 네 명이 희생당하는 혈풍을 견뎌낸 칠웅문이 북천무맹과 동궁의 고수들을 손님으로 맞아들여 다시금 웅비의 부푼 꿈을 일으키려는 그때, 흉수 초정은 추산이 생각했던 것보다 과격한 방법으로 자신의 건재함을 알렸다.

고검 등이 칠웅문에 온 이후 거처를 서향아의 처소에서 별

채로 옮긴 추산은 아침부터 자신을 찾아온 서항아와 설상지에
의해 졸린 눈을 비비며 방문을 나섰다.

"무슨 일인가요?"

추산이 채 눈곱이 떨어지지 않은 표정으로 묻자 서항아가
사색이 된 얼굴로 입을 열었다.

"그가… 그가 죽지 않고 다시 나타났어요."

"그라뇨?"

"흥수 말이에요. 무저곡으로 추락했던 그 흥수요!"

서항아의 표정에 당황한 기색이 역력했지만 추산은 눈빛을
한 번 반짝인 후 이내 평정한 표정을 지은 채 물었다.

"그가 서 소저에게 다시 접근을 했습니까?"

"그렇지 않아요. 그는 다시 살검을 휘두르기 시작했어요."

순간 추산의 얼굴에도 놀람의 기색이 떠올랐다

'다시 살검을? 정말 못 말릴 위인이군. 그런 식으로 자신이
살아 있다는 것을 알릴 거라고는 생각지 못했는데… 하긴 그
게 제일 확실한 방법이긴 하지.'

추산은 초정이 적어도 보름까지는 살인을 저지르지 않을 것
이라 예상하고 있었다. 무저곡의 송림을 떠나며 자신에게 제
안한 칠웅문 세 문주와 자신만의 대결을 말할 때는 적어도 그
가 그때까지는 살인을 하지 않겠다는 의사를 표현한 것이라
생각했던 것이다. 그런데 초정은 추산의 예상을 비웃듯이 또
다시 살인을 저지른 것이다.

'날 압박하자는 생각일 수도 있겠지. 내가 자신의 제안대로

움직이지 않으면 살인은 계속된다는 것을 보여주기 위해서…
후후, 하지만 나도 사실 칠웅문의 전 문도가 죽든 살든 알 바는
아니거든! 나에겐 아직 청부가 도착하지 않았어.'

그런 추산의 생각을 읽기라도 한 듯 서항아가 여전히 긴장
한 얼굴로 입을 열었다.

"그래서 세 분 문주께서 급히 추 소협과 무불장주님을 뵙자
고 하세요."

"저와 사형을요?"

추산이 되묻자 서항아가 고개를 끄덕였다.

'흠, 드디어 급하게 되었단 말인가? 하지만 그렇게 호락호
락 당신들 말대로 움직일 수는 없지.'

추산이 서항아와 설상지의 눈에는 보이지 않는 미소를 짓고
는 입을 열었다.

"사형께서는 항상 아침에 운공을 하시는 편이지요. 그리고
무불장의 누구도 그 운공을 방해할 수 없답니다. 그러니 사형
을 모시려면 조금 기다려야 할 거예요."

"하지만 지금 본 문의 사정이……."

"정 급하다면 세 분께서 이리로 오시면 되겠지요. 물론 문주
님들께서 오신다고 해도 사실 무불장에서는 더 이상의 청부를
받지 않을 생각인지라 사형이 어떤 결정을 내릴지 모르지
만……."

추산이 말꼬리를 흐렸다. 그러자 서항아의 안색이 파랗게
변하며 급히 고개를 끄덕였다.

“알겠어요. 제가 가서 문주님들을 모시고 올게요.”

말을 끝낸 서항아가 급히 몸을 돌려 별채를 벗어났다. 추산은 그런 서항아의 모습을 물끄러미 바라보며 생각했다.

‘서 소저 그대에게는 미안하지만 난 칠웅문의 문주들이 몹시 마음에 들지 않는다오. 그러니 그들이 나에게 바라는 것이 있다면 제법 비싼 대가를 치러야 할 것이오.’

그때 의미심장한 표정을 짓고 있는 추산을 보며 설상지가 조용히 입을 열었다.

“정말 더 이상 칠웅문을 돕지 않을 건가요?”

그러자 추산이 설상지를 돌아봤다. 두 사람의 관계는 지난 며칠간 묘한 긴장감을 유지하고 있었다. 설상지가 자신에게 호감이 있다는 것은 알고 있었지만 그가 무저곡에서 살아 돌아왔을 때의 설상지의 반응이란 몹시도 격렬한 것이었으므로 추산의 마음속엔 설상지에 대한 은근한 부담이 생겨나고 있던 중이었다.

“글쎄요. 결정은 사형께서 하시겠지요.”

추산이 대답을 둘러댔다.

“전 가능하면 추 소협께서 항아 동생을 도왔으면 좋겠어요.”

“서 소저만을 생각하면 그렇지만 솔직히 말해 칠웅문의 문주들은…….”

“혹시 제가 알지 못하는 다른 사실이 있는 건가요?”

설상지의 눈빛이 날카롭게 빛났다. 이럴 때 보면 설상지는 여지없이 북천십이룡의 고수로 돌아가는 것이었다.

'이래서 내가 설 여협에게 쉽게 마음을 열기 어렵다오. 당신은 여전히 강호 제일의 권력을 지닌 곳의 여인이고 난 한낱 황금충일 뿐이니 말이오.'

추산이 쓴웃음을 지으며 시인도 부인도 하지 않는 답을 흘려냈다.

"글쎄요. 그저 그들에 대한 느낌이 설 여협과는 다르다고 해 두죠."

그렇게 추산이 에둘러 설상지의 질문에 답을 회피하고 있을 때 한쪽 방문이 열리며 고검이 모습을 드러냈다.

"무슨 일이 있는 것이냐? 아침부터 소란스럽구나."

"이제 나오세요? 일이 있긴 있죠. 또다시 흉수가 사람을 해쳤다네요."

순간 고검의 눈빛이 살짝 변했다. 현재 추산이 흉수와 함께 지냈다는 것을 아는 사람은 무불장의 고수들뿐이었으므로 설상지가 있는 곳에서 함부로 그에 대해 이야기를 나눌 수 없었다.

"그가 살아 있었나 보군. 그런데 누가 죽었다더냐?"

그제야 추산은 흉수가 간밤에 누굴 죽였는지조차 알고 있지 못하다는 것을 깨달았다.

"누굴 죽였나요?"

추산이 설상지에게 물었다. 그러자 설상지가 작은 미소를 지으며 대답했다.

"풋, 일찍도 물어보시는군요. 지난밤 죽은 사람은 묘엄 대문주님의 둘째 아들 묘문 대협이에요."

"묘 문주의 아들이라고요?"

추산이 놀라며 물었다.

"그래요."

"허, 알 수 없는 사람이야. 설마하니 묘 문주의 아들을 상대로 고를 줄이야."

추산이 절레절레 고개를 흔들며 말했다. 대문주 묘엄의 아들이라면 초정으로서는 자신이 살아 있고 공격이 계속될 것이라는 의사를 가장 확실하게 전했다고 할 수 있었다.

"마치 그를 잘 아는 것처럼 말씀하시네요?"

설상지의 말에 추산이 움찔하며 말꼬리를 흐렸다.

"아, 뭐 그가 무저곡을 떨어지기 전에 몇 번 부딪쳤었으니까요. 그나저나 사형, 곧 칠웅문의 세 문주가 이리로 올 것 같아요."

"흉수 때문에 말이냐?"

"맞아요. 그들은 새로운 청부를 할 생각인 모양이에요."

모든 일은 추산이 말했던 대로 진행되고 있었다. 흉수 초정이 살아 있다는 것이 알려진 이상 칠웅문의 문주들은 결국 무불장의 고수들을 찾아올 수밖에 없었을 것이다.

그때 별채 입구가 소란스러워지더니 일단의 무리가 안으로 들어섰다. 서향아의 안내를 받아 급하게 무불장 고수들의 처소로 온 칠웅문의 세 문주였다.

"어서 오십시오."

고검이 세 문주를 맞아들였다.

"아침부터 소란스럽게 해서 죄송하외다. 급히 상의드릴 일이 있어 이렇게 고 장주를 찾아왔소이다."

묘엄이 분노가 이글거리는 표정으로 고검에게 말했다.

"상의할 일이라면……?"

"이미 간밤에 본 장에서 벌어진 혈사에 대한 이야기는 들으셨으리라 생각하오만……?"

"아드님의 일은 정말 유감입니다."

고검이 가볍게 고개를 숙여 보였다.

"해서 말인데 고 장주께서 좀 도와주셔야겠소이다."

순간 고검과 추산의 얼굴이 살짝 굳어졌다. 아무리 다급한 상황이라도 이런 식의 말투는 상대에 대한 예의에서 한참이나 어긋나는 것이었다. 고검의 표정이 굳어지는 것을 본 묘엄이 아차 하는 표정을 지었다. 하지만 이미 엎질러진 물, 그저 고검의 대답을 기다릴 뿐 그도 달리 자신이 한 실수를 주워 담을 방법은 없었다.

고검은 굳어진 표정 그대로 한동안 생각에 잠겼다가 조금 불쾌한 목소리로 불쑥 추산에게 말을 던져 냈다.

"처음부터 네가 고집해서 맡았던 일, 네가 알아서 결정하거라. 또한 새로운 청부를 받아들인다 하더라도 나와 웅산, 그리고 조 노사는 이 일에 관여치 않을 것이다."

그러자 추산이 무척 조심스런 표정으로 고검에게 대답했다.

"죄송해요, 사형. 괜히 저 때문에 이런 복잡한 일에 말려드시게 해서요."

"죄송할 것 없다. 어차피 네가 해결할 문제니까."

고검의 대답이 얼음처럼 차가웠다. 그러자 불편해진 것은 추산이 아니라 오히려 급하게 들이닥쳐 자신들의 청을 요구하듯 내뱉은 묘엄과 다른 두 명의 문주들이었다.

"미안하게 되었네, 추 소협. 급한 마음에 예의를 차리지 못해 자넬 곤란하게 하였나 보네. 무불장주께서도 그만 노여움을 풀어주시구려. 이 묘엄이 큰 결례를 범했소이다."

묘엄이 고검을 보며 미안한 표정으로 말하였지만 고검의 표정은 전혀 풀리지 않았다.

"미안해하실 것 없습니다. 본시 강호의 황금충이란 만인의 멸시를 받기 마련이지요. 말씀드렸듯이 이번 일은 제 사제와 상의하십시오. 전 그럼 이만 들어가 보겠습니다."

말을 마친 고검이 누가 말릴 사이도 없이 자신의 방으로 들어가 버렸다. 그러자 뒤늦게 장내에 나타난 대웅산이 무슨 일인지 몰라 두리번거리다 투덜거리며 고검의 뒤를 따라 들어갔다.

"도대체 누가 우리 장주의 심기를 건드린 거야? 아침부터⋯ 에이!"

그렇게 고검과 대웅산이 방으로 들어가자 장내에 잠시 어색한 침묵이 흘렀다. 하지만 역시 급한 쪽은 묘엄 등 세 명의 문주들이었다.

“추 소협, 이번 한 번만 다시 도와주시게.”

묘엄이 추산에게 고개라도 조아릴 기세로 말했다.

“글쎄요. 이미 청부는 지난번 무저곡 위에서 끝난 것으로 생각됩니다만⋯⋯.”

추산의 대답은 냉정했다. 당시 무저곡으로 떨어져 내릴 때의 기억이 그의 머릿속에 새삼스레 떠올랐기 때문이었다. 추락하는 그를 오히려 득의한 표정으로 바라보던 묘엄 등 세 사람의 얼굴은 잊을래야 잊을 수가 없었다. 또한 살아 돌아온 그를 대하는 세 문주의 냉랭함 또한 추산의 기억 속에 남아 있었다.

“물론 애초에 했던 청부는 추 소협이 완벽하게 수행해 주었네. 하지만 그자가 살아 돌아왔으니 다시 한 번 추 소협이 힘을 써주시게.”

“새로운 청부입니까?”

“그렇다네. 새로운 청부일세.”

그러자 추산이 뭔가를 곰곰이 생각하는 척하다가 이내 무겁게 입을 열었다.

“사실, 이번 청부는 제가 무리하게 욕심을 낸 청부라고 할 수 있습니다. 미처 무불장의 장주이신 사형의 허락도 받지 않고 서 소저의 청부를 받아 칠웅문에 온 것이니까요. 해서 청부금 자체도 평소 무불장이 수행하는 청부에는 턱없이 미치지 못하는 것이었죠. 물론 서 소저의 청부 이외에 칠웅문 문주님들께 받은 금자 삼백 냥의 청부는 제법 큰 것이지만 말입니다.

하지만 역시 무불장의 명성에는 조금 미흡한 금액이라고 할수 있지요. 해서 본 장의 장주님인 사형까지 와 있는 이상 가볍게 또 다른 청부를 수락할 수는 없습니다.”

“청부금이라면 지난번보다 더 낼 수도 있다네. 얼마면 청부를 수락하겠는가?”

“본래 본 장에서 받는 청부들의 대부분은 금자 오백 냥 이상이지요.”

추산이 금자 오백 냥이라는 말을 꺼내자 칠웅문의 문주들과 서항아, 그리고 설상지까지 표정이 변했다. 비록 칠웅문이 등 주제일문이기는 하지만 현재의 칠웅문에게 금자 오백 냥은 만만한 금액이 아니었다. 아니, 단 한 번 금자 오백 냥을 풀어내는 일이라면 그리 어려울 일도 아니었다. 하지만 현재 칠웅문은 재정이 몹시 어려운 상태였다. 계속되는 흉수의 공격으로 칠웅문의 외부 활동은 급격히 위축되어 있었고, 덕분에 흉수가 나타난 이후 칠웅문은 오로지 그동안 축적한 재물로 문파를 유지해 나가고 있는 형편이었다. 더군다나 북천무맹과 동궁의 고수들까지 등장했으므로 문파의 위신을 세우기 위해 씀씀이를 줄일 수도 없는 상황이었다.

이런 시기에 금자 오백 냥은 칠웅문으로서도 적지 않은 금액이었다. 하지만 그렇다고 해서 추산의 요구를 거절할 수도 없었다. 문파의 재물이야 모든 것이 정상적으로 돌아오면 순식간에 복구할 수 있지만 흉수를 그냥 두고서는 문파의 존립 자체가 위험해지기 때문이었다.

“좋네. 오백 냥을 내지. 그럼 우릴 위해 움직여 주시겠는가?”

그러자 추산이 잠시 생각에 잠겼다가 고개를 끄덕였다.

“그리하지요. 물론 제가 또다시 칠웅문의 청부를 수락한 것을 알면 사형께서 큰 꾸지람을 내리겠지만, 이 추산도 한 번 시작한 일은 끝을 봐야 하는 성격이니까요.”

추산의 대답에 묘엄과 서황우, 그리고 오생인의 얼굴에 여유가 생겨났다.

“고맙네, 추 소협. 이제야 한시름 놓이는군. 그래, 언제 일을 시작하겠는가?”

“오늘 바로 시작하도록 하지요. 그리고 이번 역시 그를 세 분 문주님 앞에 데려오는 것으로 제 역할을 한정하겠습니다.”

“좋네. 그렇게 하게.”

“그런데… 혹, 저번처럼 세 분께서만 그를 상대하실 생각인지요? 아니면 칠웅문의 문도들 혹은 북천무맹이나 동궁의 고수들에게 도움을 청하실 생각이신지……?”

추산의 물음에 묘엄이 불쾌한 표정을 지으며 대답했다.

“지난번에도 놈이 무저곡으로 떨어지지만 않았다면 분명 내 도가 놈의 목을 베었을 것이네. 다른 사람들의 도움은 필요치 않아. 놈에 대한 복수는 우리 세 사람이 할 걸세.”

“알겠습니다. 그럼 그리 알고 준비하지요. 다른 사람들은 전혀 세 분과 흉수가 대결을 펼치는 것에 관여치 못할 것입니다.”

"그리 부탁하겠네. 필요한 것은 없는가?"

"이미 한번 함정에 빠졌었으니 그도 이번에는 무척 조심을 할 겁니다. 그러니 이번에는 저 혼자 은밀하게 함정을 파도록 하겠습니다."

"음, 알겠네. 그럼 추 소협만 믿겠네."

"참… 이번 청부대금은 선불로 주셨으면 합니다. 아무래도 사형을 설득하려면……."

추산이 말꼬리를 흐렸다. 그러자 묘엄의 이마에 몇 줄기 주름이 생겨났다. 하지만 거절할 수 없는 요구였다.

"알겠네. 돌아가는 대로 사람을 시켜 청부대금을 보내도록 하겠네."

"그럼 청부대금을 받는 즉시 일을 시작하도록 하지요."

추산과 묘엄의 시선이 허공에서 묘하게 엉켜들었다. 추산이 가볍게 고개를 숙여 보이자 묘엄 역시 고개를 끄덕이고는 이내 두 명의 문주들과 함께 별채를 벗어나는 것이었다.

묘엄은 약속대로 얼마의 시간이 지나지 않아 사람을 시켜 금자 오백 냥이 든 목함을 추산에게 보내왔다. 추산은 금자를 받자마자 흥수 초정과 칠웅문의 세 문주가 과거의 빚을 청산할 장소를 물색하기 시작했다. 고검은 여전히 숙소인 별채에서 움직이지 않았고 대웅산 역시 고검 옆을 지켰다. 그러나 조오현의 모습은 이후 별채에서 찾아볼 수 없었다.

추산은 마치 산보를 하는 사람처럼 어슬렁거리고 있었다.

금자 오백 냥짜리 청부를 받은 사람치고는 지나치게 여유있는 모습의 추산을 설상지와 서항아는 걱정스런 눈으로 바라보고 있었다.

흉수가 나타나 대문주 묘엄의 아들 묘문을 죽인 후 칠옹문은 다시금 팽팽한 긴장에 휩싸였지만, 이후 흉수의 종적은 묘연했다. 그러나 보이지 않는 살검에 대한 긴장감은 칠옹문 전체를 거의 공황 상태로 몰아가고 있었다. 그런데 정작 가장 바쁘게 움직여야 할 청부업자 추산이 빈둥거리고 있으니 설상지와 서항아가 추산의 행동을 걱정하는 것은 당연한 일이었다.

그렇게 추산이 청부를 받은 지 다시 오 일이 흐르고 보름이 이제 겨우 삼 일밖에 남지 않은 날 저녁, 추산이 드디어 오랜만에 분주한 움직임을 보이기 시작했다.

추산은 대낮부터 칠옹문에 부탁해 여러 가지 물건을 준비한 후 그것들을 들쳐 메고 칠옹문 일곱 문주의 장원이 늘어서 있는 칠옹문 뒤편 숲으로 들어갔다. 예전에 함정을 팔 때는 십여 명의 칠옹문 고수들의 도움을 받았으나, 이번에는 누구도 데려가지 않고 홀로 숲으로 향하는 추산이었다. 호위무사를 대동하라는 설상지와 서항아의 권유에도 추산은 그저 미소를 지어 보일 뿐이었다.

사박거리는 낙엽 소리가 사람의 귀를 즐겁게 만든다. 추산은 낙엽이 쌓인 숲을 홀로 걷고 있었다. 그는 등에 제법 큰 짐을 짊어지고 있었는데 그것들은 그가 낮에 칠옹문에 부탁해서

준비한 물건들이었다. 그렇게 숲으로 한참을 움직인 추산이
칠웅문으로부터 백여 장 떨어진 곳까지 이동하더니 지고 있던
짐을 털썩 내려놓았다. 그리곤 그 후부터 분주하게 주변을 뛰
어다니기 시작했다.

그렇게 얼마의 시간이 지났을까? 갑자기 추산의 모습이 숲
에서 사라지더니 이내 서서히 숲이 움직이기 시작했다. 숲은
마치 살아 있는 생명체인 양 서서히 자신의 모습을 바꾸더니
어느 순간 추산이 처음 숲에 도착했을 때와는 확연히 다른 모
습으로 변하는 것이었다.

그렇게 뒤바뀐 숲에서 불쑥 추산이 튀어나왔다. 그리곤 기
이한 형태로 변한 숲의 정경을 바라보며 만족한 듯 천천히 고
개를 끄덕였다.

그런데 그런 추산의 뒤쪽으로 어느 때부터인가 나무그림자
같은 검은 그늘이 드리워지기 시작했다. 그림자의 움직임은
너무도 자연스러워 추산은 그림자가 자신의 발끝에 와 닿을
때까지도 그림자의 움직임을 깨닫지 못하고 있었다. 해는 이
미 져 사위가 어둑했으므로 이 저녁의 그림자는 확실히 괴이
한 데가 있었다. 그런데 갑자기 더 괴이한 일이 벌어졌다. 한
순간 그 그림자로부터 사람의 목소리가 흘러나왔던 것이다.

"결국 내 제안을 받아들였군."

순간 추산의 몸이 딱딱하게 경직됐다. 하지만 추산은 이내
평정심을 되찾고는 천천히 입을 열었다.

"제법 심하게 살아 있다는 것을 알리셨더군요."

“그래야 그들이 확실히 움직여 줄 테니까.”

“그들 셋을 홀로 상대할 자신이 있나요?”

“후후, 자신이 없다면 도와줄 텐가?”

“그런 일은 절대 일어나지 않겠지요.”

“그렇겠지. 결과가 궁금하면 자네도 우리의 싸움을 지켜보도록 하게나. 자네가 만든 진이니 원하면 들어올 수 있지 않겠는가?”

“그렇군요. 기대하죠!”

짧게 말을 마친 추산이 순식간에 숲에서 벗어나기 시작했다. 그러자 추산과 대화를 나누던 그림자 역시 어둑해진 숲 사이로 서서히 사라지는 것이었다.

第十章

사자(死者), 그리고 유물(遺物)

팔방(八方)을 다시 그 배로 나누어 십육방(十六方)을 제어하고, 생문은 오직 한곳에 설치하여 일단 든 것은 결코 밖으로 나갈 수 없고, 그 생문마저 막아버리면 진 밖에서도 결코 진 안을 살필 수 없는 이 기진을 십육괘진(十六卦陣)이라 한다. 이 진을 펼치려면 먼저…….

추산이 초가장의 후에 초정과 칠웅문의 세 문주를 위해 준비한 진은 그의 첫 번째 사부 자운이 남긴 절진 중 십육괘진이라는 진이었다. 추산이 십육괘진을 고른 가장 큰 이유는 진 밖에서 진 안의 사정을 전혀 파악할 수 없기 때문이었다.

초정이 원한 대로 오직 초정과 칠웅문의 세 문주가 다른 사람들의 방해를 받지 않고 이 혈한을 끝내기 위해서 가장 적합

한 진이라고 할 수 있었다. 물론 제법 똑똑하다는 추산조차도 자운 노사가 남긴 서책의 한 귀퉁이를 차지하고 있던 십육쾌진의 진법이 가물거리기는 했지만…….

추산이 숲에 진을 펼치고 다시 삼 일이 지났다. 달은 미처 해가 서쪽 산으로 넘어가기도 전에 떠올라 흰 속살을 드러내고 있었다. 그날 밤을 대낮처럼 밝힐 보름달이었다.

추산은 묘엄과 오생인, 그리고 서황우와 그날 저녁을 함께하고 있었다. 고검 등 무불장의 고수들은 여전히 그들의 거처를 벗어나지 않았다. 고검이 선언한 대로 오직 추산 혼자의 힘으로 이번 청부를 끝내라는 듯…….

"놈이 언제 움직일까요?"

오생인이 조금 초조한 기색으로 묘엄을 보며 물었다.

"움직일 때가 되면 움직일 걸세."

묘엄은 별로 오생인과 대화를 나누고 싶어하지 않는 것처럼 보였다. 아들이 흉수에게 죽임을 당한 이후 묘엄의 말수는 극히 적었다. 아마도 추산에게 다시 청부를 넣던 그때가 그가 가장 오랫동안 입을 열었던 때일 것이다. 그런 묘엄의 상태를 알고 있는지 오생인도 더 이상 입을 열지 않고 말문을 닫았다.

지난 며칠간 칠웅문의 세 문주는 항상 함께 움직이고 있었다. 그들도 흉수 초정이 자신들을 노리고 있는 상황에서 홀로 움직인다는 것이 얼마나 위험한 일인지 알고 있기 때문이었다. 그리고 추산이 숲 속에 절진을 펼친 이후에는 추산 또한 거의 대부분의 시간을 이 세 명의 칠웅문 문주들과 보내고 있었다. 명목적으로는 홍수가 그들을 공격할 가능성이 가장 많기 때문이라고 했지만, 기실은 그들을 초정과 자연스럽게 만나게 만들기 위한 수순이었다.

"왠지 오늘쯤은 무슨 일이 벌어질 것 같군요."

과묵한 성격의 서황우가 오랜만에 입을 열었다. 추산은 칠웅문의 문주들과 함께 지내면서 왜 초정이 이 서황우에 대해서는 다른 칠웅문의 문주들과 다르게 생각하는지 알 수 있었다. 비단 그가 초정의 누이동생 초수연을 살려주었기 때문이 아니라 그의 성정이 다른 칠웅문의 문주들과는 달리 정대한 면이 있기 때문이었을 것이다. 물론 그 정대함 역시 십오 년 전 하나의 절대무공 비급에 대한 욕망을 제어하지는 못했지만…….

"느낌이 괴이한 것은 사실이군."

묘엄 역시 이번에는 서황우의 말에 대꾸했다.

'역시 직간이란 무서운 것인가? 오늘 당신들은 정말 그를 만나게 될 것이오.'

추산이 세 문주를 한 번 힐끗 둘러보고는 이내 멀리 장원 너머 펼쳐진 광대한 숲을 바라봤다. 아마도 저곳 어디에선가 초정이 자신들을 바라보고 있을 터였다. 그리고 그가 움직이면 추산도 움직일 것이고 칠웅문의 세 문주는 추산을 따라 오직 그들만을 위해 준비한 공간으로 들어가게 될 터였다.

'어쩌면 오늘이 당신들이 숨 쉬는 마지막 날이 될지도 모르니 이 달밤의 정취를 마음껏 즐기시구려.'

추산으로서는 비록 이들이 자신들의 욕망을 위해 한 가문을 멸절시킨 흉악한 사람들이긴 해도 어쩌면 이승의 마지막 날이 될지도 모르는 밤을 보내고 있는 세 사람에 대해 일말의 동정심이 생기는 것은 어쩔 수 없었다.

'하긴, 초정 그 사람이 죽을지 이들이 죽을지는 아무도 모르지.'

추산이 고개를 흔들며 세 사람에 대한 동정심을 떨쳐 내려는 순간 갑자기 그의 등줄기가 차갑게 굳어왔다.

'왔군!'

이 기운은 네 사람 중 오직 추산만이 느낄 수 있는 기운이었다. 굳이 천통지의 효용 때문이 아니라도 지금 초정은 오직 추산에게만 자신의 기운을 보내고 있었기 때문이었다.

"왔군요."

추산의 입이 조용하게 열렸다. 순간 묘엄 등 삼 인의 몸이 흠칫하며 순식간에 장내의 공기가 차갑게 식었다.

"어딘가?"

묘엄이 진득한 살기가 느껴지는 음성으로 물었다. 그러자 추산은 손을 들어 철웅조 오생인의 장원 뒤쪽으로 펼쳐진 참나무 숲을 가리켰다. 위치를 확인한 묘엄과 두 문주가 천천히 자리에서 몸을 일으켰다. 그러자 추산이 살짝 손을 들어 그들의 행동을 제지했다.

"좀 더 가깝게 오도록 놓아두죠. 제가 만든 함정으로 그를 몰아가려면 최소한 그가 십 장 안쪽에 있어야 가능할 겁니다."

추산의 말에 묘엄 등이 고개를 끄덕였다. 현재 흥수의 기척을 읽을 수 있는 사람은 오직 추산뿐이었으므로 흥수를 눈앞에 두기 전까지는 추산의 말이 절대적이었다.

"알겠네. 자네가 움직이랄 때 움직이지."

"진의 위치는 정확히 알고 계시겠죠?"

추산이 확인하듯 물었다.

"알고 있네. 흑오곡의 지형은 이미 우리 머릿속에 들어 있네."

"일단 그가 그 진 속으로 들어가기만 하면 이번 일은 그 안에서 끝을 보아야 될 겁니다. 끝을 보기 전에는 절대 그 진을 벗어날 수 없을 겁니다."

"다른 사람의 시선이 미치지 않았으면 좋겠네만."

"그도 역시 준비해 놓았지요. 누구도 진 안에서 무슨 일이 벌어지는지 무슨 이야기를 나누는지 알 수 없을 겁니다."

그러자 묘엄이 묘한 눈길로 추산을 바라봤다.

"새삼 느끼는 거지만 무불장의 저력은 정말 놀랍군. 고 장주는 한눈에 봐도 절정의 경지에 오른 고수이고 자네를 포함한 무불장의 고수들 역시 강호에서 흔히 볼 수 없는 무공을 지니고 있을뿐더러, 이런 함정을 만들 수 있는 진법까지… 소문으로만 들을 때는 과장이 없지 않을 거라 생각했는데 직접 보니 명불허전일세."

"제 미천한 재주야 무불장의 다른 고수 분들을 따라갈 수 없지요."

"그런 말 마시게. 추 소협의 무공과 재질은 이미 드러났으니… 이번 일이 끝나더라도 본 문과 좋은 친분을 유지했으면 좋겠군."

"청부업자와 친분을 유지하는 길은 오직 청부로 연결되는 것이지요."

"핫하, 알겠네. 내 일이 있으면 반드시 무불장을 찾겠네."

묘엄은 마치 모든 일이 끝난 듯 말하고 있었다.

'노인, 내일을 이야기하기 전에 오늘 당신 목숨이나 걱정하시구려.'

추산이 측은한 눈으로 묘엄을 한 번 보고는 벌떡 자리에서 일어났다.

"움직일 시간이군요."

"왔는가?"

"이제 곧 그의 모습을 보실 수 있을 겁니다. 그 이후는 문주님들의 몫입니다. 그럼!"

추산이 망설이지 않고 몸을 날렸다. 그의 신형이 한 마리 야조처럼 전각들의 지붕 위로 날아갔다. 그러자 서로 시선을 교환한 칠웅문의 세 문주가 연이어 추산의 뒤를 따라 움직이기 시작했다.

하나의 지붕을 날아 넘으며 추산이 검을 빼 들었다. 청명한 기운이 느껴지는 검신이 달빛을 받아 번쩍였다. 그리고 다시 하나의 지붕을 날아 넘으며 추산은 날카롭게 검을 뻗어냈다.

검끝이 향한 곳은 오생인의 장원과 묘엄의 장원 사이를 가르고 있는 담장 옆, 노랗게 물든 이파리를 무성하게 달고 있는 굵직한 은행나무 위였다.

파라랑!

추산의 검에 공력이 깃드는 순간 그의 검에서 맑은 파공음이 흘러나왔다. 그리고 그의 검이 향한 은행나무의 노란 이파리들이 허공으로 솟구쳤다.

순간 그 노란빛들 사이에서 한 무더기의 검은 그림자가 번개처럼 솟구치며 추산을 향해 덮쳐 왔다.

까가강!

맹렬한 검과 검의 충돌음이 터져 나왔다. 그리고 연이어 추산의 뒤쪽에서 한마디의 노성이 터져 나왔다.

"놈! 명이 길구나. 무저곡에서도 살아 나오다니!"

초정에게 아들을 잃은 묘엄의 눈은 살기로 번뜩이고 있었고, 그의 양옆에서는 서황우와 오생인이 묘한 합격진을 만들며 흉수 초정을 향해 닥쳐들었다.

순간 흑무에 싸여 있던 초정의 얼굴이 살짝 드러나는가 싶더니 그의 눈과 추산의 눈이 번개처럼 교차했다. 추산은 초정의 눈이 자신에게 미소를 짓고 있다고 느꼈다. 그리고 다음 순간 초정의 신형이 훌쩍 은행나무를 벗어나더니 숲을 향해 도주하기 시작했다.

"놈, 섯거라!"

흉수 초정의 뒤를 칠웅문의 세 문주가 그림자처럼 따라붙었다.

"흠, 이제 내가 할 일은 다 한 것이군. 과연 누가 살아남을 지……."

추산이 조금 허탈한 목소리로 중얼거리다가 이내 네 사람의 뒤를 쫓아 몸을 날렸다.

그런데 추산이 자리를 떠나자 어둠 속에서 두 무리의 인영들이 불쑥 모습을 드러냈다. 그들은 서로를 보고도 특별히 아는 척을 하지 않았는데 그렇다고 서로 적대시하는 것 같지도 않았다. 그렇게 잠시 은행나무 주위에 머물던 두 무리의 사람들은 잠시 후 추산 등이 사라진 쪽을 향해 몸을 움직이기 시작했다.

그런데 그들이 사라진 자리에 또 한 사람의 신형이 불쑥 솟아올랐다.

"과연 이패에서도 관심을 보이는군. 추 소협의 진이 제대로 움직여야 할 텐데……. 그나저나 추 소협의 무공은 그새 또 변한 것 같군. 굳이 내가 곁을 지키지 않아도 걱정할 일은 없겠어. 참으로 이상한 일이야. 비록 천검께서 제자를 들이실 때 그 재질을 면밀히 살폈다고는 하지만 장주도 그렇고 추 소협도 그렇고 무공의 발전 속도가 한결같이 범인의 상상을 뛰어넘으니, 어찌 두 사형제가 그렇게 닮았을까? 성격은 판이한데 말이야."

어둠 속에서 홀로 중얼거리는 사내는 추산이 칠웅문 세 문주의 청부를 받아들인 이후 별채의 숙소에서 모습을 감춘 무불장의 고수 조오현이었다. 그는 고검의 부탁을 받고 은밀하게 추산의 곁을 지키고 있었던 것이다.

"어쨌든 좋은 구경거리가 생겼으니 이 조오현 또한 구경을 마다할 수는 없지."

조오현이 주변을 스윽 한 번 둘러보고는 이내 어둠에 묻힌 듯 그 자리에서 사라졌다.

"놈! 언제까지 도망만 칠 것이냐?"

철웅조 오생인의 입에서 비웃음 섞인 노성이 터져 나왔다. 칠웅문의 장원에 침입했다 추산에 의해 발각된 흉수 초정이 칠웅문 세 문주의 추격을 피해 계속 도주하고 있기 때문이었다. 물론 가끔 도주를 멈추고 칠웅문의 세 문주와 몇 초식의 무공을 교환하기는 했으나, 그의 반격은 그렇게 적극적이지 못했다. 묘엄과 칠웅문의 두 문주는 그런 초정을 자신들이 원하는 방향으로 몰아가고 있었다.

흑오곡은 칠웅문 북쪽에 있는 작은 협곡이다. 평소에도 빛이 들지 않는 음습한 지역이어서 사람들의 발길이 끊어진 불모지였고, 밤낮으로 까마귀 떼들이 협곡 위를 돌고 있어 흑오곡이란 이름이 붙여진 곳이었다.

칠웅문의 세 문주는 흉수 초정을 그 흑오곡으로 몰아가고 있었다. 흑오곡에 들어서면 추산이 준비한 함정이 기다리고 있을 것이고, 그 함정에 초정을 몰아넣으면 그들은 드디어 십오 년 전에 시작된 흉수와의 질긴 악연을 끊어낼 수 있을 터였다.

그렇게 장원에서 시작된 추격전이 이각여의 시간 동안 계속됐다. 그리고 어느덧 흥수 초정의 눈앞에 달빛조차 들지 않는 음습하고 기괴한 협곡이 모습을 드러냈다. 하지만 초정은 어둠에 싸인 협곡으로 망설이지 않고 뛰어들었다. 그리고 그 뒤를 묘엄 등 칠웅문의 문주들이 매섭게 따라붙었다.

"원, 참 사람들 하고는 어떻게 단 한 번도 의심이란 것을 하지 않을까? 얼마 전만 해도 자신들과 대등한 싸움을 벌이던 자가 저렇게 줄기차게 도주만 하고 있는데도 말이야. 더군다나 이 흑오곡이란 곳은 아무리 무공고수라도 야심한 밤에는 들어서길 꺼리는 곳인데 조금의 망설임도 없이 흑오곡으로 뛰어드는 사람을 전혀 의심치 않다니……."

추산이 흑오곡 안으로 뛰어드는 칠웅문의 세 문주를 보며 혀를 찼다. 그리곤 잠시 그 자리에 서서 흑오곡 입구와 자신의 뒤쪽을 살폈다. 그러더니 입가에 묘한 미소를 지었다.

"역시 구경꾼들이 제법 있군. 하지만 이 싸움을 구경할 수 있는 사람은 오직 이 추산뿐이라고. 후후!"

그렇게 득의한 미소를 지어 보인 추산이 훌쩍 몸을 날려 앞선 사람들과 마찬가지로 흑오곡 안으로 사라졌다. 그리고 잠시 후 칠웅문의 장원에서 추산의 뒤를 따랐던 일단의 인물들이 역시 흑오곡 안으로 뛰어들었다.

추산에 의해 준비된 곳은 그 누구도 그것이 인공적으로 만

들어진 공간이란 것을 눈치 챌 수 없을 만큼 자연스러운 공터
였다. 뒤쪽은 절벽에 막혀 있고 나머지 삼면은 울창한 수림에
둘러싸인 곳에 반경 십여 장의 공간이 마련되어 있었다. 그리
고 그 안으로 거의 시차를 두지 않고 한 명의 검은 그림자와 세
명의 초로 고수들이 뛰어들었다.

"앞이 막혔으니 어디로 갈 것인가? 놈, 너는 또 한 번 우리의
함정에 빠져들었다. 오늘은 뛰어내릴 절벽도 없으니 지난번처
럼 요행을 바랄 수 없을 것이다."

철웅조 오생인이 비릿한 살소를 흘려내며 흉수 초정을 압박
했다. 그러자 초정을 싸고 있던 흑무가 한 겹씩 사라지더니 이
내 그의 전신(全身)이 세 사람 앞에 모습을 드러냈다.

"물론 나도 더 이상 이 싸움을 끌고 싶지 않다."

초정이 묘언 등 세 사람을 응시하며 차갑게 말했다. 그의 얼
굴에는 도주하다 길이 막힌 사람에게 으레 나타나야 하는 당
혹감이 전혀 나타나지 않았다. 생각해 보면 무척 이상한 일이
었지만 흉수를 함정에 몰아넣었다는 마음에 묘언 등 칠웅문
세 문주는 미처 그 사실을 깨닫지 못하고 있었다.

"죽을 자리를 찾았다니, 다행이구나. 이 흑오곡은 항시 까마
귀들이 들끓는 곳, 죽을 자리로는 좋은 곳이지."

묘언이 고개까지 끄덕이며 말했다. 그의 눈에서는 보통의
무림인이라면 쉽게 받아내기 어려운 살기가 연신 흘러나오고
있었다. 그런 묘언의 모습에 초정이 비웃듯 중얼거렸다.

"묘언, 너도 네 자식을 잃은 것이 슬픈 모양이구나. 난 네놈

에게는 심장이 없는 줄 알았는데… 그렇다면 이제 과거 내가 느꼈을 분노를 짐작하겠느냐? 또한 네놈들이 어떤 일을 저질 렀는지도……!"

"네놈과 과거의 일을 논하고 싶은 생각은 없다. 이미 우리는 서로가 서로를 죽여야만 하는 사이, 과거의 일을 논한들 무슨 소용이 있겠는가? 이제 남은 것은 누가 죽고 누가 사냐는 것 뿐!"

묘엄이 손에 든 도를 가슴 앞으로 끌어오며 냉랭하게 말했 다.

"후훗, 그런가? 그렇군. 과연 이제 살고 죽는 일만 남았군. 하지만 이 친구들아, 누가 죽든 피로 점철된 우리가 지옥에 가 야 하는 것은 불변의 사실이다. 바로 네놈들이 십오 년 전에 저지른 그 짐승 같은 짓거리 때문에 말이야."

마지막 말을 흘려내며 초정의 눈이 한순간 혈광으로 물들었 다. 동시에 손에 들고 있던 그의 검에서 세 줄기의 검기가 무 섭게 뻗어 나왔다.

"웃!"

초정의 공격을 가장 먼저 받은 오생인의 입에서 자신도 모 르는 사이에 기겁성이 흘러나왔다. 그리고 사정은 묘엄과 서 황우도 마찬가지였다.

쿠쿠쿵!

오생인과 달리 묘엄과 서황우는 중병인 도와 부를 사용하는 사람들이었기에 재빨리 병장기를 들어 올려 초정의 공격을 막았으나, 단 일합의 격돌로 그들은 서너 걸음이나 뒤로 물러나야만 했다. 그리고 그 한 번의 격돌 후 칠웅문 세 문주의 얼굴이 심각하게 굳어졌다.

"도대체 그동안 무슨 짓을 한 것이냐?"

묘엄이 의심 어린 눈으로 초정을 보며 물었다. 단 일합의 격돌에서 이미 묘엄은 초정이 과거 무저곡 위에서 겨루던 그가 아님을 깨달았던 것이다.

"왜? 겁이 나는가? 하지만 겁내지 말거라. 네놈들이 지옥 가면 너희들을 반겨줄 인물들이 꽤 있을 테니까!"

초정이 묘엄의 물음에 냉소적인 대답을 하고는 허공으로 몸을 띄워 올리며 다시금 칠웅문의 세 문주를 향해 공세를 펼치기 시작했다. 이미 한 번의 격돌로 초정의 무공에 대해 경각심을 일으킨 칠웅문의 세 문주도 전력을 다해 초정의 공격에 대응하기 시작했다. 그렇게 십오 년을 이어온 원한의 고리가 끊어질 마지막 싸움의 막이 올랐다.

'과연 초정 서자의 무공은 대단하구나. 백일검이라고 했던가? 도대체 어떤 비결이길래 이토록 빨리 무공이 진보한단 말인가? 송림을 벗어날 때와는 또 달라 보이는군.'

추산은 진과 진이 설치되지 않은 경계 지점에 교묘하게 몸을 숨기고 네 사람이 벌이는 사투를 구경하고 있었다. 그리고 네 사람의 싸움은 추산의 기대에 어긋나지 않게 대단한 것이었는데 특히 초정의 무공은 익히 그의 무공을 짐작하고 있던 추산으로서도 놀라지 않을 수 없을 만큼 뛰어난 것이었다.

그런데 그렇게 네 사람의 싸움을 구경하는 사이 진 밖의 어둠 속에서 불쑥 십여 명의 인물들이 모습을 드러냈다. 그런데 그들은 네 사람이 싸움을 벌이고 있는 진 앞에 도착했으면서도 전혀 네 사람이 싸우고 있는 곳을 발견하지 못했다. 오히려 그들이 쫓던 추산의 흔적을 잃어버린 듯 달빛조차 들어오지 않는 흑오곡을 두리번거릴 뿐이었다.

'흥, 이제야 도착했군. 북천무맹과 동궁의 손꼽히는 고수들이라니 어디 그들이 이 십육괘진을 알아채는지 볼까?'

추산이 흥미있는 표정으로 진 밖을 서성이는 인물들을 보고 있으려니까 그들은 한동안 주변을 헤매다가 어느 순간 그중 두 사람이 나서 다른 사람들의 행동을 멈추게 했다. 그리곤 추산의 귀에 두 사람의 입에서 흘러나온 목소리가 들려왔다.

"쓸데없는 고생을 했군. 진이 펼쳐져 있었어."

그는 육십을 넘긴 노인으로 보였는데 어둠 속에서 보아도 얼굴이 대춧빛처럼 붉었고 체구가 장대해 삼사십대 장년고수에 못지않은 몸을 지닌 자였다.

'북천무맹 청광성의 단주 황보숭이군. 권강의 고수라더니 소문대로 대단한 위압감을 지닌 자군. 더군다나 금세 진의 존재를 파악했으니 역시 늙은 생강이 맵다는 강호의 격언이 헛말이 아니구나. 그렇다면 그 곁에 서 있는 자는 동궁 현각의 각주 손통백이겠군.'

추산은 단번에 황보숭을 알아보고는 황보숭과 일정한 거리

를 두고 나란히 서 있는 또 한 명의 노고수에게 시선을 주었
다. 그는 흑의를 입고 있었으며 무척 마른 체구를 가진 자였는
데, 마치 어둠에 동화된 듯 신비로운 모습이었고, 두 눈이 몹시
맑아 어둠 속에서 별빛이 반짝이는 것 같았다.

"천검 능운백의 둘째 제자가 기지에 밝다더니… 지난 며칠
간 무엇을 하나 했더니 이곳에 흉수를 잡을 함정을 준비해 뒀
었군."

이번에는 신비로운 모습의 흑의 노인이 입을 열었다. 두 사
람은 대화를 나누는 것 같으면서도 혼잣말을 하는 사람들처럼
말을 하고 있었다. 그도 그럴 것이 지금 그들이 칠웅문에 있는
이유는 칠웅문을 자신들의 세력으로 끌어들이려는 것이었으
므로 사이좋게 대화를 주고받을 입장은 아니었던 것이다.

"주인이 문을 걸어 잠그고 들어오지 말라는데 들어갈 수야
없지."

또다시 흑의 노인, 동궁의 손통백이 무심한 목소리로 말했
다. 동궁은 진 안에 진입하지 않겠다는 의미였다.

"주인의 뜻을 따르는 것이 강호의 오랜 법도이지."

그러자 황보숭 역시 홀로 중얼거리듯 말했다. 북천무맹 역
시 이 싸움의 결과를 밖에서 기다리겠다는 말이었다.

'훗, 생각보다 쉽게 물러나는군. 하긴 한쪽이 관여치 않는다
면 굳이 다른 쪽도 관여할 이유가 없겠지. 자, 그럼 이제 정말
원한에 사무친 네 사람의 승패만 구경하면 되는 것인가?

추산의 시선이 자연스럽게 북천무맹과 동궁의 고수들에게

서 벗어나 진 안쪽에서 치열한 공방을 벌이고 있는 네 사람에게로 향했다.

싸움은 흉험했다. 일초 일초에 상대의 목숨을 끊어내려는 살기가 번들거렸고, 공격과 방어가 순식간에 뒤바뀌었다. 흉수 초정은 홀로 세 명의 칠웅문 문주를 상대하면서도 전혀 지친 기색을 보이지 않고 대등한 싸움을 벌이고 있었는데 한 달여 전 무저곡의 정상에서 칠웅문의 문주들을 상대할 때와는 확연히 다른 모습이었다.

칠웅문의 세 문주 역시 처음에는 갑자기 높아진 초정의 무공에 당황했지만 이 싸움에 자신들의 운명이 걸려 있다는 것을 잘 알고 있었으므로 자신들의 모든 공력을 동원해 싸움에 임하고 있었다.

퍼퍼퍽!

초정이 뻗어내는 검기가 흑오곡의 검은 대지에 꽂혀들면서 표면에 숱한 생채기를 만들어냈다. 초정의 검법은 그가 처음 칠웅문에 나타났을 때와 변함이 없었지만 그의 검에 실린 공력은 그때와는 천양지차여서 그가 검을 뻗어낼 때마다 수장에 이르는 검기가 줄기줄기 뻗어 나오고 있었다.

그러나 초정의 무공이 급격하게 강해지기는 했지만 칠웅문의 문주들 역시 수십 년 동안 무공을 익혀온 고수들, 또한 초가장에서 얻은 칠무객 초광의 칠보무결을 통해 강호 절정고수로 거듭났기 때문에 쉽사리 승패가 결정되지는 않았다.

콰콰콰쾅!

초정의 검은색 검기가 다시금 거대한 폭음을 일으키며 묘엄의 벽력도와 충돌했다. 그 충돌의 충격이 묘엄을 다섯 걸음 정도 뒤로 물러나게 만들었다. 묘엄의 인상이 일그러졌다. 자신이 상대의 공세에 밀려난 때문만은 아니었다. 그로서는 도저히 이해할 수 없는 초정의 무공 때문이었다. 불과 한 달여 전만 해도 자신과 별반 차이가 나지 않는, 아니, 오히려 전력을 다해 벽력도를 펼칠 경우 한 걸음이라도 초정을 뒤로 밀어낼 자신이 있었던 묘엄이었다. 그런데 지금 그는 전력을 다해 벽력도를 펼쳤음에도 불구하고 다섯 걸음이나 뒤로 밀려난 것이다.

무저곡이 흉수 초정에게 어떤 기연을 가져다주었을 수도 있다고 묘엄은 생각했다. 간혹 무림에는 깊은 산중이나 오지에서 영물을 취해 무공이 급격히 상승한 사람들의 이야기도 떠돌곤 하니까. 그런데 만약 그렇다면 왜 그 대상이 이 망할 놈의 초정이어야 하는가? 묘엄의 마음이 천근만근 무거워졌다.

우우웅!

상대의 공격에 뒤로 밀린 후 정신이 혼란해진 묘엄의 목을 향해 초정의 검끝이 뱀의 혀처럼 다가왔다.

"놈!"

순간 묘엄의 위기를 본 철웅조 오생인이 고양이가 벽을 할퀴는 자세를 취하며 초정을 향해 달려들었다.

지직직!

오생인의 손가락 끝에서 흘러나오는 지력이 공기를 갈라내며 소름 끼치는 소음을 만들어냈다. 또한 반대편에서는 서황우의 막강한 공력이 깃든 도끼가 초정의 두 다리를 베어버릴 듯 밀려들어 왔다.

흔들리는 묘엄의 목을 베어내려던 초정의 의도는 두 사람의 공세에 무위로 돌아갔다. 하지만 초정의 얼굴에 아쉬움은 없었다. 마치 오늘 하루 마음껏 자신의 무공을, 혹은 칠웅문 세 문주와의 싸움을 즐기려는 듯한 표정이었다.

초정의 신형이 허공으로 솟구쳤다. 그의 발끝으로 그림자 같은 흑무가 일어났다. 그 한 번의 도약으로 그는 어느새 오생인과 서황우의 반격을 피해내고 있었다.

"놈!"

하지만 칠웅문 세 문주의 무공과 경험 역시 강호일절이라 불릴 만했다. 어느새 정신을 차린 대문주 묘엄이 다시금 초정을 향해 일도를 뻗어냈다.

번쩍!

이름 그대로 그의 도에서 한줄기 번개 빛이 번쩍이더니 그 빛이 기이한 굴곡을 만들며 허공으로 솟구친 초정을 향해 닥쳐들었다. 아마도 묘엄의 전 공력이 깃든 공격일 것이었다.

"역시 묘가구나. 너만이 칠보무결을 완벽하게 연성했구나."

초정의 과묵한 입에서 한마디 탄성이 흘러나왔다. 하지만 묘엄의 성취를 칭찬하면서도 그의 검은 어느새 묘엄이 만들어낸 도기를 향해 마주 달려나가고 있었다.

그리고 초정의 흑검기와 묘엄의 벽력도기가 다시 한 번 허공에서 정면으로 충돌했다. 그것은 마치 흑과 백의 충돌, 아니면 낮과 밤의 경계가 만들어지는 광경 같았다. 두 사람의 검과 도가 충돌하는 순간 장내의 공기가 정확히 반으로 갈리며 흑과 백으로 나뉘어지는 듯한 착시가 일어났다. 아니, 착시가 아닐지도 몰랐다. 묘엄의 벽력도에서는 사람의 눈을 멀게 할 만큼 눈부신 광채가 빛났고 초정의 검에서는 너무 어두워 세상의 모든 것이 빠져들 것 같은 암흑의 어둠이 흘러나왔기 때문이었다.

그러나 그 팽팽한 흑백의 균형은 싸움에 참여한 서황우나 오생인 혹은 진과 진 밖의 묘한 경계에서 싸움을 보고 있던 추산이 느끼는 것보다 훨씬 짧은 시간에 허물어졌다.

쾨이이!

빛은 순식간에 어둠에 휩싸였다. 추산은 묘엄이 만들어낸 벽력의 도기가 초정의 흑검기에 막혀 산산이 부수어져 버리는 것을 목도했다. 그리고 초정이 만들어낸 검기는 거대한 해일이 작은 배를 덮치듯 순식간에 묘엄을 덮어버렸다.

"큭!"

그 어둠 속에서 묘엄의 신음성이 터져 나왔다. 동시에 한줄기 검은색 선혈이 허공으로 솟구쳤다.

"이놈!"

이 경천동지할 격돌에 놀라 미처 합공의 묘를 살리지 못한 오생인과 서황우가 묘엄의 신음성에 화들짝 놀라며 초정을 향해 달려들었다. 오생인의 열 손가락에서 뻗어 나오는 푸르스름한 지력이 초정을 휘감았다. 동시에 서황우의 도끼가 대지를 둘로 가를 듯한 기세로 초정을 갈라갔다.

묘엄과의 격돌에 전력을 쏟아 넣은 초정으로서는 쉽게 피해낼 수 없는 공격, 초정의 옷이 온몸을 훑고 지나가는 오생인의 지력에 찢겨져 너덜거렸다. 더불어 그의 몸에 적지 않은 상처가 생겨났다. 하지만 오생인의 공격이 초정에게 치명적인 타격을 입힌 것은 아니었다. 초정은 살갗을 베이는 상처를 허용했지만 어느새 오생인의 공세에서 벗어나고 있었다. 정작 초정을 위협하는 것은 오생인의 공격이 아니었다. 오생인의 공격이 그의 움직임을 제약하는 것이라면 그의 목숨을 노리는 공격은 따로 있었다. 바로 혼신의 힘을 기울인 서황우의 일격이었다.

부아앙!

서황우의 부(斧)가 파도를 가르듯 어두운 공기를 가르며 오생인의 공격에서 몸을 빼내는 초정의 등을 갈라갔다. 묘엄을 상대하고 오생인의 공격을 피해낸 초정으로서는 연달아 닥쳐드는 서황우의 공격을 완전히 피해낼 수는 없었다.

그릉!

초정이 가까스로 검을 들어 서황우의 부를 밀어내려 했다. 도끼와 검이 마찰을 일으키며 기이한 소음을 만들어냈다.

팟!

그리고 다음 순간 서황우의 부가 초정의 검을 눌러대며 그의 등을 지나 허벅지 쪽을 길게 베어냈다. 초정의 허벅지에서 순식간에 시뻘건 선혈이 터져 나왔다. 하지만 초정은 자신의 부상에 아랑곳 않고 자신의 허벅지를 베고 지나가는 서황우의 등을 향해 검을 들지 않은 손으로 강력한 일장을 떨쳐 냈다.

초정의 손에서 발출된 검은 장력이 전력을 쏟아내 자신을 공격했던 서황우의 등을 강타했다.

"윽!"

서황우의 입에서 한마디 신음성이 흘러나왔다. 동시에 그의 입에서 한 사발가량의 피가 터져 나왔다. 그의 신형이 바람에 흔들리는 허수아비처럼 비틀거렸다.

"죽어라, 이놈!"

오생인이 서황우에게 일장을 날린 초정을 향해 재차 지력을 뻗어냈다. 필사의 의지를 담은 한줄기 지력이 번개처럼 초정의 심장을 향해 뻗어나갔다. 초정이 미처 검을 들어 오생인의 공격을 막아내지 못하고 본능적으로 신형을 비틀었다.

팟!

오생인의 지력이 초정의 가슴을 횡으로 길게 할퀴며 지나갔다. 갈라진 초정의 옷자락 사이로 붉은 선혈이 터져 나오고 그 선혈 안쪽으로 언뜻 살 속에 감춰져 있던 갈비뼈가 드러났다. 한눈에 보아도 가볍지 않은 엄중한 부상, 하지만 초정은 전혀 부상을 입지 않은 사람처럼 신형을 움직였다.

스스스!

예의 그 음산한 기운을 뽑아내며 초정이 땅바닥을 기듯 한 번의 공격을 가하고 숨을 고르고 있는 오생인을 향해 접근해 들어갔다. 오생인이 심각한 부상을 입고도 자신을 공격해 오는 초정의 움직임에 놀라 훌쩍 뒤로 물러나려는 순간 땅바닥에 깔리듯 접근하던 초정의 몸이 순식간에 위로 솟구쳤다. 그리고 예의 그 검은 흑무를 일으킨 초정이 흑무 속에서 불쑥 흑검을 밀어냈다.

"억!"

전혀 예상치 못한 초정의 공격을 받은 오생인이 미처 방어를 할 사이도 없이 그대로 심장에 초정의 검을 허용하며 고통스런 비명을 토해냈다.

팟!

그렇게 오생인을 죽음에 몰아넣은 초정이 순식간에 검을 그의 가슴에서 빼내더니 기이하게 몸을 회전시켜 자신의 뒤쪽을 향해 무서운 기세로 검을 뻗어냈다. 순간 하나의 검과 하나의 도끼가 허공에서 스치듯 교차했다. 그리고 다음 순간 거짓말처럼 모든 움직임이 정지했다.

초정의 이마 바로 앞에 다가온 서황우의 부(斧), 서황우의 목 한 치 앞에 다가와 있는 초정의 흑검… 두 사람은 그렇게 한 푼의 힘만 주면 상대의 목숨을 앗을 수 있는 상황에서 움직임을 멈춘 것이었다.

"왜 검을 멈췄느냐?"

"그런 서가 너는 왜 도끼를 멈췄느냐?"

초정과 서황우가 서로를 노려보며 한마디씩을 주고받았다.

하지만 둘 모두 서로의 질문에 답을 하지 않았다. 그렇게 두 사람은 한동안 서로를 노려볼 뿐 어떤 움직임도 보이지 않았다. 그러고 얼마의 시간이 흘렀을까. 서황우의 도끼가 천천히 초정의 머리를 떠나 땅으로 떨어져 내렸다.

"죽여라!"

서황우가 초정을 보며 말했다. 짙은 허탈감이 배어 있는 목소리, 삶의 의욕이 단 한 올도 느껴지지 않아 그들의 모습을 보고 있던 추산마저도 다리에 힘이 빠지는 느낌이었다.

"스스로 삶을 포기하겠다는 것인가? 욕망에 찌든 자네가?"

초정이 비웃듯 물었다. 그러자 서황우가 천천히 고개를 저었다.

"애초에 원하지 않았던 일이었지. 하지만 다른 친우들이 반드시 하고지 했던 일이니 말릴 수도 없었다. 변명하지 않으마. 나와 내 친우들이 초가장에 저지른 혈겁은 죽음으로도 용서받기 어렵겠지. 하지만 부탁하마. 우리 일곱 사람의 죽음으로 과거의 모든 혈한을 덮어두기를……."

서황우가 모든 것을 포기한 사람의 눈으로 초정을 바라봤다.

"크크, 너희 일곱의 목숨으로 모든 것을 덮어두라고? 핫하하… 너희 일곱의 목숨으로! 하지만 너희 일곱 마리 짐승의 목숨은 불타 버린 초가장의 한 포기 풀에도 미치지 못한다!"

콰아아!

초정의 눈이 혈안으로 변했다. 동시에 초정의 몸에서 검은 흑무가 구름처럼 일어나더니 순식간에 서황우를 덮쳐 갔다.

"아……!"

추산의 입에서 나직한 탄성 소리가 흘러나왔다. 초정이 일으킨 흑무에 휩싸인 서황우의 신형이 대지에 쓰러져 내리는 것이 얼핏 눈에 들어왔다.

탄성을 발한 추산이 자신도 모르게 진 안으로 들어섰다. 여기저기 쓰러져 있는 세 명의 칠웅문 문주와 서황우의 시신을 내려다보고 있는 초정의 무거운 등이 눈에 들어왔다.

"끝났군요."

추산이 초정을 향해 나직하게 입을 열었다. 그러나 초정은 대답이 없었다. 그는 여전히 서황우를 내려다보고 있을 뿐이었다. 그러자 추산이 다시 입을 열었다.

"그만 피하세요. 진 밖에는 북천무맹과 동궁의 고수들이 기다리고 있어요. 저쪽 소나무 옆으로 나가면 그들을 만나지 않을 수 있을 거예요. 저곳이 이 십육괘진의 유일한 생문이죠. 이들의 시신은 제가 수습하도록 할게요."

그런데 추산이 막 말을 마치는 순간 초정의 검은 신형이 서서히 돌아섰다. 순간 추산은 자신도 모르게 허리춤에 차고 있던 검을 잡아갔다. 흑무에 휩싸여 번들거리는 혈안… 손에 든 흑검에서 살기가 진동하고 있었다. 초정은 완전히 한 명의 광인으로 변해 있었던 것이다.

'뭐야? 복수가 끝나니 광인이라도 돼버린 건가?'

추산이 변해 버린 초정의 모습에 놀라고 있을 때 초정이 한 걸음 추산 앞으로 걸어나왔다. 그리고 그 순간 추산은 깨달았다. 이 기이한 흉수가 지금 자신을 죽이려 한다는 사실을…….

"왜?"

추산의 입에서 무의식중에 의문을 담은 한마디가 흘러나왔다. 그러나 추산의 물음은 답을 들을 수 없었다. 어느새 허공으로 떠오른 초정이 흑무를 몰아치며 추산을 향해 흑검을 떨쳐 내고 있었기 때문이었다.

"이 미친 작자야!"

추산도 갑작스레 돌변한 초정을 향해 욕지거리를 내뱉으며 마주 검을 뻗어냈다. 추산은 상대가 절정의 무공을 지닌 자라는 것을 알고 있었으므로 그가 펼쳐 낼 수 있는 최고의 무공을 시전했다. 송림에서 유성우를 보고 깨달은 극도의 환검을!

파아이!

추산의 검이 수십 개의 유성우를 만들어내며 몰려드는 초정의 흑무를 향해 뻗어갔다. 그리고 드디어 추산의 유성우와 초정의 흑무가 허공에서 격돌했다. 하지만 다음 순간 추산은 뭔가 잘못되었다는 것을 깨달았다.

'이건!'

그리고 그 순간 추산의 검이 초정의 전신사혈에 꽂혀들었다.

"이… 망할 인간!"

추산이 황급히 검을 거둬들였지만 수십 가닥의 유성우를 모두 거둬들이기에는 역부족이었다. 살아남은 추산의 검기들이 번개처럼 초정의 몸을 꿰뚫고 지나갔다. 그러자 초정의 신형에서 서서히 흑무가 걷히더니 이내 그가 대지에 두 무릎을 꿇었다.

"뭐죠? 무슨 짓을 한 거죠?"

추산이 무릎을 꿇은 초정의 멱살을 잡아 올리며 소리쳤다.

"후후, 어차피 죽을 것, 자네에게 선물이나 주고 가려고 말일세. 자네 손으로 흉수를 잡는다면 자넨 무척 유명해질 것이 아닌가?"

"지금 그걸 말이라고 하고 있어요?"

"자네가 날 도와주었으니 나도 자네에게 약간의 도움이라도 주어야 하지 않겠는가?"

"당신은… 당신은 왜 스스로 목숨을 포기한 것이죠?"

그러자 초정이 천천히 고개를 저었다.

"후후, 어차피 죽을 목숨이니까. 아니면… 천하에 다시없는 마인이 되던지……."

"그게 무슨 말이죠?"

"기억하나? 내가 익혔다는 무공 말일세."

"칠무객 초광이 마지막에 익혔다는 그 무공 말인가요? 당신이 백일검이라고 이름을 지어준……."

"맞아. 그 백일검이 어떤 무공인 줄 아는가? 후후, 이 백일검이란 이름은 내가 그저 부르기 좋게 지은 것뿐이야. 솔직히 말하면 이 무공은 백일마공이라고 불러야 할 걸세. 검법하고는 사실 상관이 없는 것이지. 일단 이 무공을 시전하기 시작하면 그 시전자는 향후 백 일 동안 급격한 공력의 증가를 경험하게 된다네. 하루가 다르게 공력이 진보하게 되는 것이지."

추산은 그제야 흉수 초정의 무공이 송림 안에서 급격하게 강해진 이유를 깨달았다. 비밀은 바로 그가 백일검이라고 말한 무공에 있었던 것이다.

"그런데 이 무공에는 한 가지 큰 단점이 있다네. 공력이 증가할수록 점점 강한 마성에 휘둘리게 된다는 것이지. 그 마성의 강도가 어느 정도냐 하면 과거 나의 선조 칠무객은 최후에 자신의 사부조차 베어버렸던 것일세. 애초에 이 무공 자체가 체내에 잠든 마기를 깨우는 것에서 시작되기 때문에 나타나는 어쩔 수 없는 결과인 것이지. 그러니 어쩌겠나. 마기에 휩싸인 대마인이 되거나 아니면 스스로 목숨을 끊을 수밖에……."

"하지만… 하지만 과거의 칠무객은 살아남지 않았습니까?"

"물론 그랬지. 아마도 그 양반은 자신의 무공을 버리면서 백일검의 마성에서 벗어나는 어떤 방법을 찾았던 모양이야. 하지만 난 그 방법을 찾지 못했네. 어찌 보면 당연한 일이지. 그 양반은 백일검을 익히기 이전에 칠보무결을 대성한 고수였고, 난 백일검을 만나고 나서야 복수를 꿈꿀 정도의 무공을 익히게 된 사람이니까. 하하… 하지만 후회는 없네. 결국 난 복수를 했고… 이따위 백일검의 후유증이야 이제 내가 신경 쓸 바가 아니니 말일세. 쿨럭!"

초정의 입에서 검은 피가 흘러나왔다. 검던 그의 얼굴도 어느새 핏기가 가셔 하얗게 변해 있었다. 그런 그가 품속에서 하나의 얇은 양피지를 꺼내 추산의 품속에 밀어 넣었다. 그리곤 의미심장한 눈으로 추산을 보며 능글맞은 웃음을 흘려냈다.

“흐흐… 뭔지 아나? 이게 바로 그 백일검의 구결일세. 자, 젊은 친구! 자넨 과연 그 무공을 익힐까? 아니면 그 마공을 없애버릴까. 내 저승에서 자네의 결정을 지켜보겠네. 크크크…….”

진득한 웃음과 함께 할 말을 끝낸 초정이 여전히 묘한 웃음을 지은 채 숨을 거뒀다. 죽은 그 모습이 영락없이 살아 있는 사람 같아서 추산은 한동안 그의 얼굴을 들여다보고 있을 정도였다. 그렇게 얼마의 시간이 흘렀을까. 추산이 문득 입을 열었다.

“정말 죽어버렸군. 망할 양반 같으니…….”

그런데 그때 갑자기 추산의 뒤쪽에서 한 사람의 목소리가 들려왔다.

“그는… 그는 죽었나?”

순간 추산이 재빨리 신형을 돌렸다. 그리고 그의 시야에 눈에 익은 한 사람의 얼굴이 들어왔다.

“당신은… 당신은 죽은 게 아니었나요?”

“나도 그게 의아하군. 내가 살아 있다니 말이야. 초정 그는 왜 날 살려둔 것일까?”

서황우가 의구심 가득 찬 눈으로 죽어 있는 초정을 바라봤다.

　　　　　＊　　　　＊　　　　＊

　작은 나룻배에 몸을 실은 고검과 추산, 그리고 대웅산과 조오현이 두런두런 이야기를 나누며 강을 건너고 있었다. 등주 칠웅문을 떠난 지 하루, 일행은 추산이 처음 흉수 초정의 기운을 느꼈던 강을 건너고 있었다.

　"북천무맹과 동궁의 고수들이 그렇게 빨리 떠날 줄은 몰랐군요."

　추산이 입을 열었다.

　"칠웅문의 일곱 문주 중 서황우 한 사람만 살아남았다. 그 혼자로는 도저히 현재의 등주제일문이란 명성을 유지할 수 없을 것이다. 그러니 더 이상 북천무맹이나 동궁에서 칠웅문에 관심을 보일 이유가 없어진 것이지."

　"비정하군요."

　"본래 강호란 비정한 곳이니까."

　"하지만 그들이 모르는 것이 있어요."

　추산의 말에 고검이 의아한 표정으로 그를 바라봤다.

　"그들이 모르는 것?"

　"그래요, 사형. 비록 당장은 칠웅문이 어려움에 빠지겠지만 몇 년 내에 칠웅문은 다시 과거의 명성을 회복할지도 모른다는 것이죠."

　"왜 그렇게 생각하느냐?"

　"왜냐하면 비록 칠웅문의 칠문주 중 여섯이 죽었지만 오늘

날 혈겁의 원인이 된 칠보무결은 그들의 후손들에게 남아 있으니까요."

추산이 말을 마치고는 석양이 드리워지는 강의 저쪽으로 시선을 돌렸다. 배는 천천히 칠웅문과 반대 방향을 향해 나아가고 있었다. 그때 맞은편에서 한 척의 배가 고검과 추산이 탄 배를 지나쳐 칠웅문 쪽으로 향했다.

"어디로 가는 배지?"

대웅산이 자신들을 지나쳐 가는 배를 보며 중얼거렸다.

"저리로 가면 나올 곳은 칠웅문밖에 없지 않은가?"

조오현이 대답했다.

"이 와중에 칠웅문을 찾는 사람도 있군."

대웅산이 고개를 갸웃거렸지만 더 이상 그들이 신경 쓸 문제는 아니었다. 그렇게 두 척의 배가 석양 속에서 스치듯 지나쳤다.

孤劍秋山
네 번째 이야기…

구자춘은 서서히 넓어지는 강폭을 바라보고 있었다. 안휘에 접어든 지 이틀, 태호가 시작되고 있었다. 강은 어둠에 싸여 있었지만 배는 여전히 항해 중이었고, 구자춘은 깨어 있었다.

무한의 북쪽 벽산에서 시작된 이 뱃길도 태호를 지나면 거의 끝난 것이라고 할 수 있었다. 그러니 눈앞에 펼쳐진 태호를 보며 구자춘의 입에서 안도의 한숨이 흘러나오는 것은 당연한 일이었다. 태호를 지나면 남경까지는 동궁의 세력권, 동궁과 밀접한 관계를 맺고 있는 벽산철가의 화물이 위험에 빠질 일은 더 이상 없을 터였다.

구자춘이 고개를 들어 장강을 따라 내려가는 열두 척의 선단을 둘러봤다. 한밤중임에도 위용 당당한 열두 척의 상선

들… 그 상선들 중 두 척이 구자춘이 몸담고 있는 금오표국의
배들이었다.

"이제 드디어 결실을 보는 것인가? 이번 운행만 무사히 마
치면 우리 금오표국도 벽산철가와 정식으로 운송 계약을 맺을
수 있게 될 것이다. 그리되면 본 표국은 드디어 남경에 단단히
뿌리를 내리게 된다고 할 수 있겠지. 표국의 운명이 걸린 일이
라 걱정했었는데… 역시 표국주님의 판단이 정확했어. 표국의
운명을 걸고 모험을 할 만한 일이었다. 후후, 표국의 사람들이
기뻐할 것을 생각하니 잠이 오지 않는군. 아! 별빛 한번 좋구
나. 온 세상이 다 별빛일세."

구자춘의 입가에 빙그레 미소가 지어졌다. 그의 눈에 하늘
에 떠 있는 수천 개의 별과 그 별빛을 반사하며 은하수를 이루
고 있는 잔잔한 수면이 동시에 들어왔다. 앞날에 대한 기대 때
문인지 쉬이 잠들 수 없는 밤, 하늘과 강에서 별들이 그의 흥취
를 돋워주고 있었다.

그런데 그렇게 한밤의 정취에 취해 있던 구자춘의 눈빛이
한순간 반짝였다.

"뭐지? 이 시간에 배라니……?"

구자춘의 눈에 강의 저편에서 구자춘이 속한 선단 쪽으로
움직이는 작은 배 한 척이 눈에 들어왔다.

장강은 수많은 인간들의 삶의 터전이다. 수없이 많은 인생
들이 장강에 배를 띄워 삶을 영위하므로 배 한 척 강 위에 떠
있다고 그리 이상할 것은 없었다. 하지만 지금은 자시를 지난

지 오래인 깊은 밤, 아무리 부지런한 뱃사람도 이 시각에 장강
에 배를 띄우지는 않는다. 그러므로 구자춘의 눈에 깃든 의혹
은 어쩌면 당연한 일이었다.

하지만 호기심이 일지언정 걱정할 일은 아니었다. 구자춘의
눈에 보인 배는 선단의 항행을 위협할 만한 배가 절대 아니었
기 때문이다. 지금 벽산철가의 화물을 나르는 열두 척의 배에
는 각기 이십여 명의 고수들이 타고 있었으므로 겨우 작은 고
깃배 하나가 강 위에 나타났다고 걱정할 일은 없었다.

아니, 최소한 그 배를 처음 발견했을 때, 그리고 그 배 위에
탄 사람들의 숫자를 확인할 수 있을 만큼 배가 가까이 다가왔
을 때까지 구자춘의 생각은 그랬다. 왜냐하면 그 작은 배에 탄
사람은 겨우 여섯에 불과했기 때문이었다.

그런데 그 밤… 구자춘이 꿈꾸었던 금오표국의 화려한 미래
는 새벽을 맞지 못하고 검은 수면 아래로 잠들어 버렸다.

제四화 '황금선(黃金船)' 편이 5권에서 이어집니다.

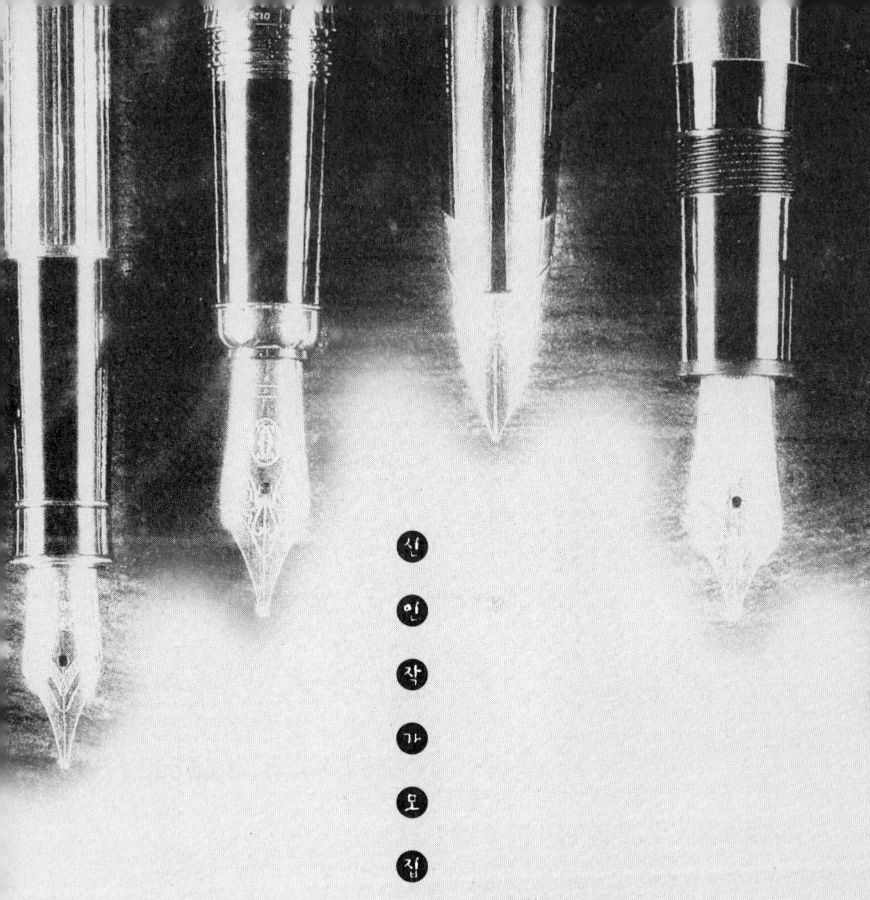

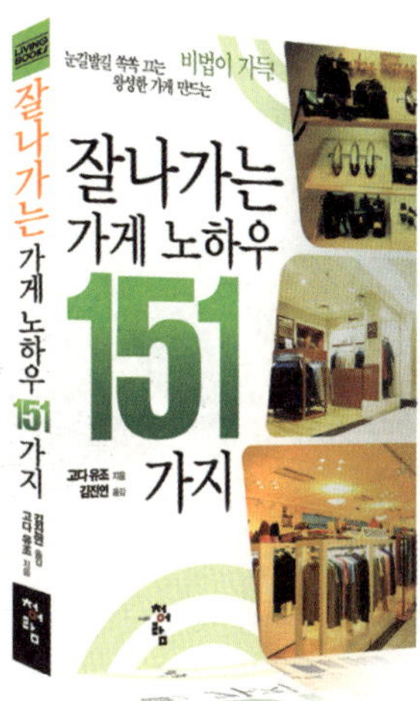

눈길발길 쏙쏙 끄는　비법이 가득!
왕성한 가게 만드는

잘나가는 가게 노하우 151 가지

고다 유조 지음
김진연 옮김
가격 9,800원

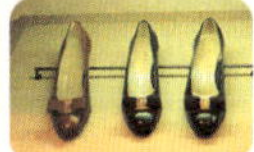

물건이 팔리지않는 시대!
왕성한 가게 만드는 비법이 가득!

가게 안에 웅덩이를 만들어라
조명만 조금 바꿔도 매출이 팍 늘어난다
보기 쉽고, 집기 쉬운 가게 배치는 '경기장 형' 이 최고 등등
가게에 실제로 적용했을 때 매출이 오른 노하우만 알차게 수록
외관, 입구, 배치, 내장, 조명, 디스플레이에서 사원교육까지

도움이 되는 '발견' 이 가득가득.
당신 가게를 회생시키기 위한 소중한 책!

유행이 아닌 자유추구 –
www.chungeoram.com

초등학생이 반드시 읽어야 할 좋은 책 49권

각 학년별로 초등학생이 반드시 읽어야할 좋은 책을
선정하여 통합논술의 기본이 되는 '올바른 독서법'을
일깨워 줍니다.

교과서와 함께하는
초등학교 통합논술

초등1학년 | 값 12,000원 / 초등2학년 | 값 9,500원 / 초등3학년 | 값 11,000원 / 초등4학년 | 값 9,500원 / 초등5학년 | 값 9,500원 / 초등6학년 | 값 11,000원

♣ 혼자 할 수 있어요.

엄마가 책 읽는 방법을 가르쳐 주어도 좋아요.
독서지도하는 선생님이 가르쳐 주어도 좋답니다.
"초등 교과서와 함께하는 **통합논술 시리즈**"는
아이 스스로 독서할 수 있도록 꾸며진 책이에요.
엄마와 선생님은 요령만 가르쳐 주시면 된답니다.

♣ 교과서의 중요한 내용이 총정리되어 있어요.

각 학년별로 중요한 교과 내용이 함께 수록되어 있어요.
초등학생은 교과서 내용을 충실하게 공부해야 합니다.
아울러 그와 병행한 독서가 대단히 중요하지요.
"초등 교과서와 함께하는 **통합논술 시리즈**"는
두 가지 방법 모두 알려준답니다.

♣ 이 책은 훌륭하신 선생님들이 함께 쓰신 책이랍니다.

동화작가 선생님들이 쓰셨어요. 소설가 선생님도 쓰셨답니다.
국어 논술독서지도 선생님들도 함께 쓰셨지요.
"초등 교과서와 함께하는 **통합논술 시리즈**"는
엄마의 마음으로 모든 선생님들이 함께 꾸민 책이랍니다.

입소문을 통해 아는 분은 다 알고 계십니다!
올 한해 공인중개사 최고의 화제작!

1~2권 합본 | 이용훈 지음
3~4권 합본 | 이용훈 지음
5~6권 합본 | 이용훈 지음
용어해설 | 이용훈 지음

수험생 기본 필독서
만화 공인중개사

제목 : 만화공인중개사 쓰신 분에게 감사드립니다.

학원을 두 달 다녔어요. 근데 과연 그 숫자 외우기 그런 게 몇 문제나 나올까 생각을 했어요.
아니라는 생각이 드네요. 학원강의를 뒤로하고 서점을 갔어요. 내 머리에 가장 이해될 수 있는
책이 없나 하구요. 거기서 만화를 발견했어요. 무조건 세 번 봤어요. 3개월 걸렸어요. 문제집을 보라고
했는데 그건 시행을 못했어요. 근데 합격을 했네요.
어떻게 감사의 말을 해야 될지……
도서관에서 만화책 들고 다니니까 사람들이 비웃더라구요. 만화책으로 공인중개사를 공부한다고
미친 사람처럼 보더라구요. 근데 그거 다 감수하고 했던 내가 자랑스럽습니다.
어떻게 감사의 말을 해야 할지… 정말 감사합니다.
부디 행복하세요. 제 나이 41살에 좋은 스승을 만난 것 같습니다.
엎드려 감사드립니다.

−본사 홈페이지에 독자분이 올린 메일 中 에서 발췌−